KB056262

아프면
소문내라

경진
출판
Kyungjin Publishing Co.

아프면
손내밀라

글머리에

죽을 만큼 몸이 아파 본 사람은 안다. 그게 얼마나 견디기 힘들고 고통스런 재앙인지를. 차라리 죽는 게 낫다는 생각이 들 만큼, 질병의 고통은 그렇게 무한대이다. 아픈 사람들에게는 치유의 손길과 위안의 등불이 필요하다. 전쟁터에서 싸우는 이들에게 응원군이 큰 힘이 되듯이⋯.

병을 고쳐주는 건 의사의 영역이다. 하지만 병자를 찾아내서 병원으로 안내하는 선 의사만의 영역은 아니다. 어떤 병자는 병원이 두려워서, 어떤 병자는 치료비가 무서워서 병원 문턱 넘기를 한사코 피하려 한다. 바쁘다는 핑계로 질병검사를 미루는 어이없는 환자도 있고, 검사를 미루다가 병을 키워서 오는 환자도 있다. 우리나라는 세계의 모범으로 꼽힐 만큼 단단한 의료보험 체계를 갖추고 있다. 그럼에도 의료체계의 사각지대는 있고, 가끔씩 안타까운 일들이 벌어지곤 한다. 그런 일을 줄이는 데 작은 역할이라도 하고 싶어 이 글을 쓴다.

수적천석(水滴穿石), '물방울이 바위를 뚫는다'는 의미이다. 사람의 일도 자연의 이치와 다르지 않은 듯하다. 한 분야에 집중하면 결실을 맺고 성과가 따르는 것은 당연하다. 언젠가부터 눈으로 보고 몸으로 경험하여 내 기억 곳간에 쟁여진 의학지식과 정보들이 아깝다는 생각이 들었다. 그대로 묵혀서 썩게 내버려둘 수는 없었다. 구슬이 서 말이라도 꿰어야 보배이다. 흩어져 있던 수많은 생각들과 에피소드 들을 추려서 정리하다 보니 한 꾸러미가 되었다.

'병은 자랑하고 자식 자랑은 하지 마라'는 속담이 있다. '재산은 숨기고 병은 알리라'는 말도 있다. '병을 숨기는 자에게는 약이 없다'는 외국 속담도 있다. 모두가 병은 알려야 낫는다는 의미를 담고 있다. 두말하면 잔소리다. 숨길수록 커지는 게 병이다. 병이 왔다고 판단되면 가까운 병·의원을 찾아 의사의 진료를 받는 게 우선이다. 일찍 발견하고 치료하여 건강을 되찾으면 그게 최선이다. 병과 불은 조기 발견이 중요하다. 초기에 잡지 못해서 일단 커지면 병세도 불길과 마찬가지로 사나워져서 명의와 백약이 무효가 된다. 그러니 질병의 조기 발견 중요성은 아무리 강조해도 지나치지 않다.

의학은 사람의 생명을 다루는 분야다. 누구에게나 생은 단 한번 주어진 기회이니 소중할 수밖에 없다. 당연히 과학적으로 증명되지 않은 치료법이나 약은 금하는 게 현명하다. 날이 갈수록 인터넷, 유튜브 등을 통해 검증되지 않은 건강 정보가 넘쳐서 지푸라기라도 잡고 싶은 환자들을 현혹한다. 카카오톡, 페이스북, 밴드 등 전국민이 애용하는 SNS

에는 건강비법이 넘쳐난다. 몸에 좋은 음식부터 운동법, 생활습관 바꾸기, 구전설화까지 건강정보의 홍수다. 어느 것이 맞고 틀리는 정보인지 의사도 헷갈릴 정도다. 사람의 몸을 구속할 수 있는 재판은 세 번의 기회가 있어서 얼마든지 뒤집기가 가능하다. 하지만 의료는 단 한 번 실수가 생명을 앗아가기도 하니 세심한 주의가 필요하다. 내 몸의 치료를 맡길 병원과 의사 선정에 신중을 기해야 하는 이유이기도 하다.

병원에서 일하다 보면 안타까운 순간을 종종 경험한다. '조금만 더 일찍 왔었더라면' 하는 환자들이 여전히 많다. 국민건강보험공단이 1년 또는 2년 주기로 시행하는 국가건강검진만 제대로 받아도 질병의 조기 발견은 어렵지 않다. 바삐 살다 보면 미루는 일이 많은데, 국가검진만은 제때 받을 것을 권한다. 비용 부담도 없으니 잠시 짬을 내면 되는 일이다. 세상에 하나뿐인 내 몸에 조금만 더 관심 기울이자. 후회하고 탄식해봐야 소용없다. 목숨이 걸린 문제를 미루다가는 목숨을 빼앗길 수도 있다는 사실을 잊지 말자.

질병의 발생은 유전적, 환경적, 고령화 요인이 크지만 치료시기를 놓쳐서 큰 병으로 키우는 것은 환자 본인의 책임이 크다. 미루기, 무관심, 부주의, 무시, 편견 등은 질병의 공격을 자초하는 잘못된 생활습관들이다. 다른 것은 몰라도 내 몸이 보내는 신호는 작은 불빛일지라도 놓치지 말자. 쫑긋 귀를 세우자. 이상신호가 감지되면 지체 말고 가족과 지인들에게 알리고 가까운 병의원을 찾아가 의사의 도움을 받자. 아프면 (숨기지 말고) 자랑하고 소문내자. 누구나 할 수 있는 일 아닌가.

　나는 남은 인생의 열정을 나와 가족, 타인의 건강을 지키고 증진하는 데 쏟아 부을 계획이다. 그래서 세상에 없는 직업을 하나 새로 만들었다. '헬스바이저(Healthvisor)'! health와 advisor의 합성어인데 굳이 직역하면 '건강조언자' 쯤 된다. 나는 의사가 아니다. 질병을 치료할 만한 깊은 의학지식이나 의술도 갖고 있지 않다. 하지만 의료현장의 오랜 경험을 토대로 질병을 피하거나 치료할 수 있는 길을 조언해줄 능력은 있다. 한 사람의 병자라도 건강한 사람으로 회복시켜 주고 싶은 게 나의 소망이자 소명이라 여긴다.

나의 글이 치료의 글이, 위로의 글이 되었으면 좋겠다. 누군가의 건강을 지켜 주는 예방의 글이, 희망의 글이 되었으면 좋겠다. 이 아름다운 지구별 여행, 기왕이면 건강하게 길게 가면 더 좋지 않겠는가. 미리 우산을 준비하면 비를 피할 수 있듯이, 미리 대비하고 점검하면 생명연장이 가능하다. 이 책은 그러한 일에 작은 등불이 되었으면 하는 바람에서 썼다. 누군가의 생명 연장에 희망이 되고 길잡이 역할을 할 수 있다면 더 바랄 게 없겠다. 집안에 '가정상비약'이 있듯이 이 책이 '가정상비서'가 되었으면 더 할 수 없이 좋겠다.

졸고를 세상에 내놓는 게 여간 두렵지 않다. 의학적으로 깊이 들어가는 건 의사의 영역인지라 자제했지만 이야기를 풀어가다 보니 그 영역을 넘는 순간들이 적지 않았다. 잘못된 의학 정보는 건강에 득이 아니라 독이 되기에 세심한 주의를 기울였다. 의심 가는 내용은 전문가에게 확인하는 절차를 거쳤다. 진료 분야별로 전문의를 찾아가 조언을 듣고 틀린 부분은 고치고 더 나은 정보와 치료법으로 보완했다. 그럼에도 고쳐야 할 부분이 있을 것이니 다듬고 수정하는 노력을 게을리 하지 않을 것이다. 독자 여러분의 관심과 격려, 사랑 담긴 질타를 부탁드린다.

어떤 이들에게는 그저 그런 일이 어떤 이에게는 매우 특별한 일이다. 내 인생의 첫 책, 이 책이 나에게 그렇다. 그러니 감사드릴 분이 많다. 박광현, 홍종순 두 분께 감사드린다. 나를 세상 구경시켜 주시고 지금도 행여나 잘못 될까 봐 노심초사하시는 부모님이다. 올해 구순을 맞은 아버지와 앞을 거의 못 보시면서도 평생 아름다운 미소를 잃지 않고 자식들의 안부를 챙기는 어머니께 무한한 존경과 감사의 마음을 담아 이 책을 바친다.
인생의 중요한 고비에서 큰 은혜를 주신 두 분이 있다. 이길여 가천대학교 총장님과 정규형 한길안과병원 이사장님에게 머리 숙여 감사드린다. 졸고를 감수해주신 세종병원그룹 박진식 이사장님과 오병희 병원장(前

서울대병원장)님, 박국양 가천대길병원 흉부외과 교수(가천의대 학장 역임)님, 정욱성 한길안과병원 내과 진료원장(前가톨릭대 서울성모병원 학장)님, 이지열 가톨릭대 서울성모병원 비뇨의학과 교수님, 박하춘 다인이비인후과병원 병원장님, 전호수 에이스피부과의원 원장님, 이정우 시카고치과병원 병원장님에게 깊이 감사드린다.

안과 자문과 조언을 해주신 한길안과병원의 최기용, 조범진, 손준홍, 박재형 진료원장님과 최진영 병원장님을 비롯한 임직원 모두에게 감사드린다.

그리고 이 책이 나오기까지 오랜 시간이 걸리고 곡절이 적지 않았는데 묵묵히 지켜보며 첫 독자이자 조언자로서 도움을 준 아내 양지혜와 두 딸 서희, 서현에게 잘 커주어 고맙다는 인사를 전한다.

2023년 12월

인천 청라 서재에서
박덕영

아프면 소문내라

글머리에

아프면
소문내라

아프면 소문내라

제1장

번지수를
잘 찾아라

알약 쉽게 삼키는 법

'누워서 떡먹기'보다 쉬워요

    누군가에게는 쉬운 일이 다른 누군가에게는 매우 어려운 일이 되는 수가 있다. 알약 삼키는 일도 그중 하나다. 특히 어린 아이들한테는 공포심을 가질 만큼 힘든 일이기도 하다. 노인들도 알약 복용에 어려움을 겪는 이들이 적지 않다. 약 넘김의 어려움은 세계인이 공통으로 느끼는 고충인 듯하다. 알약을 쉽게 목안으로 넘길 수 있는 방법은 없을까?

    많은 사람들이 일반적으로 사용하는 방법은 알약을 입안에 넣고 고개를 뒤로 젖히면서 물과 함께 꿀꺽 삼키는 것일게다. 이 방법이 최선일까? 나는 자신 있게 '아니다'고 말할 수 있다. 우리 몸은 고개를 뒤로 젖히면 식도가 아닌 기도가 열려서 알약이 기도로 잘못 넘어갈 수도 있으니 최선은커녕 피해야 할 방법일 것이다. 그렇다면 쉬운 방법은 없을까 하고 네이버와 다음, 구글 등 포털을 샅샅이 뒤졌지만 '아! 이거다' 하는 명쾌한 해답은 어디에도 없었다. 인터넷 바다에는 모든 게 다 있다는데 이럴 수가 있을까 싶었지만 분명 그랬다. 나 또한 몇 달 전까지만 해도 알약을 먹을 때 고충이 적지 않았다. 운이 좋을 땐 한 번에 성공했는데, 그렇지 못할 땐 서너 번 시도 끝에 간신히 성공했다. 실패한 사람만이 성공할 수 있는 건 약 먹는 프로젝트(?)에도 그대로 적용된다. 나의 경우에는 캡슐형 알약은 쉬웠는데, 유독 비캡슐형 알약(나정)이 문제였다. 한 번 시도해서 성공하는 경우가 드물었다. 많은 국민들이 애용하는 비타민C는 비캡슐형이 대부분인데, 한 번에 목 넘김에 실패하면 약의 형태가 풀어지고 입 안 가득 신맛이 번져 애를 먹게 된다. 겪어 본 사람은 고개를 끄덕일 것이다.

*

약을 먹는 일은 단순한 일상 가운데 하나여서 관심조차 없는 사람들이 대부분일 것이다. 하지만 비타민C 애용자인 나에게는 육십 평생 해결하지 못한 골칫거리 숙제 가운데 하나였다. 실패는 성공의 어머니라고 했던가. 성공은 어느 날 아침 우연히 찾아왔는데, 너무 간단하고 단순해서 헛웃음이 났다. 인생 60에 터득한 나만의 비법을 공개할 텐데, 쉬워도 너무 쉬워서 독자들이 실망할까 봐 걱정된다. 하지만 '아하! 이거구나' 하는 감탄이 더 많을 것이라 믿는다. 알약 삼키는 방법 하나를 갖고 이렇게 장광설을 늘어놓다니, 작은 일이지만 특별하긴 한가 보다. 그 전에 전문의와 약사, 내공 강한 독학자들이 권하는 방법부터 살펴보겠다.

많은 사람들이 권하는 알약을 쉽게 삼키는 방법은 대동소이하다. 복용 전에 충분히 물을 마셔서 목을 적셔준 뒤 알약을 혀 위에 올려놓고 물을 입안에 채운 상태에서 고개를 앞으로 숙여 꿀꺽 삼키는 것이다. 이것이 전부다. 이대로만 되면 문제될 것이 없는데, 그게 말처럼 쉽지 않다. 알약 먹는데 곤란을 느껴본 사람은 금방 안다. 위에서 말한 대로 캡슐 형태의 알약은 대개 쉽게 넘어가는데, 비캡슐형은 그때 그때 다르다. 한 번 도전에 실패하면 약이 입천장이나 혓바닥에 들러붙거나 형태가 풀어헤쳐져서 재도전을 어렵게 만든다. 게다가 알약 특유의 신맛이나 쓴맛이 입 안 가득 퍼져서 절로 인상을 찡그리게 한다. 특히 아이들이 알약 먹기를 두려워하는 이유다.

'어린아이 병엔 에미만한 의사 없다'는 속담이 있다. 앓는 아이에 대한 어머니 정성은 아무리 이름난 의사의 의술도 당할 수 없을 만큼 극진하고 신통함을 이르는 말이다. 전국의 많은 엄마들이 이런 상황을 그대로 둘 리 만무하다. 포털의 맘 카페에는 각양각색의 약 잘 먹는 비책이 즐비하다. 그중에 특히 눈길을 끄는 비책은 빨대를 이용하는 방법이다. 가는 빨대보다는 굵은 빨대를 더 권장한다. 당장 해보았다. 쉽지 않았다. 물을 빨대로 빨아드릴 때 식도가 열려서 알약이 목으로 잘 넘어간다는 이론인데, 직접 해보니 이론일 뿐이었다. 성공 확률보다 실패 확률이 더 높았다.

알약 삼키는 데 어려움을 겪는 것은 노인들도 다르지 않다. 2023년 9월에 차의과대학 약대 손현순 교수팀이 만65세 이상 노인 421명을 대상으로 조사한 자료에 따르면 전체 응답자의 34.9%가 알약 복용에 어려움을 겪는다고 한다. 노인 10명 중 3명 이상이 약을 먹는 데 애로를 겪는 셈이다. 뿐만 아니라 알약 복용의 어려움 때문에 가끔 또는 자주 약 복용을 미루는 응답자가 전체의 26.8%라고 하니 놀라운 일이다. 이 조사를 보면 알약 삼키는 일이 생각보다 많은 사람들에게 불편과 공포를 주고 있음을 알 수 있다.

*

비법 공개 전에 기왕지사 약 이야기가 나왔으니 형태에 따른 약의 종류는 알고 가자. 약은 크게 내복약(경구약)과 외용약으로 구분한다. 내복약은 입을 통해 몸속으로 들어가는 약물이고, 외용약은 몸 밖에서 사용하는 약을 가리킨다. 내복약은 가장 흔한 정제(Tablet, 알약)부터 캡슐제(연질, 경질), 산제(가루약), 과립제(좁쌀형), 액제(물약), 시럽제 등으로 나눌 수 있다. 그중에서도 정제로 불리는 알약은 내복약 중 대표적인 제형으로 종류 또한 다양하다. 포장방법에 따라 나정, 당의정, 장용정, 설하정, 트로키제, 발포정, 츄정 등으로 구분한다. 이중에서 당의정(표면에 설탕과 같은 당을 입힌 알약), 장용정(위에서는 녹지 않고 장에서 녹도록 만든 알약)은 알약 형태이긴 하나 상대적으로 목 넘김이 수월하다. 약 표면이 매끄럽고 일정 시간 동안 침에 녹지 않기 때문이다. 문제는 나정이라 명명된 알약이다. 나정은 손으로 만지면 약가루가 묻어나는 약으로 입안에서 침을 만나면 곧바로 형태가 풀어져서 작아진다. 많은 사람들이 먹기를 기피하는 형태가 되는 것이다.

그렇다면 제약회사는 왜 이렇게 여러 가지 형태로 약을 만드는 것일까. 단순화해서 한두 가지 형태로 만들면 이용자들이 편리하고 좋을 텐데 군이 여러 형태로 만드는 것일까. 가장 큰 이유는 약의 체내 흡수율을 높이기 위함이란다. 이를테면 위에서 쉽게 녹아야 하는 약이 있는가 하면, 위에서는 녹지 말고 장까지 도달해서 녹아야 약의 효과를 제대로 볼 수 있는 약이 따로 있는 것이다. 우리가 약을 먹는 이유는 병을 치유하고자 함이니 토 달지 말고 약의 생김새에 충실해서 복용하면 될 일이다.

✻

이제 비법 중의 비법, 알약을 쉽게 삼키는 법을 알아보자. 이 쉬운 방법을 세계인 누구도 사용하지 않고 있었다니 그것도 놀라운 일이다. 정보의 바다 인터넷을 샅샅이 검색해보았으나 그 어디에도 이 방법은 없었다. 아주 작은 팁이지만 많은 지구인들에게 크게 유용한 정보가 될 것이라고 믿는다.

주목하시라! 문제 출제 배경설명은 긴데 답은 아주 짧다. 쓰디 쓴 알약을 씹어서 넘길 자신이 없다면 다음 설명을 똑같이 따라하시라. 먼저 알약을 혀 위에 올려놓고 입안에 물을 2/3 이상 채운 후에 입술을 닫으시라. 이어서 혀끝을 아랫니, 또는 잇몸에 밀착한 후에 그대로 물을 삼키면 된다. 알약은 물을 따라 열린 목구멍으로 미끄러지듯 넘어갈 것이다. 여기서 핵심은 혀의 끝이 아랫니나 잇몸과 절대 떨어지지 않는 것이다. 그것만 명심하고 실행하면 실패 확률 제로이다. 익숙해지면 이렇게 쉬운 걸 그렇게 어렵게 했다니 절로 웃음이 나올 것이다. 혀의 아래쪽 전체를 입안 바닥에 밀착시킨다는 느낌으로 해도 똑같은 결과를 만들 수 있다. 굳이 고개를 뒤로 젖히거나 앞으로 숙이는 수고는 하지 않아도 된다. 혀를 바닥에 밀착하고 물을 마시면 목구멍은 저절로 열릴 수밖에 없다는 사실을 기억하고, 지금 당장 시도해보시라. 첫 도전에 실패하더라도 포기 말고 두 번 세 번 계속해서 도전하시라. 한 번 터득하면 '누워서 떡먹기'보다도 훨씬 쉽다는 사실을 깨닫는다. 다만 혀를 떼는 순간 말짱 도루묵이 될 수 있으니 명심할 일이다.

오래 전에 미국 가정의학연보 최신호에 기재된 독일의 하이델베르크대학 연구팀이 추천하는 방식이 있어서 덤으로 소개한다. 문화체육관광부에서 운영하는 '대한민국 정책브리핑'에 올라와 있는 자료이다. 나의 방식과는 다르지만 사람에 따라 더 적합할 수도 있을 것 같아서 소개한다. 이 방법은 알약의 형태에 따라 다른 방식인데, 둥근 형태의 알약을 먹을 때는 알약을 혀 위에 올린 뒤 물병 입구를 입술에 단단히 고정시키고 고개를 들어 입안에 물을 채운 뒤 빠르게 물과 알약을 삼키는 방식이다. 연구팀은 이 방식에 사이다병(Pop Bottle)요법이라는 이름을 붙였다. 또 하나 캡슐 형태의 알약을 먹을 때는 캡슐을 혀 위에 올리고 물을 한 모금 입안에 넣은 후에 입을 다물고 머리를 가슴 쪽으로 숙인 뒤 허리를 구부린 상태에서 입안의 물과 캡슐을 동시에 삼키는 것이라고 한다. 이 방식에는 구부리기(Lean Forward)요법이라는 이름이 붙었다.

하이델베르크대학 연구팀이 제시하는 방법과 내가 권하는 방법 중 어느 쪽이 쉽고 좋을지는 시도해보고 나서 결정하면 된다. 사람에 따라 선호도가 다를 수도 있기 때문이다. 내가 제시하는 방법만이 최선책이라고 고집피울 생각은 없다. 자신에게 맞는 방법을 선택하면 될 일이다. 다만, 나의 제안은 지금까지의 방식과는 다른 새로운 방법인 만큼 약 넘김에 곤란을 겪고 있는 많은 이들에게 희소식이 되었으면 하는 바람이다. 아무리 쉬운 일도 연습 없이 잘하기는 어렵다. 처음에 실패해도 몇 차례 더 연습하면 분명 성공할 것이고, 경구 약에 대한 두려움은 언제 그랬냐는 듯 사라지게 될 것이다.

하나 더 당부를 추가하면, 약을 복용할 때는 충분히 물을 마셔주는 것이 좋다. 부드러운 목 넘김을 위해서도 그렇고, 안전한 약 복용을 위해서도 꼭 지켜야 하는 수칙이다. 약을 잘 삼키는 사람들 가운데는 물 대신 침을 모아서 삼키는 경우도 있는데 피해야 할 방법이다. 노약자는 물론이고 건강한 사람도 물이 충분치 않을 경우 약이 위까지 가지 못하고 식도에 걸려서 엉뚱한 부작용을 초래할 수도 있으니 조심해야 한다. 한 가지 덧붙이면 찬물보다는 따뜻한 물로 마시는 것이 약의 흡수를 도와준다고 하니 잊지 마시라.

숨어 있는 보석을 찾아라

아픈 환자들의 가장 큰 소망은 내 병을 치료해줄 명의를 찾는 일이다. 환자들은 누구나 돈은 적게 들고 병은 빨리 치료하는 병원을 찾기 위해 애쓴다. 애석하게도 그런 병원은 세상에 많지 않다. 한국인들이 선호하는 세칭 메이저 대학병원들은 비싸고 많이 기다려야 하고, 게다가 먼 거리를 이동해야 한다. 한마디로 이용하기가 쉽지 않다는 공통점을 갖고 있다. 특히 하루빨리 수술을 받아야 하는 암 환자 입장에서는 그림의 떡인 경우가 적지 않다. 조기에 수술하면 살 수 있는데, 기다리다가 암 세포가 번져서 죽음을 맞이할 수밖에 없다면 이 얼마나 억울하고 허망한 일인가. 하지만 지금 이 순간에도 그런 일이 버젓이 일어나고 있는 게 엄연한 대한민국의 의료 현실이다. 암이나 치료를 위해 고도의 의료기술이나 장비가 필요한 난치병은 고민할 필요도 없이 대학병원을 찾는 게 최선의 선택이다.

그러나 예기치 못한 사고로 응급 대처가 필요한, 이를테면 화상이나 손가락 절단, 골절 사고 등과 같은 경우에는 대학병원이 오히려 나쁜 선택이 될 수도 있다. 대학병원 응급실이라고 해서 모든 질환, 사고에 대해 항상 최적의 진료와 수술이 가능한 건 아니다. 오히려 특화된 해당 분야의 전문병원이 훨씬 더 빠르게 적절한 치료와 처치를 할 수도 있다. 일상생활에서 이런 사고는 언제나 누구에게나 일어날 수 있다. 그럴 때 많은 사람들은 조금의 주저도 없이 무작정 대학병원 응급실로 달려간다. 사고는 피할 수 없다 해도 치료는 제대로 받아야 하는데, 잘못된 선택이 많다는 얘기다. 어떠한 선택이든 결과가 좋으면 그만이다. 하지만 순간의 잘못된 판단으로 돌이킬 수 없는 상황을 맞거나 고생하는 사람들이 의외로 많다. 평소 대비가 필요한 이유다. 일반 국민들한테는 널리 알려져 있지 않지만, 사는 곳 가까이에도 좋은 병원이 많이 있다는 사실을 인식하고, 갑작스런 질환이나 사고 발생 시 쉽게 찾아갈 수 있는 병·의원을 미리 알아둘 것을 권한다.

＊

'등잔 밑이 어둡다'는 말이 있다. '업은 아이 삼 년 찾는다'는 말도 있다. 가까이에 두고도 엉뚱한 곳에서 시간을 허비하는 경우를 비유적으로 표현한 속담들이다. 병·의원도 그렇다. 집에서 멀지 않은 곳에 뛰어난 의사, 좋은 병·의원이 많이 있는데도 굳이 멀리 있는 병원을 찾아가느라 고생을 사서 하는 이들이 적지 않다. 서울 강남에 피부과 성형외과가 몰려 있어서 외국인들이 많이 찾는다고 하니까, 너도 나도 그곳으로 가는 경우가 대표적이다. 사람 많은 음식점으로 사람들이 몰리는 현상과 다르지 않다. 의학이나 병원 정보에 어두운 일반 국민들 입장에서는 큰 노력 들이지 않고도 잘못된 선택을 줄일 수 있는 방법일 수도 있다. 하지만 여기에도 함정은 있다. 일부 진료과의 경우 강남 선호현상이 두드러지면서 많은 환자들이 찾다 보니 강남의 병·의원마다 시술이나 수술 건수가 많아진 것은 분명한 사실이다. 그리되면 그곳에서 근무하는 의사들의 시술 건수도 함께 늘어나는 만큼 시술능력도 그에 비례해 발전하게 될 것이다. 하지만 한때 사람들이 몰리는 시골장터에 야바위꾼이 들끓었듯이, 의료행위도 상업행위이다 보니 장사(?)가 될 만한 곳에는 가짜들이 끼어들기 마련이다. 수십 수백 개의 병·의원이 널려 있는 강남에서 환자가 스스로 실력 있는 의사와 가짜를 구별하는 것은 'TV쇼 진품명품'에서 모조품 가운데 진품을 가려내는 것만큼이나 어려운 일이다.

그렇다면 어떻게 해야 할까. 답은 의외로 단순하고 쉽다. 지금이어떤 세상인가. 내가 원하면 온라인에서 손가락 몇 번 두들겨서 원하는 곳을 알아볼 수 있는 시대 아닌가. 가짜 정보도 많아서 주의가 필요하지만 인터넷에는 세상의 모든 정보가 담겨 있다고 해도 과언이 아니다. 다만 허위 광고나 잘못된 정보도 많은 만큼 냉정한 이성과 지식으로 좋은 정보를 가려낼 줄 아는 선구안이 필요하다. 병원계에 종사하는 의사나 간호사, 행정직원 등 인적 네트워크를 잘 활용하면 소중한정보를 얻을 수 있으니 권하고 싶은 방법 가운데 하나다.

얼마 전에 지인한테서 카카오톡으로 '꼬옥 저장해 놓으라'는 당부와 함께 '한국의 소문난 명의' 리스트가 들어왔다. 누가 어떤 기준으로선정했는지 출처는 알 수 없으나 질환별로 이름을 대면 알 만한 명의들이 줄줄이 올라 있었다. 아마도 TV 건강 프로그램이나 신문, 책 등에 소개된 적이 있었던 대학병원 교수들을 누군가 정리해 놓은 게 아닌가 싶었다. 쭉 훑어보니 질환과 연관된 명의의 이름은 크게 틀린 것같지 않았으나, 이미 퇴직해서 그곳에 없거나 근무지가 엉뚱하게 달려 있는 경우가 많아서 헛웃음이 나왔다. 어느 누구도 검증하지 않은채로 수 년 동안 무작정 퍼 나르기만 해서 벌어진 일일 것이다. 그러니

전국 전문병원 분포도

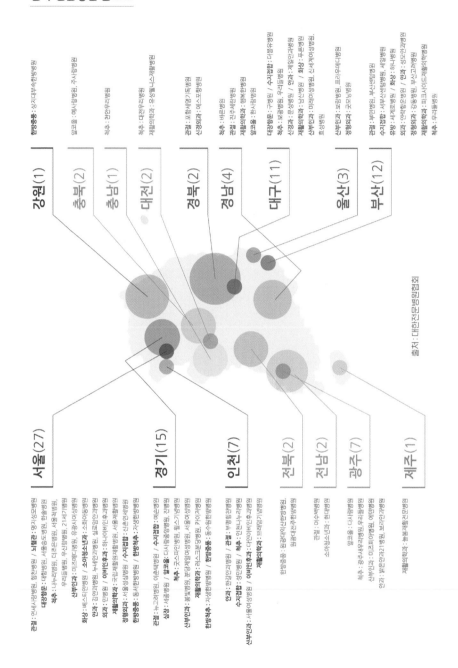

강원(1)
한방병용 : 상지대부속한방병원

충북(2)
암크 : 에스생명원, 주사생병원

충남(1)
척추 : 천안우리병원

대전(2)
척추 : 대전우리병원 / 재활의학과 : 유성웰니스재활병원

경북(2)
관절 : 포항세명기독병원 / 신경외과 : 예초포항병원

경남(4)
척추 : 바른병원 / 관절 : 진주세민병원 / 재활의학과 : 행복한방병원 / 알코올 : 한사랑병원

대구(11)
대장항문 : 구병원 / 수지접합 : 더블유병원 / 척추 : 보람병원, 우리들병원 / 신경과 : 문성병원 / 암크 : 제일안과병원 / 화상 : 푸른병원 / 산부인과 : 나산병원, 신세계여성병원 / 재활의학과 : 미래여성병원, 효성병원

울산(3)
산부인과 : 보람병원 프로라아더병원 / 경향외과 : 굿모닝병원

부산(12)
관절 : 부민병원, 부산센텀병원 / 수지접합 : 서부산센텀병원, 세웅병원 / 유방 : 세계로병원 / 화상 : 하나병원 / 외과 : 고려병원 / 산과 : 성모여르병원 / 재활의학과 : 드사이드재활의학병원 / 척추 : 마들병원

서울(27)
관절 : 연세사랑병원, 힘찬병원 / 대장항문 : 대항병원, 서울송도병원, 한솔병원 / 척추 : 나누리병원, 다조은병원, 서울척병원, 우리들병원, 우리병원, 21세기병원 / 산부인과 : 미즈메디병원, 우리아이산부인과병원 / 화상 : 베스티안병원 / 소아청소년과 : 소화아동병원 / 안과 : 김안과병원, 누네안과병원 / 이비인후과 : 하나이비인후과병원 / 재활의학과 : 국립재활원재활병원, 서울재활병원 / 경향외과 : 서울성심병원 / 수지접합 : 신촌연세병원 / 한방안이비인후피부과 : 강남함소아병원 / 한방중풍 : 동서한방병원 / 한방척추 : 자생한방병원

경기(15)
관절 : 누고려병원, 이춘택병원 / 수지접합 : 예손병원 / 심장 : 세종병원 / 알코올 : 다사랑중앙병원, 진병원 / 척추 : 구스파인병원, 윌스기념병원 / 산부인과 : 분당차병원, 분당서울여성병원, 서울여성병원 / 재활의학과 : 라스클린재활병원, 카이저병원 / 한방중풍 : 자생한방병원

인천(7)
안과 : 한길안과병원 / 관절 : 부평힘찬병원 / 수지접합 : 성민병원 / 이비인후과 : 다인이비인후과병원 / 재활의학과 : 브래인141기념병원

전북(2)
한방중풍 : 원광대여성산부인과병원, 원광대전주한방병원

전남(2)
관절 : 여수백병원 / 척추 : 현대병원

광주(7)
소아청소년과 : 현대병원 / 알코올 : 다사랑병원 / 척추 : 광주서울병원, 첨단병원, 수완병원 / 산부인과 : 미즈피아병원, 에인병원

제주(1)
재활의학과 : 늘봄재활의학병원

출처 : 대한전문병원협의회

SNS에 소개된 정보는 반드시 검증 절차를 밟아서 확인해야 한다.

*

　제 아무리 명의이고 좋은 병원이라고 해도 멀리 있으면 그림의 떡이나 다름없다. 특히 생명이 경각에 달린 심장, 뇌 관련 질환이나 급히 치료해야 효과가 큰 수지 접합술이 필요한 환자, 화상 환자인 경우에는 더욱 그렇다. 평소에 응급 상황 발생시 질환이나 사고 종류에 따라 집에서 가장 가까운 치료 병원 리스트를 만들어 놓을 것을 권하는 이유다. 한국인들의 고질병(?) 가운데 하나는 명품 선호가 강하다는 점이다. 명문 대학, 수억대 외제차량, 명품 옷, 시계, 핸드백 등 종류를 셀 수 없을 정도로 많다. 메이저 대학병원을 선호하는 현상도 그중 하나다. 자신이 사는 동네에 있는 병·의원은 한 수 아래로 보고 무시하기 일쑤다.

　실제로도 그럴까. 천만의 말씀이다. 우리나라의 의과대학은 경쟁률이 치열하기로 세계에서 둘째가라면 서러워할 정도로 우수한 인재들이 모인 곳이다. 지방에 있는 의과대학도 서울대 공과대학 들어갈 실력은 돼야 노크할 수 있을 만큼 입학 문턱이 높다. 그만큼 수재들이 넘쳐나는 곳이다. 그런 우수한 인재들이 의과대학 6년, 인턴 1년, 레지던트 4년, 전임의 1~2년 등 10년이 넘는 오랜 세월을 공부하고 다양한 임상 경험을 쌓고 나서야 병원에 배치되거나 개원을 한다. 그러니 지방 의과대학을 나왔다고, 지방에 있는 병원이라고 실력이 처진다고 생각하면 오산이다. 일례로 전남 화순에 있는 전남대병원은 암 수술 명의가 많은 병원으로 의료계에 널리 알려져 있다. 이 병원은 건강보험심사평가원이 주관하는 암수술 적정성 평가에서 최근 몇 년 동안 위암, 대장암, 폐암, 유방암 등 여러 분야에서 1등급 평가를 받아 암특화 병원으로 명성이 높다. EBS-TV의 '명의'프로그램에 출연한 교수들도 적지 않다. 전남대병원만 그런 게 아니다. 부산과 대구, 대전 등 지방의 대도시에 있는 대학병원들도 코로나19 팬데믹 상황의 신속한 대처에서 보았듯이 지역을 대표하는 의료기관으로서 손색이 없다. 전국에 거미줄처럼 퍼져 있는 110여 개의 보건복지부 지정 전문병원들도 의료인력과 장비, 수술(시술) 능력에서 대학병원 못지않은 수준이라고 할 수 있다.

*

수원에 사는 K씨는 나이는 70을 바라보지만 혈압이 다소 높은 것을 빼고는 군살 하나 없는 건강 체질로 주변 사람들의 부러움을 샀다. 그는 뇌졸중 같은 위험한 질환은 꿈도 꾸지 않았다. 그날도 가족들과 거실에서 쉬고 있는데, 입 근처 근육의 움직임이 이상함을 느꼈다. 목이 말라서 물을 마시려 했으나 입 근육이 경직돼 움직이지 않으면서 입 밖으로 물을 흘리고 말았다. 평소엔 없던 일이라 이상하다 싶어서 다시 물을 마시려 했으나 똑같은 현상이 벌어졌다. K씨는 아차 하는 생각에 얼굴 한쪽을 만져보니 마비 증상이 느껴졌다. K씨는 가족을 통해 나에게 전화를 걸어서 서울에 있는 유명 대학병원을 소개해 달라고 했다. 나는 단칼로 거절했다. "지금 정신이 있으시냐. 서울에 있는 대학병원 오실 시간이면 골든타임을 놓쳐서 큰 일 난다"면서 가까운 대학병원 응급실로 얼른 가시라고 조언했다. 시간이 급하니 한시도 지체하지 말고 빨리 가시라고 재촉했다. 그날 저녁에 K씨 가족한테서 전화를 받았다. 내 말을 듣고 곧장 아주대병원으로 가서 응급조치를 받고 회복중이라며, "하마터면 큰 화를 당할 뻔 했다"면서 거듭 거듭 고맙다고 했다. 나는 전화를 끊으면서 안도의 한숨과 함께 손으로 가슴을 쓸어내렸다.

인천 연수구에 사는 40대 여성 P씨는 커피를 타려고 주전자를 옮기다 자신의 팔뚝에 끓인 물을 쏟고 말았다. 눈알이 튀어나올 만큼 고통스러워 재빨리 욕실로 들어가 찬물로 냉찜질을 했지만 피부가 벌겋게 붓고 벗어지는 큰 화상을 입고 말았다. P씨는 어찌할 바를 모르고 망설이다 집에서 가까운 성형외과를 찾았다. 어느 진료과목을 찾아야 할지 알 수 없어서 무작정 가까운 의원을 찾은 것이었다. P씨는 그 의원에서 연고를 바른 후 붕대로 화상 부위를 감싸는 치료를 받고 약 처방을 받아서 귀가했다. 며칠 후 병원을 찾은 P씨는 놀라서 기절할 뻔했다. 붕대를 풀자 나타난 화상 부위는 나아지기는커녕 오히려 처음보다 악화된 상태였다. P씨는 나에게 그간의 치료 과정을 설명하면서 "어떻게 하면 좋겠느냐"며 울먹였다. 나는 남동구 구월동에 있는 정담외과의원—인천에는 화상 산재지정병원이 2곳뿐으로, 정담외과와 찬솔외과의원(남동구 논현동)이 있다—을 찾아가라고 조언했다. P씨는 열흘쯤 지나서 전화로 치료 경과를 알려줬다. 처음에 정담이나 찬솔외과로 갔으면 더 좋은 결과를 얻었을 텐데 속상하다면서도 치료 방법이 전문적이어서 많이 좋아졌다는 소식을 전해 왔다. 그나마 다행스런 일이 아닐 수 없다.

50대 C씨는 등산과 여행을 좋아하는 평범한 직장인이다. 그는 친구들과 함께 울릉도 성인봉을 오르다가 심근경색 증상으로 쓰러졌다. 다행히 동행한 친구들이 곧바로 CPR(심폐소생술)을 해서 위급한 순간을 넘기고 119의 도움으로 대구에 있는 대학병원으로 이송됐다. C씨는 거주지가 부평이어서 인천에 있는 병원에서 추가적인 치료를 원했다. 나는 그의 요청대로 인천 계양구에 있는 인천세종병원으로 그를 연결시켜 주었다. 그는 대구의 대학병원에서 안정을 취한 후 인천세종병원으로 옮겨서 관상동맥에 스텐트(심장 질환 치료에서 동맥의 개방을 유지하기 위해 삽입하는 관 모양의 장치)를 심는 관상동맥중재술(PCI)을 받을 참이었다. 그런데 안타깝게도 그는 동맥의 협착상태가 심해 심장에 피를 제대로 공급할 수 없는 심각한 상황이어서 PCI 대신 관상동맥우회술(CABG)이 필요했다. 다행히 그 병원에는 CABG 수술을 담당하는 전문의가 두 명이 있어서 C씨는 10시간 가까운 개복수술 끝에 생명을 건질 수 있었다. CABG 수술을 잘할 수 있는 전문의는 대학병원에도 없는 경우가 많은 점을 감안하면, C씨가 인천세종병원을 찾은 것은 매우 운이 좋았다고 할 수 있다.

*

만약에 독자 여러분의 가족이나 친구 중 한 사람이 갑자기 손가락이 절단되는 사고를 당했다면 어떻게 해야 할까. 답은 하나다. 손가락 절단 사고는 단순한 봉합수술이 아니라 미세접합수술이 필요한 긴급한 상황이다. 수술이 가능한 전문병원으로 가서 제때 수술 받아야 원래의 기능 회복이 가능하다. 수술이 성공하려면 여러 가지 요소가 충족돼야 한다. 먼저 골든타임을 놓치면 모든 게 허사다. 절단된 부위는 상온에서 6시간 이상 경과하면 조직이 부패할 수 있어서 빠른 시간에 병원에 도착하는 것이 중요하다. 늦어도 12시간 이내에 수지접합 전문병원에 도착해야 좋은 결과를 기대할 수 있다. 수부 절단 시에는 신속한 응급처치가 수술 결과에 큰 영향을 미친다. 사고 발생시 깨끗한 거즈나 수건을 이용해서 상처 부위를 압박하고 상처 부위를 심장보다 높여서 지혈해야 한다. 이때 상처난 부위에 지혈제 등 어떠한 약품도 사용하지 말아야 한다. 수술에 방해가 될 수도 있기 때문이다.

잘려진 부위는 생리식염수로 세척한 후 청결한 거즈나 수건으로 감싸 비닐에 넣어 밀봉한 채로 얼음물 등에 담가 차게 해서 환자와 함께 병원으로 이송해야 한다. 이때 절단 부위에 물이 스며들거나 얼음이 직접 닿아 얼지 않도록 주의해야 한다. 절단된 부위를 물이나 알코올 등 액체에 직접 담아오는 것도 절대 피해야 한다. 조직이 불어나 수술이 불가능해질 수 있기 때문이다. 생리식염수가 없을 경우에는 깨끗한 수건에 싸서 청결을 유지한 상태로 빠른 시간에 병원에 도착하는 것이 중요하다. 인천에 살고 있다면 인천 서구에 있는 뉴성민병원이나 부천에 있는 예손병원을 찾아가면 된다. (두 병원은 보건복지부가 지정한 수지접합 질환 전문병원이다.) 질환에 관계없이 대학병원이 최고라는 생각만으로 멀리 있는 대학병원 응급실로 갔다가는 시간만 허비하고 골든타임을 놓칠 수도 있으니 주의해야 한다. 보건복지부가 지정한 수지접합전문병원은 두 병원 외에 서부산센텀병원(부산), 더블유병원(대구), 마이크로병원(충북 청주) 등 전국에 5곳이 있다. 전문병원으로 지정된 병원은 아니지만, 신촌연세병원(서울), 서울프라임병원(서울), 수병원(수원), 원당연세병원(경기 고양), 조은손병원(경기 용인) 등도 수지접합 수술을 전문으로 하는 병원들이다. 이렇듯 전국에서 수지접합수술을 전문으로 하는 병원은 손으로 꼽을 정도로 적으니 평소에 집에서 가까운 병원을 미리 알아두면 사고에 신속하게 대응하는 데 도움이 될 것이다.

　20대 여성 P씨는 친구들과 술을 마신 후 밤늦게 귀가하다 보도 블록에 걸려 앞으로 고꾸라지면서 입술과 턱이 5센티 넘게 찢어지는 상처를 입었다. 곧바로 대학병원 응급실에 가서 봉합수술을 받았는데, 당직 전공의가 거칠게 꿰매서 상처가 남을 것 같았다. P씨의 아버지는 다급한 목소리로 나에게 얼굴 봉합수술을 전문으로 하는 병원을 소개해 달라고 했다. 당시에는 나도 그 분야를 전문으로 하는 병·의원을 아는 곳이 없어서 의료계 지인들한테 수소문을 해야 했는데, P씨의 아버지가 더 빨랐다. "목마른 사람이 우물 판다"고 더 절실했던 것이다. P씨는 흉터치료 전문인 수앤수성형외과(인천 남동구 논현동 소재)에서 미세수술을 받았고, 2년이 지난 지금 상처 부위를 찾기 힘들 만큼 감쪽같이 회복했다. 인천 논현동에 살고 있는 주민들 가운데 수앤수성형외과를 아는 사람이 얼마나 될까? 그리 많지 않을 것이다. 지금이라도 잘 살펴보자. 내가 살고 있는 동네 가까이에 어떤 특화된 병·의원이 있는지…. 나와 내 가족의 건강과 위급한 상황에 슬기롭게 대처하기 위해 반드시 필요한 일이다.

　시흥에 사는 40대 J씨는 자신이 일하는 공장에서 복부에 큰 화상을 입었다. 나는 J씨의 화상 정도가 심해서 규모가 있는 화상전문병원에서 전문적인 입원 치료가 필요하다고 판단했다. 서울에 있는 한림대 한강성심병원과 베스티안병원 중 한 곳으로 가라고 권했다. J씨는 곧장 입원이 가능했던 베스티안병원을 선택했고, 적기에 치료받아서 큰 상처를 남기지 않고 화상을 치료할 수 있었다. 질환 가운데 아프지 않은 질환이 없지만 그중에서도 화상은 극심한 고통을 수반한다. 중증화상 환자는 신체적 고통뿐만 아니라 상처로 인한 후유증, 경제적 부담, 정신적인 충격까지 삼중 사중의 고통을 겪는다. 하지만 화상 환자는 다른 질환에 비해 발생빈도가 낮아서 전국에 화상을 전문으로 치료하는 병원은 몇 곳 되지 않는다. 보건복지부가 지정한 화상전문병원은 서울의 2곳 외에 충북 오송과 부산에 있는 베스티안오송병원, 베스티안부산병원과 대구에 있는 푸른병원 등 5곳에 불과하다. 대전, 광주, 울산, 강원, 충남, 전남, 전북 등은 광역시·도인데도 화상을 전문으로 치료하는 병원급 의료기관이 없는 형편이다. 화상은 심장 질환 못지않게 조기 치료가 치료 경과에 큰 영향을 미치는 질환이다. 근처에 화상 전문병원이 없다면 아무리 급해도 내과는 피하고, 피부과 또는 외과에서 응급처치 후 신속히 화상전문병원으로 옮겨서 치료 받을 것을 권한다.

보건복지부가 지정하는 화상전문병원이 되려면 시설이나 규모에서 일정 기준을 충족해야 하기 때문에 전국에 5곳밖에 없지만, 잘 찾아보면 지역마다 크게 알려져 있지 않아서 그렇지 화상을 치료하는 작은 병원이나 의원급 의료기관은 곳곳에 산재해 있다. 이를테면 수원의 새솔외과의원, 대전의 베스티안우송병원, 광주의 광주굿모닝병원과 시원외과의원, 대구의 광개토병원 등이 해당된다.

화상은 일상생활을 하다 보면 언제 누구한테 닥칠지 모르는 위험한 질환이고, 특히 주의력이 부족한 어린 아이들은 반응속도가 느려서 화상의 깊이가 깊고 넓은 중증화상이 될 가능성이 높다. 게다가 화상은 아이의 피부 성장을 방해할 수 있기 때문에 지속적이고 전문적인 치료가 필수적이다. 그럼에도 질환의 특성상 수익을 내기가 어려워 화상을 전문으로 치료하는 병원이 적은 것은 안타까운 일이다. 따라서 화상을 입지 않도록 주의하는 게 중요하고, 만일에 대비해 거주지에서 가장 가까운 화상병원을 미리 알아두는 것 또한 중요하다는 사실 꼭 잊지 말자.

*

사람들은 아플 때 누구나 명의를 찾는다. 그렇다면 명의의 기준은 무엇일까? 일반적으로 사람들은 명의는 대부분 대학병원에 있을 거라고 생각한다. 나는 이 가정에 동의하지 않는다. 대학병원에 많은 명의들이 있는 것은 사실이지만, 종합병원이나 전문병원에도 실력과 인성 모두 뛰어난 의사들이 많이 있기 때문이다. 환자들이 아프면 처음에 찾아가는 1차 의료기관인 의원에도 좋은 의사들이 넘쳐난다.

의사가 처음 대하는 환자에 대해 제한된 시간에 정확한 병명을 진단하기는 매우 어렵다. 1차 의료기관은 진단 장비와 전문 검사자가 적어서 의사는 간단한 검사와 함께 환자의 말과 증상에 의존해 진료와 처방을 한다. 대개는 약 처방을 하거나 주사 처치를 하는 게 일반적이다. 환자는 1차 의료기관 이용 후 차도가 없을 경우 2차 의료기관인 종합병원이나 전문병원, 3차 의료기관인 대학병원을 가게 된다.

대학병원 교수들은 의원급 의료기관의 의사들과는 확연히 다른 첨단 의료 환경의 도움을 받는다. 당연히 환자는 의원에서는 발견하지 못한, 의원의 의사한테서는 들어보지 못한 자신의 병명과 진행 경과에 대해 자세한 설명을 들을 수 있다. 대학병원의 교수들은 1차 의료기관에서 작성한 진료의뢰서와 함께 최신의 검사 장비로 얻은 다양한 정보를 바탕으로 환자에게 적절한 진단과 치료를 제공한다. 아픈 환자의 눈에 교수들이 의원의 의사들과는 차원이 다른 명의로 보이는 것은 당연한 일이다. 환자의 기준에서 보면 명의에 대한 정의는 단순하고 명쾌하다. 내 병을 정확히 진단해서 통증 없이 고쳐주면 그 사람이 바로 명의인 것이다. 그러니 1, 2, 3차 의료기관으로 역할이 나누어진 우리나라의 의료체계상 처음 환자를 보게 되는 1차 의원의 의사는 상대적으로 오진 가능성이 클 수밖에 없고, 때로 '돌팔이' 누명을 쓰기도 한다. 하지만 제 아무리 명의 소리를 듣는 대학병원 교수일지라도 검사 장비가 일천한 의원에서 근무한다면 정확한 진단과 처방을 내리기 어렵다.

같은 의과대학을 졸업하고 같은 의사 가운을 입고 있다고 해서 의사들의 실력이 균일할 리는 없다. 남보다 더 공부하고 더 연구하고 더 많은 수술 경험을 쌓은 의사가 명의에 가까울 것이다. 그런 의사를 만나는 것은 모든 환자들의 희망사항이고, 만나게 된다면 더할 수 없는 행운이다. 분명한 것은 그런 의사는 대학병원에도 있고, 종합병원과 전문병원에도 있고, 멀리 한적한 지방의 의원에도 있다는 사실이다. 언론에 나오지 않고 과장광고를 하지 않아 유명세를 타지 못해서 그렇지, 숨어 있는 보석 같은 의사는 전국 곳곳에 있다는 얘기다. 주소가 틀리면 다시 찾아가면 되지만, 의사는 잘못 만나면 크게 고생하거나 생명을 잃을 수도 있다. '밥 선 것은 사람 살려도 의원 선 것은 사람 죽인다'는 속담이 있다. 밥이 선 것을 먹어도 사람의 목숨에는 관계가 없지만 사람의 병을 고치는 의사가 서투르면 목숨을 앗아갈 수 있다는 뜻으로, 의술이 서투른 의원을 경계하는 말이다. 그러니 눈 크게 뜨고 귀 활짝 열어서 집 가까운 곳에 있는 명의를 꼭 찾게 되기를 바란다.

코 필러 시술,
이런 사실은 알고 하세요

실명할 수도 있다는 사실 알고 신중히 결정해야

50대 전업주부 Y씨는 콧등이 낮은 게 콤플렉스였다. 자신이 미인 축에는 들지 못하지만 그렇다고 빠지는 얼굴의 소유자는 아니라고 생각했던 그는 선글라스를 멋지게 써보는 게 소원이었다. 하지만 콧등이 너무 낮아서 어떤 선글라스를 껴도 태가 나지 않았다. 끼면 흘러내리고, 그래서 올리면 다시 흘러내리고. 고민 끝에 그는 코 필러(Filler) 시술을 결심했다. 성형수술까지는 엄두가 나지 않았고 지인의 조언대로 간단한 필러 시술에 만족키로 했다. 난생 처음 얼굴에 주사를 대는 게 꺼림칙해 몇 날을 망설이다 딸과 함께 집근처 성형외과 문을 두드렸다. 워낙 많은 사람들이 받는 시술이다 보니 간단한 의사의 설명 후 곧바로 시술에 들어갔다.

불행의 시작은 간단하고 짧았는데, 고통의 시간은 복잡하고 길었다. 시술을 마치고 일어났는데, 오른쪽 눈이 빠질 듯 아프고 눈앞이 뿌옇고 흐릿한 게 제대로 보이지 않았다. 시술한 의사는 심상치 않은 사태를 직감하고, Y씨를 데리고 대학병원으로 내달렸다. 진단 결과는 안구 중심망막동맥이 막혀서 오른쪽 눈 실명이 우려된다는 것. 상상이나 했을까. 가벼운 마음으로 콧등 살짝 높이려고 주사 한 대 맞은 건데 실명이라니…. 그는 물에 빠진 사람이 지푸라기라도 잡는 심정으로 여기저기 유명하다는 안과병원의 문을 두드렸지만 허사였다. 소문난 안과 명의들 그 누구도 그의 오른쪽 눈 실명을 막아주지 못했다. 너무도 어이없는 결과에 그는 시술 후 1년이 지난 지금도 밤잠을 설치기 일쑤다. 우울증까지 생겨서 정신과를 다니며 약을 달고 산다. 시술 의사와 오랜 줄다리기 끝에 적지 않은 금액을 받고 합의를 보긴 했지만, 한번 잃어버린 시력은 끝내 돌아오지 않았다.

대전에 사는 30대 초반 B씨는 잘 생긴 외모로 자부심이 컸지만 코의 뿌리 부위가 살짝 튀어 올라 있는 게 마음에 들지 않았다. B씨는 햇살이 눈부시게 좋았던 2022년 가을의 그날을 생각하면 지금도 몸서리가 처진다. 필러 시술을 받고 몸을 일으키는 순간 왼쪽 눈의 시야가 깨끗하지 않았다. 시술한 의사가 곧바로 시술한 부위에 필러 용해제를 주입했지만 증상이 나아지지 않았다. 초조해진 그는 지인의 소개를 받아 곧바로 인천에 있는 안과 전문병원을 찾았다. 그 병원 의료진의 빠른 응급조치 덕에 시력을 잃지는 않았다. 하지만 필러 용해제의 다량 투입으로 코와 미간 주위의 피부가 벌겋게 변하면서 괴사되는 부작용이 나타났다. 피부과 전문의의 신속한 조치로 코 주위의 피부는 수개월 후 원래의 모습을 찾을 수 있었다. 하지만 미간과 눈썹 위 이마의 피부는 결국 괴사돼 이식 수술을 받아야 했다. 치료에 몇 년이 걸릴 거고 완벽한 회복이 어려울 수도 있다는 진단을 받았다. 매일 아침 거울 속에 비친 자신의 얼굴을 보면서 씨익 미소 짓고 뿌듯했던 날들이 꿈속의 일처럼 아득했다. 그때가 꿈인지, 믿기지 않는 지금이 꿈인지 분간이 되지 않는 순간도 있었다. 왜 그런 시술을 받았는지 너무 후회가 컸지만 이미 엎질러진 물이었다. 시술의 부작용은 피부 괴사만이 아니었다. 전문병원 안과 의료진의 신속한 조치로 기적처럼 시력을 찾긴 했지만 사물이 겹쳐 보이는 복시 증세로 수개월을 고생해야 했다. 사고 5개월 후 사시 수술을 받고 나서야 눈은 원래 상태로 돌아올 수 있었다.

그렇다면 전업주부 Y씨와 사회 초년생 B씨가 겪은 불행은 드문 일일까. 아니다. 한 해에 수십 명에 이른다는 학회 발표도 있었던 만큼 시술하는 의사는 물론이고 시술받는 환자도 세심한 주의를 기울여야 할 것이다.

＊

필러(Filler)란 글자 그대로 풀이하면 채워주는 물질이다. 얼굴의 주름이나 흉터, 함몰된 부위 등 피부의 꺼진 부분을 볼륨감 있게 채워주는 주사제를 통틀어서 필러라고 한다. 필러의 성분은 한 가지가 아니라 콜라겐, 히알루론산, 칼슘, PCL(Poly caprolactone) 등 다양하다. 보톡스와 함께 쁘띠(Petti)성형―'작은'이라는 뜻으로 얼굴에 칼을 대지 않는 비수술적 성형 시술―을 대표하는 시술이다. 무엇보다도 곧바로 사회생활이 가능해 인기가 높다.

코 필러 시술은 간단하다. 진료에서 상담, 시술로 이어지는 일련의 과정이 대개는 당일로 끝난다. 절개나 수면 마취 등이 필요하지 않고 시간도 10~20분 정도밖에 걸리지 않는다. 일반적인 수술이라 하면 예약 후 외래진료를 하고 안전한 수술을 위해 수술 전 검사를 한 후 별도로 날짜를 잡아서 하거나 입원해서 하는데 그럴 필요가 없는 것이다. 거기에다가 회복기간이 긴 일반 수술과는 달리 사실상 회복기간이 필요하지 않은 장점이 있어서 바쁜 현대인에게 가뭄에 단비 같은 존재가 아닐 수 없다.

*

동양인의 코는 서양인에 비해 낮다. 납작코 콤플렉스는 서양인에게서는 찾기 어렵고 동양인한테 많을 수밖에 없다. 코는 얼굴의 중심에 위치한 중요한 기관이다. 조금만 변해도 얼굴 전체에 미치는 영향이 크다. 그렇다면 엘리자베스 테일러─세기의 미녀로 평가받는 영국 런던 태생의 미국과 영국의 이중국적 여배우. <젊은이의 양지>, <자이언트>, <클레오파트라>, <누가 버지니아 울프를 두려워하라> 등 50여 편의 영화에 출연. 아카데미 여우주연상 2회 수상, 골든 글로브 4회 수상. 8번의 결혼식을 올렸음. 2011년 울혈성 심부전증으로 79세를 일기로 타계함─의 높은 코를 국민여동생 아이유에게 붙여 놓으면 잘 어울릴까. 아이유는 콧대가 높아서 아름답게 보이고 많은 사람의 사랑을 받는 것일까. TV광고시장의 블루칩인 그의 코는 오히려 보통의 여성들보다 낮으면 낮았지 높지 않다. 코가 낮다고 미인이 되기 어려운 건 아니라는 얘기다. 서양인의 코가 부럽다고 동양인의 얼굴에 붙여놓으면 그게 잘 어울릴 수 있겠는가. 사람의 얼굴은 오스트랄로피테쿠스 이후 수백만 년에 걸쳐 서로 다른 자연 환경과 유전적인 요인에 의해 만들어진 각기 다른 완성품이라 할 수 있다. 얼굴의 아름다움은 이목구비의 조화의 결과이지 어느 하나가 특별히 뛰어나다고 달라지는 것은 아닐 것이다. 이목구비가 크고 뚜렷한 서양인의 외모는 화려해서 첫 눈에 확 들어오는 강점이 있을 것이다. 상대적으로 이목구비가 작고 오밀조밀한 동양인은 나태주 시인의 시 구절처럼 자세히 오래 보아야 예쁘다는 표현이 더 잘 어울린다. 서양의 여인을 화려한 장미에 비유한다면, 동양의 여인은 은은한 국화에 가깝다고 할 만하다. 화려함과 단아함 중 어느 쪽이 더 낫다고 감히 단정할 수 있겠는가. 어느 쪽이 더 뛰어나다고 우열을 논할 수 있을 것이며, 그 기준을 만들 수 있겠는가. 세계적인 미인 선발대회를 보아도 알 수 있듯이 미의 기준은 따로 엄격하게 정해져 있는 게 아니라는 사실이다. 보는 사람에 따라 다를 수밖에 없는 지극히 주관적인 개념 아니겠는가.

필러 시술은 빠르고 간편하다는 큰 장점 못지않게 치명적인 단점도 있는데, 그 위험성을 아는 사람은 많지 않은 듯하다. 지금 이 순간에도 여전히 전국의 성형외과에는 코 필러 시술을 받기 위해 내원한 고객들로 부산하다. 이 시술은 워낙 시간도 짧고 방법도 단순해서 환자들이 느끼는 부담감이나 공포감이 작다. 하지만 집도의의 작은 실수도 용납하지 않는다. 잘못 시술하는 그 순간 이미 실명은 결정된 것이나 다름없다. 코에는 눈의 동맥으로 이어시는 혈관들이 시나가는데 필러 주사 바늘이 혈관을 찔러서 그곳으로 필러가 주입되면 색전증(혈전 등 혈관안의 부유물이 혈관의 일부 또는 전부를 막은 상태)을 일으키거나 눈의 동맥을 막아서 수십 분 안에 망막세포 괴사로 이어져 결국 실명하게 된다. 어떤 경우에는 시력 회복은커녕 안구를 적출해야 하는 암담한 상황으로 몰릴 수도 있다. 더 두려운 것은 상황 발생 후 빠른 시간 안에 동맥확장제를 투여하거나 필러를 녹이는 시술을 하는 등 적절히 대처해도 시력 손상을 막기는 어렵다는 점이다. 현재의 의학으로는 치료방법이 없다는 표현이 적절할 것이다. 경험 많은 의사들은 혈관이 지나가지 않는 골막층—뼈의 바깥 면을 감싸고 있는 조직으로 혈관과 림프관, 감각신경 등이 분포해 있다—으로 뼈와 밀착해 시술하면 안전하다고 말한다. 그러나 이 시술로 인해 실명한 환자들이 적지 않다는 사실을 분명히 알고, 시술 전 의사와 충분히 상담 후 시술여부를 결정해야 할 것이다. 다른 인체 기관은 치유나 대체가 가능한 경우가 많지만 눈은 대체 불가능한 기관이기 때문이다. 그야말로 천 냥짜리 몸에서 구백 냥에 해당하는 소중한 기관이 눈이 아닌가. 내 몸을 위해 꼭 해야만 하는 일이라면 모를까, 해도 되고 안 해도 되는 일인데 실명의 위험을 무릅쓴 도박을 할 필요가 있을까. 그래도 꼭 하고 싶다면 제대로 알고 신중히 검토한 후 시술받도록 하자. 아무리 아름다움이 중요해도 내 몸의 안전보다, 내 몸의 건강보다 더 소중할 리는 없지 않은가.

병원 슬기롭게 이용하는 법

병이 났을 때 어떤 병원을 가야 할까 판단하기는 쉽지 않다. 자주 병고에 시달린 사람이라면 노하우가 있어서 별 어려움이 없겠지만, 어쩌다 아픈 사람은 갑자기 몸에 통증이 생기면 당황하게 마련이다. 가벼운 질환이라면 집 근처 의원이나 병원을 찾으면 되지만, 단순한 외상이 아니라 아픈 부위가 심상치 않거나 통증이 심하면 고민이 클 수밖에 없다. 세상 일이 그렇듯이 병원을 슬기롭게 이용하는 방법에도 특정한 정답이 정해져 있는 것은 아니다. 하지만 무작정 발길 닿는 대로 갔다가는 병을 키우거나 뜻밖의 불행을 겪을 수도 있으므로 조심해야 한다. 이때 확실한 기준을 정해놓고 선택하면 적기에 진료 받고 병을 치유하는 데 도움이 되고 나중에 후회하는 일도 줄일 수 있을 것이다.

만약에 추석 명절 기간 동안 갑자기 서울에서 부산 출장을 가야 한다면 어떻게 해야 할까? 가는 방법은 비행기, 고속버스, KTX, 자가용 등 다양한데 어떤 방법을 선택하느냐에 따라 도착시간은 천양지차일 수도 있다. 병 치료도 다르지 않다. 환자가 어떤 선택을 하느냐에 따라 결과는 달라질 수 있다. 이때 환자의 증상과 처해 있는 상황에 맞는 최적의 병원과 의사를 선택하는 것은 오로지 환자와 가족의 몫이다. "모르는 게 약, 아는 게 병이라구요?" 천만의 말씀이다. 아는 게 힘이다. 지금 제안하는 방법이 최선책은 아닐지라도 오답을 피하는 최소한의 지침은 될 수 있을 것 같아서 소개한다.

*

첫째, 병·의원, 꼭 예약하고 가라

병원을 가야 할 때는 사전에 꼭 해야 할 일들이 있다. 그 첫 번째는 예약이다. 응급상황이라면 당연히 가까운 병원의 응급실을 찾는 게 우선이다. 그게 아니라면 병원에 가기 전에 예약부터 해야 한다. 대학병원은 예약제가 자리를 잡았지만, 아직도 중소병원이나 의원은 예약 없이 방문하는 환자가 많다. 선택은 자유인데 예약 없이 병원을 방문하면 예외 없이 오래 기다리는 불편을 감수해야 한다.

감기나 가벼운 열상 등 증세가 약한 경증 질환이라면 가까운 동네 의원을 찾아가 도움을 받으면 된다. 이때도 예약 후 방문하는 게 빠른 진료에 도움이 된다. 의원급은 상대적으로 내원객이 적어서 기다리는 시간이 길지 않을 수 있다. 하지만 병원급 이상의 의료기관을 방문할 때는 상황이 다르다. 자칫 예약을 하지 않고 방문했다가는 반나절은 기본이고 하루 종일 대기해야 하는 불편을 겪을 수도 있다.

S씨는 지역에서 명사 대접을 받는 유명인인데 예약 없이 병원을 찾았다가 곤욕을 치러야 했다. 아침부터 속이 쓰리고 불편한 게 오후에도 계속된데다 다음날이 토요일이어서 진료받기가 쉽지 않다고 판단한 S씨는 평소 다니던 병원의 친한 직원한테 전화를 걸어 당일 접수를 부탁했다. 1시간 후 S씨는 병원에 도착했고 직원의 도움으로 곧바로 진료실로 안내를 받아 신속하게 진료를 마칠 수 있었다. 문제는 S씨가 진료실을 나오는 순간에 발생했다. 대기석에 앉아 있던 60대 여성

이 벌떡 일어나 "요즘이 어떤 세상인데 새치기를 하느냐"며 S씨와 안내한 직원을 노려보면서 고함을 질렀다. 당황한 직원이 설명하려는 순간 옆자리에 있던 70대 남자 노인이 목청을 높였다. "아까부터 지켜봤는데 왜 순서를 지키지 않느냐. 빽이 없다고 무시하는 거냐"면서 항의 소동에 가세했다. 상황이 심각하다고 판단한 S씨는 뒤도 돌아보지 않고 도망치듯 진료비도 내지 못한 상태로 그 병원을 빠져 나왔다.

일명 김영란법의 적용은 병원도 예외가 아니다. 그 후로 S씨는 병원에 뭔가를 부탁하는 일을 하지 않는다고 한다. 그 직원은 지금은 외부 고객뿐만 아니라 MZ세대가 주축인 의사와 간호사, 행정직원들조차도 VIP 우선 진료 같은 특권과 편법, 반칙에 민감하게 반응한다고 했다. 그는 세상은 좋아진 게 분명한데 아직도 대접받기를 원하는 관행은 남아 있어서 고충이 적지 않다고 하소연했다. S씨가 사전에 예약을 하고 병원에 갔다면 저런 봉변을 당하지는 않았을 것이다.

우리나라는 병원에 따라 차이가 있지만 IT 강국답게 다양한 방법으로 사전 예약이 가능하다. 전화 예약은 기본이고 대학병원의 경우 해당 병원 홈페이지를 통해 예약하는 방법도 있다. 병원을 방문해서 이모저모 탐문한 뒤에 방문 예약을 하는 것도 한 방법일 수 있다. 전화 상담으로 예약을 하는 것은 시간도 절약되고 편리한 장점이 있으나 본인이 원하는 의사를 선택하는 데 어려움을 겪을 수 있다. 콜센터 상담 직원들은 일차적으로는 고객이 원하는, 고객이 지정하는 의사로 예약을 잡아준다. 이 방식은 콜센터 상담 직원도 편하고 고객도 만족스런 방법이다. 하지만 대다수의 환자는 자신의 질환에 적합한 의사를 알 수 없기에 콜센터 직원의 추천에 의존하는 경우가 많다. 이때 문제가 발생하기 쉽다. 환자라면 누구나 그 병원에서 자신의 질환을 제일 잘 아는 의사, 즉 명의한테 진료받기를 원한다. 그러나 그렇게 인기 있는 의사는 진료대기 환자가 많아서 1개월에서 많게는 6개월 이상을 기다려야 예약이 가능한 경우가 비일비재하다. 이럴 때 콜센터 직원은 예약 대기자가 상대적으로 적은, 임상 경험이 부족한 의사한테로 예약을 유도하는 게 일반적이다. 전문의 자격을 딴 지 얼마 안 되는 전임의나 전임강사 등 초보 의사한테는 예약 환자가 적으니 자연스런 현상일 수도 있다. 하지만 환자 입장을 고려하면 서울에 있는 병원은 물론이고 지방의 대학병원 등 다른 선택지도 많다는 점에서 아쉬운 부분이 아닐 수 없다. 이런 상황을 피하려면 사전에 의사와 병원에 대한 충분한 정보를 수집하는 수고가 필요하다.

✳

둘째, 병원 홈페이지와 유튜브 등 온라인 정보를 적극 활용하라

좋은 의사, 좋은 병원을 고르려면 어떤 방법이 좋을까? 대학병원은 정부의 엄격한 심사와 평가를 거쳐 지정된 기관이니 별도의 검증이 필요하지 않을 것이다. 다만 어떤 교수를 선택하는가가 고민일 수 있다. 이럴 때 과거에는 직접 병원을 찾아가서 예약을 잡는 '발품'을 팔아야 했지만, 지금은 컴퓨터 좌판을 두드리는 약간의 '손품'만으로도 귀한 정보를 얻을 수 있다. 그중에서도 제일 쉽고 믿을 수 있는 방법은 병원의 홈페이지를 활용하는 것이다. 거기에는 기본적인 질환부터 중증질환에 이르기까지 다양한 질병에 대한 각종 정보를 담고 있어서 언제든지 이용이 가능하다. 의료진에 대한 정보도 상세히 나와 있다. 인터넷 포털사이트의 인물검색과는 비교할 수 없을 정도로 자세하다. 주의 깊게 살펴보면 자신의 질병에 맞는 의사를 선택하는 데 큰 도움이 된다. 거기에는 의사의 이름과 얼굴사진, 전문분야는 물론이고 학력, 경력, 학술활동, 언론보도, 수상경력 등 다양한 이력이 망라돼 있다. 그 정보들은 한 의사가 오랜 세월 쌓아온 소중한 노력의 결과물이라고 할 수 있다. 그중에서도 논문 발표 등 학술활동 실적은 매우 중요하다. 그 의사가 공부하고 연구하는 의사인지를 가늠하는 척도가 될 수 있기에 그렇다. 신문과 방송에 소개된 기사나 영상물을 살펴보는 것도 의사의 실력을 점검하는 데 유용하다.

경력이 많은 의사를 고르는 것도 어렵지 않다. 병원마다 다소 차이가 있기는 한데 대개의 병원은 의료진을 소개할 때 1차적으로 경력을 고려한다. 의사면허 혹은 전문의 면허를 딴 순서대로 배치하는 게 일반적이다. 이 기준에 따르면 의료진 소개 카테고리의 맨 위쪽에 있는 의사가 해당 진료과에서 경력이 제일 많은 의사라는 뜻이다. 당연히 맨 밑에는 막내 초보 의사가 자리한다. 모든 병원이 이 규칙대로 한다면 의사 경력이 많고 적음을 판단하기가 쉬울 것이다. 하지만 어떤 병원은 가나다 이름순으로 하는 병원도 있고 어떤 병원은 두 가지를 병용하면서 빠른 진료 순으로 하는 경우도 있으니 세심하게 살펴야 한다.

여기서 주의할 점은 나이와 경력이 많다고 해서 반드시 명의는 아니라는 사실이다. 특히 외과의사의 경우 경력이 많다고 수술을 잘하고 짧다고 못할 것이라는 선입견은 버려야 한다. 오히려 나이가 들면 신체 기능의 저하 등으로 수술 능력이 떨어지는 경우도 있고 개인차도 심해서 일률적인 잣대로 판단하기는 어렵다. 외과의사의 수술 실력은 언론이나 학계의 평판보다도 그와 같이 수술에 참여하는 마취과의사와 전공의, 간호사 등 수술팀이나 병동의 간호사가 제일 잘 알 것이다. 아프면 소문내라고 하지 않았던가. 주변에 병원계에서 일하는 사람이 있다면 귀동냥을 구하는 것도 한 방법일 수 있다. 질환이 경증이라면 몰라도 암과 같은 중질환의 수술을 받아야 한다면 의사를 선택하는 데 신중을 기하는 것은 당연한 일이다.

그밖에 비급여 항목의 진료비에 대한 정보도 나와 있으니 다른 병원과 비교하면 진료비용을 줄일 수 있을 것이다. CT와 MRI 등 고가 장비에 대한 정보도 공개하고 있으므로 병원 선택시 참고할 만 하다.

남녀노소를 가릴 것 없이 누구나 접근이 쉬운 유튜브를 활용하는 것도 좋은 방법이다. 거기에는 검증되지 않은 정보가 많아서 주의가 필요하긴 하지만 구더기 무섭다고 장 담그기를 포기할 수는 없지 않은가. 유튜브에는 병원 제작 영상을 비롯해서 해당 분야 전문의들이 만든 콘텐츠도 풍부하니 약간의 노력만으로도 좋은 정보 활용이 가능하다.

보건복지부 산하기관인 건강보험심사평가원(약칭 심평원)과 국민건강보험공단의 홈페이지나 질병관리청이 운영하는 '국가건강정보포털'을 활용하는 것도 좋은 방법이다. 특히 국가건강정보포털에는 정부가 검증한 알짜배기 건강정보가 풍성하니 적극 활용할 것을 권한다.

＊

셋째, 대학병원 응급실은 응급환자한테 양보하라

응급실은 글자 그대로 응급환자들을 위한 공간이다. 그런데 현실은 그렇지 않다. 보건복지부에 따르면 2022년에 응급실을 찾은 환자

중 경증 환자가 약 400만 명으로 중증 환자 대비 8.8배 많았다고 한다. 군이 응급실을 가지 않아도 되는 일반 환자들이 무작정 응급실을 찾아가서 생긴 현상이다. 그래서 진짜로 응급수술이 필요한 환자가 병원을 전전하다 제때 치료받지 못해 사망하는 일이 벌어지는 게 대학병원 응급실의 현주소다. 단순한 고열이나 가벼운 타박상, 열상이라면 대학병원 응급실에 가는 일은 한사코 피해야 한다. 경증인 내가 병상을 차지하는 바람에 생명이 위중한 중증 환자가 응급실을 전전하다 생명을 잃을 수도 있기 때문이다. 심지어는 암 환자 같은 중증 질환자가 빨리 입원 수술을 받을 목적으로 응급실을 가기도 하는데 헛수고일 뿐이다. 그런 목적이라면 외래 진료와 검사 등의 절차를 밟은 후 순서를 기다려야 가능한 일이다. 암 환자의 급한 마음은 이해되지만 응급실을 이용한 입원 새치기는 허용되지 않는다는 얘기다.

응급실은 병원 안의 또 다른 병원이라고 할 수 있다. 응급의학과는 일반적인 진료과와는 달리 독립적인 장비와 진료시스템, 전문화된 인력으로 운영되는 특수 조직이다. 주간보다는 외래 진료가 없는 야간과 휴일에 바삐 돌아가는 곳이다. 응급실을 찾는 환자는 단순 타박상이나 찰과상에서부터 의식이 없는 상태로 들어오는 중증 환자, 각종 사고로 피 범벅이 돼서 들어오는 환자, 이미 죽은 상태로 오는 환자 등 가지각색의 이유와 배경을 가진 환자들로 북새통을 이룬다.

이곳에서는 환자의 상태에 따라 최대한 신속하게 진료를 봐야 하기 때문에 일반 외래진료실과는 다른 진료수칙이 적용된다. "내가 먼저 왔는데 왜 진료순서를 바꾸냐"는 항의는 통하지 않는다. 물론 응급실에서도 접수 순서대로 환자를 보는 게 원칙이다. 하지만 위급한 환자가 들어오는 순간 순서는 무시된다. 자신의 진료 순서가 뒤로 밀리는 느낌이 든다면 고통스럽더라도 참고 기다려야 한다. 아니 오히려 다행일 수도 있다. 검사받은 나의 상태가 다른 환자에 비해 경증이라는 반증이기도 하기 때문이다. 응급실에서의 진료 순위가 위급한 환자 우선인 것은 법—응급의료에 관한 법률 제8조 2항에는 "응급의료종사자는 응급환자가 2인 이상이면 의학적 판단에 따라 더 위급한 환자부터 응급의료를 실시하여야 한다"고 명시돼 있음—으로도 보호받는다.

응급실은 곳곳에 상태가 중한 환자가 있어서 고통을 호소하는 외침과 욕설, 신음소리 등 뜻밖의 스트레스에 시달릴 수도 있다. 그러니 증상이 미미한 경우에는 일차적으로 가까운 동네 의원을 검색해서 가는 게 여러 가지로 이익이다. 지금은 의료기관 간 경쟁이 치열해서 주말과 공휴일에도 진료하는 의원이 적지 않다. 동네 의원에서 치료가 어려울 경우에는 곧바로 종합병원이나 대학병원 응급실로 연결해줄 것이다. 지금은 대다수 동네 의원들이 인근 종합병원 혹은 대학병원과 서로 진료협약을 맺고 있어서 위중한 환자는 곧바로 대학병원으로 연결시켜주므로 걱정하지 않아도 된다.

멋모르고 단순한 고열 증세나 피부 열상으로 무작정 응급실을 갔다가는 진료비 폭탄을 맞을 수도 있다. 기본 요금부터 일반 외래진료비와 비교할 때 몇 배 이상 비싼 경우가 다반사이다. 응급실에서는 검사와 처치, 야간 진료, 약 처방 등 모든 행위에 가산이 붙기 때문이다. 의료수급자인 경우에도 비급여 항목은 일반 의료보험 환자와 같은 비싼 의료비를 내야 하니 주의가 필요하다.

경증 질환일 경우 대학병원 응급실 이용을 자제하는 것은 당연하고 바람직한 일이고 정부의 권장사항이기도 하다. 하지만 증상이 위중하고 예후가 불확실한 심각한 상황임에도 응급실 가기를 꺼려하는 것은 매우 위험하고 미련한 행동이다.

서울 개포동에 사는 K씨의 사례가 그렇다. K씨는 2023년 11월 말쯤 친구들과 사당역 근처 식당에서 만나기로 하고 집을 나갔다. 하지만 금방 도착한다던 K씨는 약속시간이 훌쩍 지났는데도 식당에 나타나지 않았다. 이상하게 여긴 친구가 전화를 걸었을 때 K씨는 식당 앞을 배회하고 있었다. K씨를 발견한 친구는 첫 눈에 몸이 한쪽으로 기울어진 상태로 걷고 있는 그가 정상으로 보이지 않았다. 친구는 즉시 가족에게 연락했고, 부인과 아들은 K씨한테 병원 응급실을 가자고 권했지만 그는 귀가를 고집했다. 아파트에 도착한 K씨는 잠긴 문을 열기위해 비밀번호를 눌러야 했지만 번호를 기억해내지 못했다. 옆에서 지켜보던 아들은 한사코 병원 가기를 꺼려하는 K씨를 설득해 강남세브란스병원 응급실로 차를 몰았다. 그날 밤 자정 무렵 K씨는 수술대 위에 누웠고 머리에서 다량의 피를 뽑아냈다. 만약에 K씨가 그날 응급실을 가지 않았다면 뇌 과다출혈로 생명을 잃었을지도 모른다. 위중한 증상이 있는데도 응급실 가기를 회피하는 행위는 목숨을 걸고 도박하는 것과 다름없는 위험한 일임을 K씨의 사례가 보여준다.

＊

넷째, 병·의원 간판 꼼꼼히 살피라

'00성형외과의원'과 '00의원 진료과목 성형외과'는 어떤 차이가 있을까? 00성형외과의원은 성형외과 전문의가 진료하는 곳이고, 00의원 옆 또는 아래에 '진료과목 성형외과'라고 표기한 간판을 단 의원은 전문의가 아닌 일반의가 진료하는 곳이다. 의원 명칭을 단 의료기관은 간판만 보고서도 그 의원의 원장이 전문의인지 일반의인지 알 수 있는 것이다.

　그렇다면 전문의와 일반의는 어떤 차이가 있을까? 일반의는 의과대학 6년을 마치고 의사국시에 합격해 의사 면허를 취득한 사람을 말한다. 의사 면허를 따면 누구든지 개원하여 진료과목에 관계없이 환자를 진료할 수 있다. 인턴 과정까지 마치고 전문의를 따지 않은 의사도 마찬가지다. 이와 달리 전문의는 추가 공부와 시험 통과가 필요하다. 의사 면허를 딴 후 인턴 1년, 레지던트 4년의 과정을 밟고 전문의 시험에 합격해야 비로소 해당 분야의 전문의가 될 수 있는 것이다. 일반의

보다 무려 4~5년이 더 긴 수련과 임상 과정을 거쳤으니 일반의와 비교할 때 더 높은 수준의 지식과 기술을 보유했을 가능성이 높다. 이런 차이 때문에 일반의와 전문의 중 누구의 진료를 선호하냐고 묻는다면 십중팔구 전문의의 진료를 원할 것이다. 그러나 아직도 많은 사람들이 이 차이를 모른 채 병·의원을 이용하는 게 엄연한 현실이다. 병·의원 간판에서 이름 뒤에 붙여 쓰는 전문과목 표기는 전문의만 가능하고, 진료과목 표기는 의사는 누구나 자유롭게 표기할 수 있다는 사실을 알아두면 병·의원을 고를 때 고민을 줄여줄 것이다.

어느 병·의원에서 진료를 받을지 선택하고 결정하는 것은 오로지 환자 몫이다. 동네 의원은 한번 가면 다시 또 가는 단골의원이 되기 쉽다. 전문의 과정을 밟지 못한 일반의라고 해서 실력이 부족하다고 단정할 수는 없다. 하지만 전문의와 일반의의 차이 정도는 알고 진료 받아야 나중에 후회하는 일을 줄일 수 있을 것이다.

✳

다섯째, 병·의원 오가는 횟수 줄이는 법

병원을 자주 다니는 것을 좋아할 사람은 드물다. 병 치료를 위해서라면 어쩔 수 없지만 그 외의 일로 병원을 자주 찾아야 한다면 짜증나는 일이 아닐 수 없다. 하지만 실제로는 그런 일이 잦은 게 현실이다. 왜 그럴까. 구비서류를 준비하지 않아서 그런 경우가 많다. 이를테면 3차 의료기관인 대학병원을 가려면 사전에 예약을 하고 1,2차 의료기관인 병·의원에서 발행한 진료의뢰서(요양급여의뢰서)를 가져가야 접수가 가능하다. 만약에 소화기내과 진료라고 한다면 1,2차 의료기관에서 시행한 건강검진결과나 내시경, 초음파 등의 영상자료를 복사한

CD를 지참하면 불필요한 검사와 시간을 줄일 수 있다. 영상자료가 있는 경우에는 예약시간보다 20~30분 미리 가서 영상을 등록해야 제 시간에 진료를 볼 수 있다. 대학병원 교수가 환자의 상태를 참고할 수 있도록 모든 진료기록을 복사해서 가는 것도 좋은 방법이다. 신분증과 복용 중인 약 처방전도 지참하면 진료에 도움이 된다. 혹시 있을지 모를 추가 검사에 대비하여 아침을 금식하고 가는 것도 필요하다.

부천에 사는 60대 남성 H씨는 한 종합병원 초음파 검사에서 콩팥에 작은 혹 2개가 발견돼 대학병원 진료를 권유받았다. 그는 곧바로 가톨릭대 서울성모병원에 예약을 하고 수일 뒤 병원을 방문했다. 조급하고 다급한 마음에 일찍 병원에 도착했지만 아뿔싸 진료의뢰서를 지참하지 않았다. 다행히 예약시간이 남아 있어서 근처 내과의원으로 달려가 진료의뢰서를 발급받고 원했던 시간에 진료를 받을 수 있었다. 어떻게 그런 실수를 하느냐고 하겠지만 이런 일은 병원에서는 흔하게 벌어지는 해프닝이니 미리 점검해야 불편을 피할 수 있다.

병원은 진료를 받기 위해 가는 곳이지만 진단서와 소견서, 입퇴원 확인서 등 각종 서류를 떼기 위해 가는 경우도 적지 않다. 많은 사람들은 진료비의 일부 또는 전부를 보전 받는 실손보험을 비롯하여 각종 암보험 등 개인보험과 종신보험 등 다양한 보험에 가입돼 있다. 보험 혜택을 받으려면 예외 없이 보험사에서 요구하는 서류를 준비해야 한다. 보험사마다 요구하는 서류도 제각각이어서 반드시 사전 확인이 필요하다. 이들 서류는 외래 진료를 받은 당일이나 퇴원하는 날 신청할 경우 당일 발급받는 게 쉽지 않으니 미리 신청해야 한다.

병원에서 발급하는 진단서나 소견서 등의 서류는 진료 받은 의사의 작성과 확인 서명이 필수적이어서 당일 신청해서 발급받는 것은 불가능에 가깝다. 좋은 방법은 입원하는 당일 보험사에 전화해서 필요한 서류의 종류와 필수기재항목이 무엇인지 확인한 후 미리 신청해서 퇴원하는 날 발급받는 것이다. 직장인이 병가 처리를 위해 진단서가 필요한 경우에는 치료 기간 명시가 필요할 수도 있으니 회사에 미리 확인하는 게 좋다.

병원은 방문할 때도 서류가 필요하고 퇴원을 앞두고도 챙겨야 할 서류들이 있을 수 있다는 사실을 알아야 한다. 그런 절차를 무시했다가는 불필요한 시간 낭비는 물론이고 재방문해야 하는 불편을 겪을 수도 있으니 잊지 마시라.

*

여섯째, 과대·과장 광고 병원은 일단 의심하라

의료와 식품광고는 사람의 건강과 생명에 영향을 줄 수 있어서 법으로 엄격한 규제와 제한을 받는다. 그중에서도 병원 광고는 질환으로 고통 받는 환자들에게 잘못된 정보를 제공하여 이중삼중의 고통을 줄 수 있어서 피해야 하지만 현실은 정반대다. 의료계의 생존경쟁이 그만큼 치열하기 때문이다. 병원 광고는 관계기관의 까다로운 심사를 거쳐야 합법적인 광고가 가능하지만 그 절차를 무시하는 광고도 적지 않다.

일례로, 인천의 한 안과의원은 자기 병원이 인천에서 백내장 수술을 제일 많이 한다는 광고를 지하철에 게시한 적이 있다. 실제로 인천에서 백내장 수술을 제일 많이 하는 병원은 부평에 있는 H안과병원인데 버젓이 과장 광고를 붙인 것이다. 광고 내용이 허위이고 과장된 것 같지만 그 의원은 교묘한 방법을 썼다. 인천 제일의 백내장 수술 실적이라는 표기 밑에 아주 작은 글씨로 '1차 의료기관 중'이라는 조건을 달아서 불법을 피해나가는 꼼수를 부렸다.

과대·과장 광고는 형태와 내용도 다양하다. 이를테면 보건복지부가 지정한 전문병원이 아닌데도 버젓이 전문을 표방하는 행위를 비롯해서 양악과 윤곽 분야 등 법으로 인정하지 않는 전문분야를 전문이라고 표기하기도 한다. 부작용이나 수술 후유증이 없다고 광고하는 것 등 다양한 방식이 동원된다. 의료소비자인 환자의 세심한 관찰과 주의가 필요한 이유이다.

✳

일곱째, 기타 고려사항

예약을 하지 못하고 병원을 가야 하는 상황이라면 차라리 오후 늦게 가는 편이 대기시간을 줄일 수 있다. 어중간한 시간에 방문해봤자 어차피 예약환자한테 밀려서 진료 마감시간이 임박해서야 진료 받을 가능성이 클 것이기 때문이다. 병원급 의료기관의 진료마감시간이 오후 5시인 것을 감안하면 그보다 1시간 30분 전쯤 가면 오랜 시간 기다리지 않고도 진료 받을 수 있을 것이다. 하지만 너무 늦으면 진료는 받을 수 있겠지만 시간 부족으로 추가 검사를 못해 재차 병원을 방문해야 하는 불편을 겪을 수도 있으니 정기 진료가 아니라면 너무 늦은 방문은 피하는 게 현명하다.

시간대별로는 병원은 항상 붐비는 시간에 붐빈다. 예외가 없다. 그럴 수밖에 없는 게 평일에는 진료를 위해 휴가를 내야 하는 직장인보다는 전업 주부나 자영업자들이 많을 수밖에 없어서 일어나는 현상이다. 대다수 전업 주부들의 생활패턴은 남편과 아이들이 집을 나간 뒤 집안 정리 후 병원을 찾게 마련이다. 그러니 오전 10~12시간대의 병원은 북적일 수밖에 없는 것이다.

　요일별로는 어떤 날이 환자가 제일 많고 적을까? 병원마다 다소 차이가 있겠지만 대개 월요일과 금요일에 환자가 많다. 월요일은 주말 후라 많고 금요일은 주말에 대비하느라 많다. 반드시 그런 건 아닌데 수요일에는 환자가 적은 편이다. 추석이나 설 등 긴 연휴를 보내고 첫 출근하는 평일에는 병원이 그야말로 환자들로 북새통을 이루니 급하지 않으면 피하는 게 좋다. 100% 예약제로 운영하는 대학병원은 요일의 영향을 크게 받지 않는다. 하지만 중소 규모 병·의원에서는 이런 현상이 상존하고 있으니 병원 이용 시 참고하면 도움이 될 것이다.

3월에 대학병원
진료 보기 두렵다구요?

    3월은 봄이 열리는 달이다. 얼어붙었던 대지가 녹아서 만물이 소생하는 새 출발의 계절이다. 병원도 다르지 않다. 해마다 3월이 되면 대학을 졸업한 새내기들이 새 출발을 위해 줄줄이 병원에 들어온다. 당연히 규모가 작은 병원급 의료기관보다는 대학병원에서 보다 많은 인력이 들고 난다. 신출내기들이 한꺼번에 몰려 들어오다 보니 병원은 한동안 비상의 연속이다. 초짜 의사와 간호사들이 제자리를 잡고 제 역할을 하기까지는 꽤 많은 시간이 걸리기 때문이다. 이들만 힘든 게 아니다. 고참 교수들이나 선배 의사들은 긴장을 풀지 못하고 이들 뒷바라지에 여간 고된 게 아니다. 한꺼번에 몰려든 초짜들 때문에 경험자들 또한 긴장을 풀지 못하는 시기인 것이다.

    한 해의 시작은 1월이지만, 병원 특히 대학병원에서는 3월 1일이 진정한 1년의 시작이라고 할 수 있다. 1월에 의사국가시험에 합격하고 2월에 의과대학을 갓 졸업한 인턴이 첫 의사 가운을 입고, 인턴을 마친 전공의들이 진료과로 배치되고, 펠로우라는 별칭으로 불리는 전임의와 신임 교수들이 일을 시작하는 게 3월이기 때문이다. 의사들만 그런 게 아니다. 병원을 지탱하는 양대 축이라고 할 수 있는 간호사도 그렇고, 진료 보조에 필수적인 방사선사, 임상병리사, 물리치료사 등 의료기사들도 3월에 첫 출근을 하는 경우가 많다. 3월에 의사 수가 늘어나거나 이동이 많다 보니 그에 비례해 간호사와 의료기사도 함께 늘어나는 건 당연한 일이다.

사정이 이렇다 보니 3월의 대학병원에서는 크고 작은 사고와 소동이 다른 달보다 많다고 한다. 행여 3월에 환자들이 대학병원 이용을 기피하는 현상이 생길까 봐 쉬쉬하는 의료계 분위기도 없지 않아서 수치로 확인된 통계는 찾기 어렵지만 병원 종사자라면 누구나 경험적으로 인지하고 있는 사실이다. 이런 현상은 비단 병원에만 국한된 것은 아니다. 고등학교와 대학을 나온 졸업생들이 처음 배치되는 산업현장에서도 똑같은 현상이 벌어질 것이다. 사회의 어느 분야든 처음부터 주어진 일을 척척 해내는 직업인이 어디 있겠는가. 특히 의료분야, 그중에서도 수술과 시술분야는 도제식 교육 성격이 커서 대학을 갓 졸업한 신출내기들이 제대로 하기까지는 많은 시간이 걸릴 수밖에 없다. 대학에서 이론 위주의 교육을 받다가 임상 현장에 투입되면 초기에 헤매는 것은 당연한 일이다. 그 누구도 예외일 수 없다. 온실 같은 대학에서 공부하다 찬바람이 쌩쌩 부는 황야 같은 대학병원의 응급실에 배치돼 생명이 위급한 환자들을 맞다 보면 정신 줄 놓기 십상인 것이다. 그나마 인턴이 많이 배치되는 대학병원과 달리 일반 종합병원이나 병원급 의료기관은 3월에 의료인력 변동이 크지 않아서 상대적으로 의료사고 가능성이 적다고 할 수 있다. 3월에 대학병원 응급실을 이용하기가 두렵다면 고려할 만하다.

미국은 우리나라와 달리 7월에 새내기 의사들이 대학병원에 배치되는데, 이들도 3월의 우리나라 인턴들과 크게 다르지 않은 듯하다.

UC샌디에이고 연구에 따르면 미국에서 7월에는 다른 달보다 중대한 의료사고가 10% 증가한다고 한다. 의료진이 8월에 교체되는 영국에서도 환자 사망률이 다른 달에 비해 6~8% 증가한다고 한다. 신입 의사들이 배치되는 시기에 병원에서 크고 작은 사고들이 늘어나는 건 동서양이 비슷한 것 같다. 우리나라에서는 의사 인력 양성에 지장을 줄 것을 염려해서 그런지 미국처럼 데이터를 갖고 분석한 연구 결과를 찾기 어렵다.

3월의 대학병원이 안고 있는 문제점을 알았으니 3월을 피하면 될 일 아닌가. 어림없는 일이다. 질병은 남녀노소와 빈부귀천을 가리지 않고 불시에 습격하는 못된(?) 버릇을 갖고 있다. 우리나라는 국가건강검진 체계가 탄탄해서 조기발견 조기치료 시스템이 잘 작동하고 있는 대표적인 국가라고 할 수 있다. 그렇긴 하지만 질병이 사람을 피해 가는 것도 아니고 사람이 질병을 피할 수 있는 것도 아니다. 그 사람이 누구이건 간에 질병이 "나 언제쯤 갈 테니 기다리고 있어"라고 예고하고 가지는 않을 테니 말이다. 질병은 유전성이 강해서 미리 대비 가능한 경우도 있지만, 때를 가리지 않고 불시에 출현하는 막가파 스타일이 많아서 전국의 병원은 3월에도 예외 없이 북새통을 이루는 것이다.

＊

우리나라에서 의사가 된다는 것은 사회적인 지위와 경제적 안정을 조기에 달성할 수 있는 최고의 자격증을 취득하는 것과 다름없다. 그러니 우수한 인재가 몰리는 것은 당연지사. 고등학교 전교 석차에서 맨 앞줄에 있어야 입시경쟁에 참여할 수 있는 최고 선망의 직업인이다. 그런 우수한 인재들이 6년이란 긴 세월을 이 작은 몸체의 기능과 질병을 공부하고 실습했건만 막상 환자를 대하면 하얗게 백지상태가 되는 것은 왜일까? 대학에서 책으로 배우는 이론과 의사의 처치에 따라 생사가 갈릴 수 있는 냉엄한 임상현장의 차이 때문이다. 대학에서 수시로 쪽지 시험을 치러서 외우는 데는 이력이 난 수재들이지만, 움직임이 없는 인체 모형과 곧 숨이 넘어갈 듯 고통을 호소하는 환자들은 달라도 너무 다르지 않은가. 눈이 뒤집히고 혼이 나갈 정도로 위급한 상황에서 초짜 의사가 제대로 실력을 발휘하기를 바라는 것은 우물가에서 숭늉 찾기만큼이나 부질없는 바람이 아닐 수 없다.

3월에 초짜 의료인이 많다고 해서 지나치게 걱정할 일은 아니다. 우리의 일상을 둘러보면 우리가 의식하지 않아서 그렇지 초짜한테 운명을 맡기는 일이 어디 병원뿐이겠는가. 그야말로 비일비재하다. 비행기든 버스든 택시든 우리가 타는 교통수단의 조종간이나 운전대를 잡은 사람이 항상 베테랑일 리는 없을 것이다. 고공 놀이기구의 알바 직원이나 뜨거운 탕류 음식을 테이블에 올려놓는 음식점 직원들 가운데 서투른 사람이 어디 한두 명뿐이겠는가. 그러니 초보 의사나 간호사를 만나도 주의 깊게 관찰은 하되 지나치게 걱정할 필요는 없다는 얘기다. 가벼운 질환이면 더욱 그렇고, 수술이 필요한 질환이라면 수술을 결정하기 전에 세심하게 알아보고 하면 될 일이다. 우리 생활주변 곳곳에서도 이 정도 위험은 늘 상존하는 일인데, 병원이 더했으면 더했지 덜 할 리는 만무하지 않겠는가. 그리 생각해서 양보하고 또 양보해도 때로는 화나고 힘들 때가 있다. 바로 진료 전후에 행해지는 채혈검사다. 병원에서 가끔 아이 우는 소리가 들릴 때가 있는데 십중팔구는 채혈 때문이다. 이때 베테랑 간호사나 의료기사를 만나면 대개는 한 번에 끝나지만, 초보를 만나면 상황은 달라진다. 주사 바늘을 삽입할 정맥 혈관을 찾지 못해 허둥대는 것은 다반사이고, 설사 찾았다고 해도 제대로 찌르지 못해 여러 차례 시도하는 경우가 흔하기 때문이다. 이럴 때는 참는 것만이 능사는 아니다. 실수가 수차례 거듭되는 경우에는 해당 검사자한테 양해를 구하고 경험 많은 검사자로 교체를 요구해야 한다. 너무 망설이다가는 사고로 이어질 수도 있고, 오랜 기간 후유증으로 고생할 수도 있으니 적기에 적절한 대응은 반드시 필요하다. 다만 의료 행위는 사람을 상대로 하는 것이어서 행위자나 피행위자 모두 민감할 수밖에 없다. 때로는 피검사자의 인내와 이해, 아량이 필요할 때도 있다. 어느 분야를 막론하고 처음부터 잘하는 고수는 없다. 수많은 시행착오와 연습, 경험들이 쌓여서 전문가가 되고 고수가 되는 게 아닌가. 그러니 작은 실수에는 격려와 함께 이해와 용서의 마음을 갖는 것도 의료인과 환자 모두에게 필요한 덕목이 아닐까 생각한다.

요양병원이
현대판 고려장이라구요

한번 들어가면 돌아오지 못한다. 열에 아홉은 들어갈 땐 걸어 들어가지만 나올 땐 죽어서 나온다. 들어가는 문은 넓으나 나오는 문은 좁은 곳. 창살 없는 감옥. 영화 <쇼생크 탈출> 이야기가 아니다. 지금 대한민국의 요양병원이 그렇다.

장인어른(이하 장인)은 6.25 참전용사로 무공훈장을 두 차례나 받은 건장한 분이셨다. 장모님이 심장병으로 갑자기 세상을 떠난 후 혼자되신 장인은 급속히 쇠약해지셨다. 나는 아내에게 집으로 모셔오자고 했으나 맏며느리인 아내는 거부했다. 시댁 눈치도 보고—나의 부모님은 장인을 집으로 모시라고 권유했지만—이런 저런 부담이 컸던 모양이다. 우리는 고민 끝에 집 근처에 작은 셋집을 마련해 장인을 모셔왔다. 아내는 거의 매일 찾아뵈었고, 나도 한 주에 두 번 정도 문안(問安)을 드렸다. 장인도 자식들한테 부담주기 싫다며 혼자 생활에 잘 적응하셨다. 생선을 좋아하셨던 장인은 구이와 찌개 등을 손수 만들어 드시곤 했다. 물론 대부분의 반찬은 아내가 챙겼지만. 장인은 어쩌다 얼굴을 보여주는—대학 진학을 준비하는 수험생 손녀딸들로 공부하느라 바빠서—커가는 손주들을 보시며 즐거운 나날을 보내셨다.

장인의 행복은 거기까지였다. 기간으로는 3년 남짓 될 듯하다. 반려자를 여의고 홀로 고독한 시간이 길어지면서 장인은 몸과 마음이 함께 무너져 내렸다. 2017년 크리스마스이브로 기억하는데, 그날따라 장인의 신체는 눈에 띄게 쪼그라들었고 거동 또한 불편해 보였다. 몇 해 전 췌장염이 심해서 수술로 췌장 전체를 떼어낸 후 당뇨가 생기면서 건강이 급속도로 악화되신 것 같았다. 온 몸에 병색이 완연했다. 우리 부부는 불안했다. 아무래도 혼자 사시는 게 불가능하다고 판단했다.

내가 쓰던 서재에 침대를 들이고 장인을 모셔왔다. 나는 제대로 걷지 못하시는 장인이 혼자 화장실 가시는 게 어려울 것 같아서 늦은 밤 변의가 있을 때는 꼭 사위를 부르시라 했고, 그때마다 그 일을 마다하지 않았다. 그게 장인한테는 큰 부담이고 괴로움이셨던 듯싶다. 백년손님이라는 사위한테 그 일을 맡긴 것이…. 오래 지나지 않아 불상사가 생겼다. 새벽에 사위를 깨우는 게 미안하셨던지 몰래 화장실을 가시다 그만 문턱에 걸려 넘어지시면서 발가락이 골절되는 사고를 입은 것이다. 119 도움을 받아 인천세종병원 정형외과에 입원해서 수술을 받으시고 1주일 만에 퇴원해서 집으로 돌아오셨다.

그날 이후 장인의 건강은 급속히 나빠졌다. 발가락 골절에 이어 이번에는 손가락이 골절되는 사고를 당했다. 홀로 생활이 몸에 배신 터라 사위와 딸한테 부담을 주지 않으려고 애를 쓰신 게 그만 독이 되고 말았다. 두 차례 입원과 퇴원을 거치면서 장인은 혼자 힘으로는 거동하기 어려운 상태로까지 악화됐다. 한때 80kg 가까운 건장한 몸집이 42kg까지 절반 가까이 빠졌다. 내가 출근한 낮 시간대 아내는 혼자 장인을 케어했는데, 기력이 쇠한 노인의 그 작은 몸무게를 감당하지 못해 애를 먹었다(간병해 본 사람은 안다. 누워 있는 환자를 일으켜 세우는 게 얼마나 힘든 일인지를). 우리는 고심 끝에 집에서 가까운 요양병원에 장인을 모시기로 했다. 집에서는 간병이 어려워 선택한 일이지만, 나와 아내의 몸과 마음은 납덩이처럼 가라앉았다. 과연 그 상태로 얼마나 더 사실 것인지 걱정이 앞섰다. 우리는 기력이 좀 나아지시면 다시 집으로 모실 계획이었다. 불행히도 그런 일은 일어나지 않았다.

　　장인의 요양병원 생활은 녹록치 않았다. 기력은 쇠했지만 정신은 멀쩡하셨으니 말 상대가 필요했으나 그곳에는 없었다. 6인 병실이었는데, 장인보다 위중한 중증 환자들이 대부분이었기 때문이다. 장인은 입원 초기 보행보조기를 이용해 걷기 운동을 하시는 등 재활의 의지를 굽히지 않으셨다. 하지만 오래가지 못했다. 이미 기력이 소진된 몸이 따라주지 않았다. 집과는 다른 무겁고 침침한 병실의 환경에서 장인은 하루하루 나빠졌다. 가끔씩 언어장애와 섬망(譫妄)―수술 환자 또는 고령자에서 주로 발생하나 소아, 청장년에서도 생길 수 있는 인지 기능 전반의 장애와 정신병적 장애가 동반하는 질환―증세도 보이셨다. 본래 음식을 가리지 않으셨던 터라 병원 식단에도 잘 적응하셨지만 그마저도 오래 가지 않았다.

　　요양병원에 입원하신 지 3개월 만에 위독한 상태에 빠져서 다시 인천세종병원으로 옮겨졌고, 거기에서 1주일여 만에 생을 마치셨다. 돌아가시기 며칠 전에는 연하(嚥下) 장애―음식을 삼키지 못하는 것으로 '삼킴 장애'라고도 함―가 와서 코를 통해 식도까지 튜브를 끼워서 유동식을 삽입했는데, 의료진 말로는 쉽지 않았다고 한다. 나는 스스로의 의지로 거부하신 게 아닐까 하는 생각이 들었다. 남한테 신세지기를 꺼려하셨던 평소 성품으로 미루어 다시 생을 이어가기가 쉽지 않다고 판단되자 서둘러 생명줄을 놓으신 것 같았다. 자손들이 간병하기 힘들까 봐서. 아니 간병의 부담을 지우기 싫으셔서. '사람이 곡기를 끊으면 죽는다'는 말이 있는데, 장인이 일부러 그러신 것 같았다. 누구보다도 자신의 병세를 잘 아셨을 장인은 그렇게 세상과의 인연을 미련 없이 접으셨다. 어쩌면 생전 장모님과 주일예배를 거른 적이 없을 만큼 돈독했던 신앙인이셨기에 하늘나라 가는 길을 서두르신 것 같기도 하다. 연세가 들면 부모는 자식에게 부담이 될까 봐 아파도 티를 안내고 참는다고 한다. 장인이 그랬다. 죽음이 차라리 아픈 것보다 덜 힘들다고 생각하는 노인들이 많다고 하는데 그 말도 맞는 말인 것 같다.

그렇게 장인은 87년의 생을 조용히 마감하셨다. 아버지를 여읜 아내의 남편으로서, 평소 존경했던 장인의 사위로서 못내 아쉬운 것은 만약에 마지막까지 집에서 모셨더라면 어땠을까 하는 때늦은 후회이다. 조금은 더 오래 사시고, 덜 외롭고 덜 고독하고, 조금은 더 행복하게 인생을 마무리하지 않으셨을까 하는 생각이 들어서다.

*

요양병원은 1990년대 문민정부 이후 노인인구가 급증하면서 하나 둘 생겨나기 시작한 것으로 알려져 있다. 세계 최초의 요양원—결핵에 걸린 헤르만 브레머라는 유럽의 식물학도가 자신의 치유경험을 토대로 고산지대 전나무숲에 건립했다고 함—은 1859년에 만들어졌다고 하니까 우리보다 130년 이상 앞선 셈이다. 서양보다 늦게 도입된데다 급속히 증가하다 보니 질 낮은 요양병원이 우후죽순처럼 생겨나는 부작용을 겪기도 했다. 지금도 시설이나 환경이 열악한 요양병원이 적지 않지만, 국가적 차원의 관리가 강화하면서 나아지는 추세다. 요양병원 등급제―환자 수 대비 의사와 간호사의 수, 간호조무사, 물리치료사 등 기타 직군의 인력의 수 등 여러 기준의 충족여부에 따라 1~5등급으로 나눠 등급을 매김―는 요양병원의 질적 향상에 기여했다. 요양병원 인증제도―의료기관평가인증원에서 요양병원이 갖추어야 할 낙상, 욕창, 통증관리점수, 화재안전, 식단 등의 기준을 통과해야 인증을 부여함―도 요양병원의 수준을 끌어올리는 데 큰 역할을 했다. 어떤 요양병원을 선택해야 할지 판단이 서지 않으면 건강보험심사평가원 홈페이지에서 자세한 정보를 얻을 수 있다. 같은 1등급이어도 수준 차이가 많이 나는 게 엄연한 현실이다. 부모님을 모셔야 할 상황이라면, 병원을 선정하기 전에 직접 발품을 팔아서 눈으로 꼼꼼히 확인할 것을 권한다.

가천의대 길병원 재직 당시 나의 상사였던 고(故) 나명순 박사(전 가천대 부총장)는 평소 단정한 자세와 꼼꼼한 일처리, 그러면서도 넉넉한 인품으로 주변 사람들에게 귀감이 되신 분이다. 그분이 잠들어 있는 곳은 강원도 홍천에 있는 공작산 자락인데, 산수가 좋고 탁 트인 전망이 명당자리로 손색이 없다. 유족에게 전해 들은 바로는 그분은 생전에 자신의 육신을 맡길 좋은 묘 자리를 직접 골라놓으셨다고 한다. 그분처럼 예전에는 자신이 묻힐 묘 자리를 미리 정해두는 게 일반적이었다.

지금은 그런 관습을 찾아보기 어렵다. 대신 인생의 마지막 순간에 머물 요양병원을 미리 정해두는 노인들이 적지 않다. 장례문화가 매장보다는 화장이 대세―2019년 기준으로 우리나라 화장률이 90%에 가까움―가 되면서 묘지가 필요 없어진 때문이기도 하지만, 인생의 마지막 순간에 자식들을 힘들게 하지 않으려는 부모의 마음이 관습의 변화로 이어진 듯하다. 이제 요양병원은 있어도 되고 없어도 되는 존재감 없는 병원이 아니라, 인생의 마지막 순간을 자존감 지키면서 덜 외롭고 덜 고통스럽게 마무리할 수 있는 절대적으로 필요한 공간이 됐다. 특히 치매 환자들과 그 가족의 보호를 위해서는 더욱 그렇다.

*

늙고 쇠약한 부모를 요양병원에 의탁하고 돌아오는 자식들의 마음은 하나같이 불편하고 죄스러울 것이다. 그 옛날 있었다던 고려장 풍습을 떠올리며 죄의식에 눈물을 흘릴 것이다. '요양병원은 현대판 고려장이다'는 말은 그래서 나온 듯하다. 하지만 사실관계부터가 다르다. 고려장은 고려시대에 실제로 있었던 역사적 사실이 아니다. 일제강점기에 민족말살정책에 의해 퍼뜨려진 악의적 설화에 불과하다는 게 많은 역사학자들의 일치된 의견이다. 오히려 고려시대에는 일흔을 넘은 노인을 봉양하는 자녀에게 군역이나 부역, 세금을 면제해주었다고 한다. 부모를 제대로 모시지 않으면 벌을 내렸고, 부모가 돌아가셨을 때 유흥을 즐기는 것도 엄벌에 처했다고 한다. 그처럼 효를 강조하는 문화에서 거동이 어려운 부모를 산에다 버리고 온다는 고려장 풍습이 생겨날 리가 있겠는가. 그러하니 거동이 어려운 부모를 요양병원에 모셨다고 해서 자식의 도리를 다하지 못했다고 자책할 일은 아니다. 이제는 부모를 요양병원으로 모셔야 하는 자식의 입장이 됐든, 요양병원으로 보내달라고 해야 하는 부모의 입장이 됐든 이성적인 판단이 필요한 시대가 됐다. 당연히 제일 중요한 판단기준은 부모의 의사일 것이고, 두 번째는 자식의 부양능력일 것이다. 이제 누구라도 요양병원이 인생여정에서 피하기 어려운 과정이라면 선조들이 묘 자리를 미리 봐두었듯이 가야 할 요양병원을 미리 정해두는 것도 나쁜 선택은 아닐 것이다. 나에겐 먼 미래 일 같고 남에게만 생길 것 같지만, 불행이라는 불청객은 시간과 장소, 사람을 가리지 않는다는 사실을 우리는 이미 간접체험으로 잘 알고 있다.

많은 사람들이 요양병원과 요양원을 혼동하는데, 가장 큰 차이는 요양병원은 의사가 상주하는 반면 요양원은 상주 의사가 없고 간호사도 개원이 가능하다는 점이다. 그러니 요양병원은 기본적인 의료서비스를 제공하지만, 요양원은 노인 수발 제공을 목적으로 한다는 게 다르다. 법적으로는 요양병원은 의료법에 의해 설치된 의료기관으로 국민건강보험에서 재원을 충당한다. 요양원은 노인복지법에 따른 요양시설로 노인장기요양보험에서 재원을 부담한다. 요양병원은 원칙적으로 입원자격에 제한이 없으나, 요양원은 65세 이상의 노인 또는 노인 성질환(치매, 파킨슨병, 뇌혈관질환)을 가진 65세 미만의 환자 중 장기요양등급 판정을 받은 사람에 한해 입원이 가능하다. 비용 측면에서는 요양병원은 입원비와 식대는 건강보험의 적용을 받지만 병원에서 위탁한 간병사(혹은 요양보호사) 비용은 보호자가 전액 부담해야 한다. 요양원은 입소비와 간병비는 노인장기요양보험에서 부담하고 식대는 본인이 부담해야 한다.

＊

요양병원의 가장 큰 문제점을 고르라면 여러 사람이 공동으로 쓰는 다인실 병상 운영을 꼽고 싶다. 핵가족시대를 산 현대인은 좁더라도 자기만의 공간을 갖기를 원한다. 대다수 선진국이 1~2인실 구조인 것과 비교하면 아직은 갈 길이 멀다고 할 수 있다. 다인실이 많은 이유는 두말할 필요 없이 간병비 때문이다. 요양병원은 대개 1병실에 1명의 간병인이 배치돼 숙식을 같이 하며 환자를 돌보는 구조이다. 월 300만 원 수준인 간병료를 입원한 환자들이 나눠 부담해야 하는 구조이다 보니 다인실 운영이 불가피한 것이다. 이는 정부가 적극 나서서 개선해야 하는 가장 기본적인 문제 중 하나이나 아직은 국가재정이 감당하기 어려울 것이다. 다인 병상 운영은 코로나19 사태에서도 드러났듯이 집단 감염병 전파에 매우 취약하다. 입원한 노인 대부분이 기저질환이나 노화로 인한 지병을 가지고 있으니 그럴 수밖에 없다. 연간 1백만 명 안팎이 출생한 베이비부머 세대가 노년이 되는 시대가 멀지 않았다. 통계청 조사 결과, 2020년 기준 출생아수는 27만 2천 4백 명으로 처음으로 30만 명 밑으로 떨어졌고, 사망자수는 30만 명을 돌파하여 처음으로 자연감소가 발생하였다. 젊은 인구는 급감하는 반면 요양병원을 가야 하는 노년 인구는 급증하고 있는 것이다. 요양병원의 병실 과밀화 현상을 막기 위한 정부의 적극적인 노력이 필요해 보이는 이유다.

또 하나의 문제는 상당수 요양병원이 상가 혹은 복합건물의 일부 층을 임대해서 사용하다 보니 공기 정화시설이 없는 경우가 많아 냄새에 취약하다는 점이다. 창문을 열어서 환기하는 게 전부일 정도로 낙후돼 있는 곳도 적지 않다. 형편이 이렇다 보니 요양병원을 선택할 때 병실을 둘러보면서 냄새 여부를 확인하는 것도 빼놓을 수 없는 점검 요소다.

영화 <빠삐용>에서 주인공 스티브 맥퀸은 죽음을 기다려야 하는 절해고도의 감옥에서 마침내 탈출에 성공한다. 탈출에 성공할 수 있었던 것은 거듭되는 실패에도 끝까지 포기하지 않는 노력과 집념 덕분이었다. 그보다 더 중요한 성공의 이유는 스티브 맥퀸이 그 열악한 환경—감옥 안에서 먹을 것이 부족해지자 지네 등 움직이는 모든 물체를 취식함—에서도 건강관리에 공을 들였다는 점이다. 맥퀸의 의지와 노력이 아무리 강했다 해도 건강이 받쳐주지 못했다면 탈출 성공은 꿈같은 얘기였을 것이다.

*

요양병원은 이제 노년이 되면 죽음을 맞기 전에 반드시 거쳐 가야만 하는 필수코스가 됐다. 누구나 피하고 싶어 하지만 피하기 어려운, 아니 피해 갈 수 없는 길이 된 것 같다. 그러니 서둘러 일찍 갈 필요는 없고 인생 마지막 순간에 가능하면 짧게 머무는 게 현명한 선택이다. 가지 않을 방법이 전혀 없는 것은 아니다. 죽는 순간까지 온전한 정신을 유지하고 혼자 또는 가족의 도움으로 화장실을 다닐 수 있으면 요양병원 문턱을 넘지 않아도 된다. 흔하지는 않지만 집에서 가족들이 지켜보는 가운데 임종을 맞는 행복한 죽음도 없지는 않다. 또 한 가지 분명한 사실은 노화가 아니라 예기치 않은 사고나 건강 악화로, 또는 병간호가 어려운 가족의 사정으로 요양병원에 들어갔다고 해도 영화 빠삐용에서 스티브 맥퀸이 불가능에 가까웠던 절해고도 탈출에 성공했듯이 요양병원 탈출을 감행해서 성공하면 된다. 탈출하는 방법은 의외로 간단하다. 건강을 회복하는 것이다.

백년 치아 건강,
양치 습관에 달렸다

양치가 중요한 이유는 오복의 하나인 치아 건강을 지키기 위해서다. 또 하나는 입냄새, 즉 구취 관리 때문이다. 치아 건강과 구취 관리 두 마리 토끼를 다 잡을 수 있는 유일한 방법, 양치는 어떻게 하는 것이 좋을까. 바른 양치법을 알아보고 지금 당장 실천해보자.

사람은 누구에게나 자신만의 냄새가 있다. 대개는 목욕만 잘해도 몸에서 나는 냄새는 예방할 수 있다. 병적인 악취는 치료를 통해 그 원인을 제거해야 하지만, 땀 냄새가 주원인인 체취는 목욕으로도 충분히 관리할 수 있다. 문제는 구취는 체취와 달리 관리가 쉽지 않다는 점이다. 여기서는 병적인 입 냄새는 빼고, 관리 가능한 입 냄새를 없애거나 줄이는 방법을 귀띔하고자 한다. 엄밀히 얘기하면, 입 냄새를 원천적으로 없애는 방법은 있을 수 없고 줄이는 방법을 일러준다는 표현이 맞을 것이다. 질병이 원인인 입 냄새는 병을 치료하는 게 우선임은 두말할 필요가 없다.

입 냄새는 누구에게나 있다. 정도의 차이가 있을 뿐. 그러니 일시적으로 나는 입 냄새 때문에 고민할 일은 아니다. 하지만 제아무리 멋진 신사일지라도, 아니 아름다운 미인일지라도 말할 때마다 입에서 심한 악취가 난다면 상대방은 어떤 기분일까. 긴 말 필요 없이 장밋빛 환상은 깨지고 상대를 다시 보게 될 것이다.

입 냄새의 원인은 크게 구강 내 원인과 구강 외 원인으로 나눌 수 있다. 구강 내 원인은 치과적 원인이라 할 수 있고 구강 외 원인은 내과적 측면이 강하다고 할 수 있다. 치과학계에서는 구강 내 원인, 즉 치과적 원인으로 인한 구취 발생이 훨씬 많은 것으로 보고 있다.

입 냄새의 주된 원인은 음식물을 통해 입안에 남게 되는 황 성분 때문이다. 사람은 누구나 치태(플라그)가 끼는데, 여기에는 수억 마리의 구강 세균이 득실거린다. 이들 세균은 왕성한 번식력을 자랑하기까지 한다. 눈 깜짝할 사이에 우리 입안을 '세균천국'으로 도배할 수도 있다. 이들 세균과 황 성분이 만나서 만들어진 황화합물이 일종의 '구린내'를 풍기는 것이다.

입 안에는 늘 침이 있고 온도가 따뜻한 상태여서 음식물이 부패하기 쉬운 조건을 갖추고 있다. 그러니 음식을 섭취한 후 양치질을 미루면 음식물이 부패해서 잇몸에 염증과 냄새를 일으키고 충치와 잇몸병의 원인이 되는 것이다. 아프지 않다고 충치로 인해 생긴 구멍을 방치하거나 잇몸이 붓고 피가 나는 풍치(잇몸병)를 제때 치료하지 않으면 심한 구취를 유발할 수 있으므로 치과 치료를 받는 게 우선이다.

말을 많이 하거나 입을 벌리고 자는 등 입안이 건조해지면 구취의 원인이 될 수 있다. 침 속에 있는 세균 억제 효과가 떨어지면서 입안에 쌓인 찌꺼기가 만든 황화합물이 휘발하면서 구취를 만드는 것이다. 강연하는 사람들이 중간 중간 물을 마시는 이유는 입안이 말라서다. 강연 후 연자에게서 입에서 단내가 난다고 하는 경우가 있는데 마찬가지로 입이 말라서 그렇다. 그럴 때는 곧바로 양치를 해서 구강 세균을 없애는 게 가장 좋은 방법이다. 여의치 않으면 물로 조금씩 자주 입가심을 하고, 가능하면 물을 충분히 마셔 주는 것만으로도 개선 효과가 있다.

병원에서 일하다 보니 하루에도 몇 번씩 진료 예약과 전문의 추천 등 도움을 청하는 환자들을 여럿 만나게 된다. 병원에 오는 사람들의 마음은 비슷하다. 일단 불안하다. '의심이 병'이라 했다. 쓸데없이 지나친 의심을 하면서 속을 태움을 이르는 말이다. 병이 있으면 있어서 불안하고, 없으면 생길까 봐 걱정되니 이래저래 마음이 편할 리 없다. 그러니 긴장하기 마련이고 걱정으로 위축되는 경우가 흔하다. 그러다 보면 침이 안 나오고 입안이 마를 수밖에 없다. 그래선지 대화하다 보면 입에서 냄새나는 사람들을 흔하게 접한다. 넓은 공간에서 대화할 때는 상대방과 거리 유지가 가능해 별 문제가 없다. 반면에 작은 공간, 특히 서로 의자에 나란히 앉아 붙은 공간에서 대화할 때는 여간 곤욕이 아니다. 그야말로 대화 자체가 '냄새고문'이 되는 경우가 허다하다.

내가 이런 상황 유발자라면 어찌해야 할까. 두말할 필요 없이 치아 관리에 당장 나서야 한다. 병적인 구취는 의사의 도움을 받아 원인부터 치료하는 게 우선이다. 당장 병원을 방문할 수 없다면 평소에 올바른 양치법을 익히고 습관화하여 입안을 항상 청결하게 유지해야 한다.

양치의 핵심은 칫솔질을 결대로 하고 헛심 쓰지 말라는 것이다. 잇몸과 치아의 생김새대로 위에서 아래로 쓸어내리고 쓸어올리는 게 제1원칙이다. 양치하는 방법은 사람들마다 제각각이다. 치아와 잇몸의 생김새가 다르니 그 것을 닦는 방법도 다를 수밖에 없다. 많은 사람들이 치아는 세로로 나 있는데도 칫솔질은 가로로 하는 게 익숙하다. 어릴 때부터 부모가 하는 방식을 그대로 따라했으니 그럴 수밖에 없다. 일부 사람들은 치아를 힘주어 닦는데 그럴 필요는 없다. 치아와 잇몸 건강에 해가 될 수도 있다. 이 뿌리가 파이고 찬 것에 시리게 만드는 원인이 될 수도 있으니 조심할 일이다. 가로 방향으로 하는 칫솔질의 효과는 미미하다. 이를 닦았다는 위안을 줄 수 있을지는 모르나 효과를 따져 보면 하나 마나에 가깝다는 표현이 적절하다. 입술 쪽과 혀 쪽 매끈한 면은 충분히 노출돼 있어 일부러 닦지 않아도 문제될 것이 없을 정도다. 문제는 잇몸과 치아 사이의 홈에 깊이 박혀 있는 음식물 찌꺼기들이다. 이 치태(플라그, 이똥)는 입안 세균의 숫자를 늘어나게 하는 주범이며 악취와 염증을 만든다. 가급적이면 음식물 섭취 후 이른 시간 안에 제거해주는 게 치아 건강을 위해 바람직하다. 양치 후 음식물 섭취는 그야말로 '말짱 도루묵'이니 삼가야 한다. 잘못된 양치 습관은 치아를 망가뜨리고 '냄새공장' 역할을 하는 치태를 제거하기는커녕 되레 번식시키는 일등공신이다. 양치를 잘못하는 것도 문제지만 양치 후 간식을 자주 먹는 습관은 당장 고쳐야 건강할 수 있다.

※

내가 양치의 기쁨을 찾은 건 나이 육십이 다 되어서니 늦어도 한참 늦었다. 이런 좋은 정보를 얻는 행운은 한 방송국의 건강프로그램을 통해서였다. KBS의 <생로병사의 비밀>이 그것인데, 프로그램 내내 양치하는 방법을 자세히 소개했다. 양치 하나를 주제로 1시간여 방송하는 건 그때 처음 보았다. 몇 번을 고개를 끄덕이며 감동을 받을 만큼 집중해 보았는데, 단지 그때뿐이었다. 감동은 순간이었고 실천은 멀었다. 실제 적용하기까지는 많은 시간이 걸렸다. 방송을 본 후 몇 달이 지난 어느 날 양치하는 데 잇몸에서 피가 나왔다. '어 이거 뭐지' 몸속에 출혈이 있을 가능성은 낮고 입안의 문제일 거라는 생각이 들었다. 그때 '생로병사의 비밀'이 떠올라 인터넷을 뒤진 끝에 올바른 양치법을 찾았고, 곧바로 실천에 들어갔다.

양치는 급히 서둘러서는 좋은 효과를 얻기 어렵다. 충분한 시간이 필요하다. 적어도 3분 이상은 양치에 할애해야 기대만큼의 효과를 얻을 수 있다. 연구에 의하면 울퉁불퉁한 치아면들이 깨끗하게 잘 닦이려면 한 치아면당 10번 이상은 닦고 지나가야 한다. 그렇게 한 치아당 칫솔질 10번을 하고 다음 치아로 넘어가는 방식으로 양치질을 하면 최소 5~6분은 걸린다. 그러니 대충 빨리 1~2분 만에 끝내는 양치 습관이라면 실제로는 몇 번 안 닦고 지나가게 되며, 찌꺼기는 남아 있는 상황이 되니 충치와 잇몸병이 만들어지는 것이다. 따라서 이제부터라도 '한 치아당 10번씩'을 세면서 닦아보자 대충 대충 빨리 빨리는 금물이다.

치과의사들이 권하는 바른 양치법을 요약하면, 첫째, 양치 전 치약을 완두콩 정도 크기로 조금만 칫솔에 바른 후 물을 묻히지 말아야 한다. 처음 뻑뻑한 느낌 때문에 물을 묻히는 사람들이 많은데, 불소나 연마제 등 치약의 주성분을 희석시켜서 양치 효과가 반감될 수 있으며 거품이 많이 생겨 얼른 끝내고자 하게 되니 피할 일이다. 둘째, 칫솔질은 씹는 면만 가로 방향이고 나머지 옆면은 위아래로 쓸어내듯이 닦아야 한다. 치아의 결을 따라 위에서 아래로 쓸어내리고 반대로 쓸어올리면 된다. 이때 치아의 바깥 면 좌우측 윗면에서 시작해 순서를 정해 안쪽 면까지 차례대로 구석구석 닦아야 한다. 순서는 자기가 편한 대로 정해서 하면 된다. 특히 치아구조상 아래 어금니 안쪽 면은 칫솔질을 하기가 불편해서 대충 닦고 지나가는 경우가 흔한데 아니 될 일이다. 칫솔질 취약지대인 만큼 더 많은 시간을 할애해서 꼼꼼히 구석구석 양치할 것을 권한다.

칫솔의 재질도 중요하다. 솔 부분이 지나치게 굵고 뻣뻣한 것은 피하는 것이 좋다. 거칠고 억센 칫솔모는 잇몸을 자극해 상처를 유발할 수 있기 때문이다. 최근 유행처럼 사용하고 있는 미세모도 별로 추천하고 싶지 않다. 솔의 끝이 가늘고 날카로워서 힘도 없고 잇몸에 자극만 주게 된다. 따라서 양치 효과를 극대화하기 위해서는 끝이 둥글게 잘 다듬어진 보통모를 사용하는 것을 추천한다. 칫솔을 구입할 때 꼭 명심할 일이다.

치아교정 중일 때는 전동칫솔 등 구강세정기를 사용하면 효과적이다. 치아 사이사이의 구석은 치실, 치간칫솔이나 붓치솔을 사용해야 그나마 청결하게 관리가 된다.

*

치아 관리를 잘못하면 치아만 상하는 게 아니라 잇몸까지도 문제가 생기게 된다. 치아와 잇몸의 건강을 위해 정기적으로 치아 스켈링을 받는 것도 권장한다. 치아 스켈링은 서투른 양치 습관이나 잘못된 구강구조로 인해 쌓인 치태나 치석을 제거해서 치주병 발생 위험을 줄여주고, 깨끗한 치아 관리에 도움을 준다.

얼음이나 오징어, 사탕처럼 단단한 음식을 자주 먹는 것은 치아 건강에 해로우니 조절해야 한다. 단단하고 질긴 음식을 먹을 때 치아에 강한 압력이 가해져서 치아 겉부분이 깨지거나 치아에 금이 가는 일이 흔히 있다. 당장은 괜찮지만 진행되면 깨물 때 시큰한 느낌을 만들고 결국 치아의 수명을 줄이게 되니 중장년층 이상은 단단한 음식은 피하는 것을 권한다. 잠자는 시간은 치아 건강의 경계태세가 무너지는 시간이다. 잠자는 동안 침 분비량이 줄어서 입 속 세균이 폭발적으로 증가하기 때문이다. 아침에 유독 입 냄새가 심한 이유이기도 하다. 아침 구취가 문제되는 사람은 특히 잠자기 전 양치질을 철저히 하고 물 한 잔을 가볍게 마시는 게 좋다.

좋은 양치 습관은 몸 전체의 건강에도 긍정적인 영향을 만들어낸다. 잇몸병과 심장병, 당뇨는 같은 세균적 원인으로 함께 가는 질병으로 알려져 있다. 잇몸 질환을 방치하면 여기에서 생긴 세균이 혈관을 타고 돌아다니면서 심혈관 질환을 유발한다고 알려져 있으며, 잇몸병으로 야채 섭취가 불편해지면 깨물기 편한 부드러운 것만 먹으면서 당뇨가 유발되기도 한다. 그래서 치아 건강뿐 아니라 몸 전체의 건강을 위해서도 바른 양치는 매우 중요하다.

오랜 시간 몸에 익은 잘못된 양치 습관을 하루아침에 바꾸기는 쉽지 않다. 단숨에 어렵다면 차근차근 바꾸어나가면 된다. 치아 건강이 얼마나 중요하면 선조들이 '인생오복 중 하나'라고 치켜세웠겠는가. 치아의 건강을 위해, 죽는 그날까지 싱싱한 치아를 위해, 입안의 청결 유지와 구취 예방을 위해 올바른 양치법으로 양치하는 습관을 들이자. 시작이 반이라고 하지 않던가. 당장 지금부터 충분한 시간을 갖고 바르게 양치하는 법을 익히자. 여러분의 치아 건강이 진일보하는 계기가 되리라 믿는다. '잇몸이 무너지면 행복도 무너진다'는 다소 과장된 소리도 있는데, 흘려 들을 얘기는 아닌 듯하다.

코를 잘 푸는 현명한 방법

　　독자 여러분은 코를 풀 때 입을 열고 푸시나요, 닫고 푸시나요? 어떤 차이가 있을까요? 한 번에 양쪽 코를 다하시나요, 한쪽씩 하시나요? 코를 푸는 단순한 동작에도 반드시 지켜야 할 법칙이 있다. 이를 어기면 코뿐만 아니라 엉뚱하게도 귀 질환까지 유발할 수 있으니 조심할 일이다.

　　부끄러운 얘기지만 나는 올바르게 코푸는 방법을 환갑을 지나서야 터득했다. 늦게 터득했다고 흉볼 일이 아니다. 어쩌면 평생을 모르고 살다가 죽는 사람도 적지 않을 테니 그나마 다행 아닌가. 인터넷 등 SNS에 이런 저런 방법이 널려 있지만 잘못된 정보가 많고 핵심을 콕 집어서 알려주는 팁은 적은 것 같아서 소개한다. 코를 풀 때마다 피가 섞여 나오는 경우가 잦은 독자라면 더 많은 관심을 가져 달라.

　　누구나 하루에 한번 이상은 코를 풀 것이다. 아침에 일어나 세면하면서 코를 풀지 않는 사람이 있을까. 코를 푸는 일은 우리가 잠을 자고 밥을 먹듯이 매일 되풀이하는 일상 중 하나이다. 그렇게 중요한 일인데도 지금까지 어느 누구한테 제대로 교육을 받은 기억이 없다. 대개는 어릴 때 부모님이 하는 것을 보고 따라하게 되는데 어깨너머 공부이다 보니 쉬울 리 없다. 사정이 그렇다 보니 어릴 때 종종 "여태 그것도 못하니. 코에 손을 대고 '킁' 하고 숨을 뱉어 봐"라는 핀잔 섞인 꾸중을 들었을 것이다. (실제는 '킁'소리보다는 '흥'소리를 내고 숨을 내뱉어야 효과가 크다.)

코는 꼭 풀어야 하나? 당연 답은 예스다. 하루에 몇 번 풀어야 하나? 하루 코푸는 횟수는 명확히 정해져 있지 않지만 아침과 저녁 2회는 기본이고, 감기, 비염 등 코 질환이 있는 경우에는 더 자주 풀어야 한다. 코는 귀와 입, 눈 등 인접한 기관과 연결돼 있다. 코와 귀는 이관으로, 코와 눈은 눈물관으로, 코와 입은 목구멍으로 이어져서 서로 통한다. 평소에는 상부상조하는 관계인데, 가끔씩 상대방한테 엉뚱한 질병을 옮겨주기도 한다. 대표적인 게 중이염인데, 코의 염증이 이관을 통해 옮겨가서 귀에 염증을 일으키는 것이다. 귀는 단순히 코의 옆에 있을 뿐인데, 난데없이 질병을 넘겨받으니 참으로 억울할 일이다.

*

그렇다면 어떻게 코를 푸는 것이 현명한 방법일까. 코는 살살 풀어야 한다. 한 번에 끝내려고 서둘지 말고 여러 차례 시도하는 게 좋다. 세게 푸는 것은 절대 금물이다. 심하면 질환을 유발할 수도 있으니 삼가야 한다. 순서는 먼저 '아' 하고 입을 벌린 후 한 손으로 코의 양옆 중간쯤 들어간 부위를 눌러서 한쪽을 막고, 열린 쪽 코로 '흥' 하고 숨을 내뱉는다. 한쪽이 뚫렸으면, 반대쪽도 같은 방식으로 하면 된다.

입은 처음부터 마칠 때까지 닫지 말아야 한다. 코의 양쪽 들어간 부위를 양손으로 마사지하듯 눌러서 풀어준 후 코를 풀면 효과를 배가할 수 있다. 이때 주의할 점이 있다. 콧속은 점막질 피부인데다 혈관이 많이 분포돼 있어서 외부 압력에 약하다. 너무 세게 풀면 점막질 피부에 퍼져 있는 얇은 혈관이 터져서 코피가 날 수도 있으니 강약 조절이 중요하다. 아침에 코를 푼 후에 한쪽이 시원하게 풀리지 않은 느낌이 들 수도 있는데, 거기에서 멈출 것을 권한다. 잠을 똑바로 누워 자지 않고 어느 한쪽으로 잤을 때 흔히 나타날 수 있는 현상이니 신경 쓰지 않아도 된다. 따뜻한 물로 샤워하면서 코를 풀면 기대 이상의 효과를 볼 수 있다. 콧속 혈관이 확장하면서 분비물이 나와 뻑뻑하고 끈적한 콧덩어리를 부드럽게 풀어주기 때문이다. 세면할 때는 먼저 얼굴을 닦은 후 마지막 단계에서 코를 풀 것을 권장한다. 밥솥을 설거지할 때 미리 물을 부어놓으면 밥솥에 단단히 붙어 있던 밥풀이 잘 떨어지는 원리와 동일하다. 다른 비유이긴 한데, '손대지 않고 코푸는 격'이라는 속담이 연상될 만큼 쉽게 코를 풀 수 있으니 명심하시라.

코를 풀거나 재채기 또는 사레(음식을 잘못 삼켜서 기도 쪽으로 음식이 들어가세 뇌었을 내 발삭석으로 하는 기침)가 늘었을 때 부의석으로 입을 꽉 다무는 사람이 적지 않은데 옳지 않은 방법이다. 특히 음식을 먹을 때 동석자한테 피해를 주지 않기 위해 입을 막고 재채기를 하다가는 큰 변을 당할 수도 있다. 입안에 있는 작은 이물질이 바람을 타고 인접한 코와 귀, 부비동으로 날려가서 중이염 등 귀 질환이나 부비동염(축농증)을 불러올 수도 있기 때문이다. 재채기를 피할 수 없다면 설사 음식물이 입 밖으로 튀어나오게 될지라도 반드시 입을 벌린 상태에서 해야 한다는 사실 잊지 마시라.

코를 푸는 이유는 콧속 청결을 위해서다. 코는 열린 통로를 통해 귀와 눈, 목 등 인접기관과 연결돼 있는데 외부와 서로 통하는 기관이어서 각종 질병의 감염통로이기도 하다. 코를 풀지 않고 그대로 두는 것은 콧속 건강을 위해 바람직하지 않다. 코의 안쪽에는 코의 분비물과 먼지 등 외부에서 들어온 이물질이 결합해서 덩어리 형태로 코 점막이나 코털에 붙어 있는 경우가 흔하다. 덩어리 형태의 콧물은 세균이나 바이러스로 오염돼 있을 가능성이 높아서 오래 두면 감염질환의 원인이 될 수도 있으니 당연히 제거해야 한다. 코풀기는 코 안에 있는 세균과 바이러스를 밖으로 내보낼 수 있는 효과적인 방법인 것이다. 갈수록 미세먼지가 많은 환경적인 여건을 고려하면 코풀기는 자주하는 게 콧속 질환 예방에 도움이 된다. 하지만 건조한 콧속에서 딱딱하게 덩어리진 코딱지를 더러운 손으로 억지로 떼어내려 하다가는 큰 코 다칠 수도 있으니 피해야 한다. 감기, 헤르페스 등 전염성 질환을 유발할 수도 있기 때문이다.

코를 너무 자주 푸는 것도 코 건강에는 해로울 수 있다. 콧속은 하루 평균 0.7ℓ의 콧물이 나와서 항상 촉촉한 상태를 유지해준다. 콧물은 숨을 불어 넣는 중요한 기관인 콧속이 마르지 않도록 해주는 동시에 이물질이 호흡기관으로 침범하는 것을 막아주는 불침번 역할을 한다. 눈물과 침이 눈과 입안의 건조함을 막아주는 역할을 해주는 것과 비슷하다. 너무 자주 코를 풀면 콧속을 건조하게 하거나 모세혈관을 자극해 코피를 유발할 수도 있으니 주의가 필요하다.

아프면
소문내라

제 2 장

내 몸은
또 하나의 우주

내 몸은 또 하나의 우주

또 하나의 우주. 세상의 처음과 끝. 이 대단한 존재는 무엇일까?

결론부터 말하면, 바로 나 자신이다. 저 먼 우주에서 바라보면 태양이나 지구나 똑 같다. 하나의 점일 뿐이다. 가까이 다가갈수록 큰 점 작은 점으로 구분될 뿐. 저명한 우주 과학자 칼 세이건은 일찍이 이 사실을 알았다. 그는 이미 1990년에 지구를 '창백한 푸른 점(Pale Blue Dot)'으로 묘사했다. 우주선(보이저 1호)에서 찍은 지구의 모습을 그렇게 표현했다. 사실이 그랬다. 그 작은 점 안에 있는 수많은 점 중의 하나. 그게 나이고, 또 다른 점들이 여러분이다.

그러니 작은 점에 불과하다고 얕볼 일이 아니다. 태양, 지구, 대한민국, 그리고 나, 은하계에 있는 이 물체들은 우주에서는 모두 점 하나의 존재에 불과하다. 다른 점이 있다면, 나보다 덩치 큰 물체들은 움직임이 둔하지만—사실은 움직임이 없는 것 같지만 태양은 초속 250Km의 속도로 은하계 변두리에서 중심 둘레를 회전한다—, 나는 쉴새없이 움직인다는 사실이다. 다른 물체들은 대개 정해진 길을 따라 움직이지만 나는 시시때때로 길을 바꾼다는 것이다. 그러니 나는 비록 작지만 제 몸 하나 마음대로 움직이지 못하는 태양이나 달보다 못하지 않다. 살아있는 내 몸이 '또 하나의 우주'나 다름없는 셈이다. 어마어마하게 큰 우주가 스스로 생각하는 능력이 있는지는 알 수 없다. 분명한 것은 나는 스스로 생각하는 '권능'까지 가졌다는 점이다. 이 얼마나 기적 같은 일인가. 그만큼 나는 대단한 존재이다. 거대한 우주 안에 내가 있지만, 내가 살아있는 동안만큼은 내 안에 우주가 있는 것이다. 우주라는 이 거대한 존재도 나 없이는 아무런 의미가 없기 때문이다. 세상살이 아무리 고달프고 힘들어도 내가 살아야만 하는 이유다. 나 아닌 다른 사람을 존귀하게 여겨야 하는 이유이기도 하다. 다른 물체들은 무한에 가깝게 생(生)이 길다. (많은 과학자들은 태양의 나이가 50억 년, 지구는 46억 년이라고 주장한다.) 안타깝게도, 아니 어쩌면 다행히도 나와 여러분의 생은 지극히 짧기에 더욱 그렇다.

생은 그래서 소중하다. 태양계에 여러 개의 행성이 있지만 지금까지 어떠한 생명체도 발견된 적이 없다. 인류는 우주 어딘가에 있을지

보이저1호가 64억 킬로미터 밖에서 찍어 보낸 창백한 푸른 점(pale blue dot) 지구의 모습 ©NASA

내 몸은 또 하나의 우주

하루살이는 지구상에
2,000여 종이 서식한다.
평균 수명은 1~3년. 일생의
대부분을 물속에서 산다. 유충
상태로 아가미를 통해 물속
바위나 자갈에 붙은 물때나
미생물을 먹고 산다. 성충이
되어 물 밖으로 나온 후에는
짝짓기를 하고 하루 내지는
2~3일 정도 살다 죽는다.
하루살이(One day fly)라는
이름은 성충이 되었을 때의
생이 짧아서 붙여진 이름이다.
하루살이가 일찍 죽는 이유는
유충에서 성충으로 탈피할
때 우화(羽化)하면서 먹을
입이 퇴화해 없기 때문이라고
한다. 먹지 못하면 죽는 것은
세상 만물이 같다. 하루살이는
해가 지는 시간에 불빛으로
날아드는데, 짝짓기를
위해서라고 한다. 곤충은 대개
오염된 곳에서 발생하지만,
하루살이는 2급수에 사는
곤충이어서 하루살이가
있다면 강의 수질이
깨끗하다는 증거인 셈이다.

도 모를 생명체를 찾아내기 위해 태양계를 탐사하고 온 우주를 대상으로 상상하고 연구하고 있지만 희망 섞인 소식은 없다. 외계인은 인간의 상상 속에 있지만 아직까지 우리에게 어떠한 신호도 보내준 적이 없다. 이 넓고 넓은 우주에 살아 움직이면서 생각을 하고 물건을 만들어내는 유일한 존재가 바로 나와 여러분이다. 그렇게 존귀한 생명이기에 인간은 스스로에게 '만물의 영장'이라는 최고의 훈장까지 달아주지 않았는가.

*

지구의 수많은 생명체 중에 하루살이[1]가 있다. 그들의 생은 어떠한가. 생각할 두뇌조차 없는 미물이지만 그들의 삶은 찬란하다. 지극히 짧은 생이지만 세상에 나온 의무를 다한 후에 미련 없이 삶을 마감한다. 자신에게 부여된 '종족 잇기' 임무를 완수하기 위해 식음까지 전폐한다. 내일은 없고 오직 오늘만이 있는 생이기에 그들에게 시간은 너무도 소중하다. 한시도 쉴 틈이 없다. 생(生)이 다하기 전에 종족 번식을 위한 거룩한 의식을 마쳐야 하기 때문이다.

암수 가릴 것 없이 바쁘다. 수컷은 물 밖 세상으로 나오면서 얻은 날개를 휘저으며 교미할 암컷을 찾는다. 수많은 암컷 중 하나를 만나 자신의 의무를 다한 수컷은 곧바로 죽고, 암컷 또한 몇 시간 후 조금의 주저함도 없이 강물로 투신해 수많은 알을 낳고 장렬히 생을 마감한다. 매서운 겨울을 나기 위해 표표히 땅으로 몸을 던지는 나무의 잎사

귀처럼, 마치 자신의 의무를 다하여 자랑스럽다는 듯이. 단명의 상징, 하루살이는 그만의 우주, 그만의 세상 문을 조금의 미련도 남기지 않고 닫는 것이다. 그렇게 짧은 존재의 시간에 그 작은 몸짓으로, 최초의 날개달린 곤충 하루살이—지구에서 날개를 가진 최초의 곤충으로 잠자리도 함께 거명된다—는 3억 년 이상 종을 이어왔다. 어찌나 하찮은지 부유류(蜉蝣類)라는 별칭으로 불릴 만큼 미물로 분류되는 수모를 겪으면서도 말이다. 참으로 신기하고 오묘하지 않은가. 인간의 조상이라는 오스트랄로피테쿠스가 세상에 나타난 게 고작 600만 년에 불과하다고 하니, 하루살이 입장에서 보면 지구상에서 인간은 굴러온 돌에 불과한 존재인 것이다.

지구에서는 46억 년이란 긴 시간 동안 수많은 동식물이 탄생과 소멸을 거듭했다. 지금은 화석으로만 남아 있는 공룡(1억5천만 년 전에 지구상에 생존)과 매머드(600만 년 전 생존)도 그들에 속한다. 그 큰 몸짓으로 먹이사슬의 최상단에서 지구를 호령했지만 아주 작은 하루살이도 이어온 종족을 잇는 데는 실패했다. 하루살이는 먹이사슬의 최하단에서 그 작은 날개 짓으로 불과 몇 시간 만을 이 지구에 체류하면서 수억 년 종을 이어왔다. 이런데도 하루살이의 생을 비천하다 할 수 있을까. 어느 여름날 물가에 갔을 때 떼를 지어 다가와 귀찮게 하더라도 그들의 짧은 생을 감안해 너그러이 용서해야 하지 않을지… 혹시 아는가. 그들도 모르고 인간도 모르는 어떤 섭리가 작용하고 있는지… 땅속에서 7년을 살다가 짧게는 2주, 길게는 여름 한철 보내고 생을 마감하는 매미의 삶도 하루살이와 크게 다르지 않다. 하루살이나 매미나 어쩌면 땅속에서의 긴 시간이 그들 삶의 본질이고, 땅위의 짧은 삶은 생을 마감하기 위한 장엄한 통과의례일지도 모른다.

＊

사람의 몸은 수십 조 개의 세포로 이루어져 있다. (과학자에 따라서 60조 개에서 100조 개로 추산한다). 그 세포 하나에 들어있는 뉴클레오티드의 수는 대략 100억 개나 된다. 뉴클레오티드의 입장에서 보면 그가 존재하고 있는 우리 몸은 우주만큼 큰 존재가 아닐 수 없다.

과학의 발전은 눈부시지만 우주의 진화 과정과 생명 탄생 초기의 비밀은 정확히 알 수 없다. 인류가 출현하기 이전부터 오랜 세월 종을 이어온 하루살이와 매미. 짧은 생이고 생각하는 두뇌조차 없는 그들이지만, 분명 세상의 빛을 보고 경험한 생명체이다. 인간보다 훨씬 오래 전부터 치열한 몸짓으로 종을 이어온 그들인데, 감히 하찮은 생이라고 멸시할 수 있는가. 생명의 의미와 소중함, 생명의 신비와 존재의 유한함을 그들은 그 짧은 생에 빈틈없는 몸짓으로 우리에게 증명하고 있다.

살아 움직인다는 사실은 그 자체가 기적의 연속이다. 생이 소중한 이유다. 이 지구상에, 아니 온 우주에 단 하나뿐인 존재인 나. 하지만 무한생명에 가까운 우주나 지구에 비하면 하루살이와 매미만큼이나 지극히 짧은 시간을 푸른 별 지구에 잠시 머물다 가야 하는 우리들이다. 예기치 않은 사고와 질병이 찾아오면 그 짧은 시간마저도 속절없이 마감해야 하는, 하루 앞을 예측할 수 없는 생—루마니아 속담에 '죽음은 입고 있는 셔츠보다 더 가까이에 있다'는 말이 있다—을 살아야 하는 불완전한 존재들인 나와 여러분이다. 그리고 갖가지 나무들과 다양한 동물들, 눈에 보이지 않는 미생물에 이르기까지 지구상의 모든 살아있는 것들은 단 하나의 생물에서 기원하여 각자 수십만 년, 아니 수십억 년의 진화 과정을 통해 지금의 형태로 존재한다. 로또 당첨보다 더 어려운 확률을 뚫고, 그것도 자신의 선택이 아니라 마치 누군가에 의해 던져진 것처럼 세상구경을 나온 불가사의한 존재가 바로 나와 여러분인 것이다.

나와 여러분의 공통점은 각기 다른 또 하나의 우주 가운데 하나라는 것. 비록 작디작은 존재지만 생각하는 권능까지 가진 우리 몸의 소중함은 우주와 견주어도 부족하지 않다. 나 없는 우주는 아무런 의미가 없기 때문이다. 한 사람 한 사람의 생명이 그토록 귀한 존재이니 잘 유지 보존하는 것은 생명을 가진 자의 당연한 의무이자 도리가 아닐까. 사람의 눈에는 하루밖에 살지 못하는 날벌레에 불과하지만, 하루살이는 치열한 몸짓으로 종족 잇기라는 대업을 완수하고 생을 마감한다. 하물며 만물의 영장이라고 스스로 명명해놓고 '하나뿐인 생명'을, '단 한번뿐인 생(生)'을 지키고 이어가는 데 소홀히 한다면 한갓 날벌레 앞에서 체면은 고사하고 너무 부끄럽지 않겠는가!

내 것이 좋은 것이여

"내 것이 좋은 것이여!" 두 말 하면 잔소리다. 신토불이(身土不二), 몸과 땅은 하나라는 뜻으로 불교 용어에서 온 말이라고 한다. 자기가 나고 자란 땅에서 나온 것이 체질에 잘 맞는다는 말이다. 곡식이나 과일, 야채 등 우리 땅에서 나온 농산물이 우리 몸에 좋을 거라는 데 이의를 달 사람은 없을 것이다.

내 것이 좋은 것은 우리 농산물에만 국한하지 않는다. 우리 몸이야말로 태어날 때 부모님이 주셨던 그대로가 몸이 원하는 최상의 조합이다. 보기에는 인공이 가미된 성형의 결과물이 좋아 보일 수도 있겠지만, 적어도 몸이 기능하는 데는 원래의 내 것을 능가하기는 어려울 듯하다.

한때 서울 강남의 모 성형외과 건물 외벽에는 "어머니 날 낳으시고 원장님 날 만들어주시고"라는 큼지막한 광고판이 내걸렸던 적이 있었다. 날 낳아준 사람은 어머니지만 지금의 나를 아름답게 만들어준 사람은 그 병원 원장이란 뜻일 게다. 비단 이 성형외과뿐이겠는가. 코로나19가 발생하기 전 서울 강남의 성형외과는 얼굴은 물론이고 체형까지 바꾸려고 중국과 베트남 등 동남아에서 몰려온 예약자들로 복작대던 시절도 있었다. 인천국제공항 대합실에는 성형수술을 마치고 상처가 아물지 않아서 얼굴에 붕대를 붙인 채로 삼삼오오 모여 자기 나라로 돌아가려는 외국인들이 즐비했었다.

어쩌면 인간의 외모는 자연 환경과 유전적인 특성이 조화를 이루어서 만들어진 합작품일지도 모른다. 지구상에는 나일악어, 인도악어, 바다악어, 미국악어, 샴악어 등 20종류 이상의 악어가 있는데, 사는 지역에 따라 모양이 조금씩 다르다고 한다. 악어만이 아니라 지구상에 존재하는 생물들은 사는 지역에 따라 생존에 유리하게 외모와 구조가 변화했다.

인간이라고 다르지는 않다. 사는 위도와 경도의 자연환경에 따라 피부색과 생김새가 다르게 진화했다. 그걸 인위적으로 바꾸려는 시도는 끊임없이 이어져 왔고, 의학기술의 발달과 맞물려 거대한 산업으로 성장하는 지경에 다다랐다. 2023년 대한민국에 사는 20~40대 여성들 가운데 쌍꺼풀 수술이나 눈썹 문신을 한 사람과 하지 않은 사람 중에 어느 쪽이 많을까? 아마도 한 쪽이 많지 않을까. 얼굴 중앙에 위치해 외모에 중요한 영향을 미치는 코 수술도 동양인이 많이 하는 성형수술 중 하나로 꼽힌다.

코로나19는 미증유의 재앙이지만 몰래 성형수술을 하고자 하는 이들에게는 소중한 기회였다. 코를 포함해 얼굴 하단 부위의 수술은 굳이 휴가를 내지 않아도 마스크로 감추는 게 가능했기 때문이다. 예전에는 성형이 여성의 전유물이다시피 했는데 지금은 남성도 크게 늘었다. 특히 숱이 적은 눈썹에 문신을 하고, 눈이 작거나 처져서 쌍꺼풀 수술을 하는 사례는 남성들한테도 흔한 일이다. 너도나도 미용 열풍에 가세하는 바람에 대한민국 성형시장, 그중에서도 서울 강남은 야간에도 불이 꺼지지 않았다. 예뻐지고 멋있게 보이고 싶은 마음은 인간의 자연스런 욕망이어서 인위적으로 억누르기 어려우니 자연스런 현상일지도 모른다.

특히 한국인들이 선호하는 쌍꺼풀 수술은 실패 확률이 낮은 듯하다. 그 결과는 코로나19 사태 때 증명된 바 있다. 전국민이 마스크를 썼을 때 너나할 것 없이 눈이 예뻐서 대한민국 성형외과의사들의 능력을 보여준 바 있다. 만약에 주식시장에 개별 의사들을 상장할 수 있었다면 단연 성형외과 의사들의 주가가 상한가를 쳤을 것이다. 이렇듯 성형은 이제 선택이 아니라 필수인 시대에 우리가 살고 있다.

하지만 성형은 결과를 예단하기 어렵다. 수술에 들어가는 비용도 만만치 않다. 기왕지사 자신의 외모를 낮게 보이기 위해 적지 않은 비용을 투자했으니 만족할 만한 결과를 얻는 게 모두의 희망사항이다. 실제로 많은 사람들은 과거의 모습을 찾기 어려울 정도로 환골탈태(?)해서 부러움을 사는 경우도 종종 있다. 그러나 그게 쉬운 일일까?

성형의 결과는 굳이 주변에서 찾을 필요도 없이 TV나 유튜브에 나오는 연예인이나 셀럽들을 보면 안다. 그들 가운데는 성형수술의 수혜자도 있고 피해자도 있다. 중고등학교 때의 졸업앨범 사진과는 달라도 너무 많이 달라서 아예 다른 사람으로 다시 태어난 경우도 심심치 않게 본다. 그런가 하면 젊은 날의 아름다운 모습은 오간 데 없고 안타까운(?) 모습으로 변해서 눈길을 끈 중년의 연예인들도 적지 않다.

개인적으로는 코 수술을 해서 잘 된 사람을 본 적이 별로 없는 것 같다. 대개는 콧날은 부드럽게 하고 코끝은 높이는 수술이 대세인데, 낮은 코를 높이다 보니 시간이 가면 자연스러워지는 눈 수술과는 달리

출처 : 네이버 영화

누가 제일 아름다운가. 모두 아름답지 않은가!

출처 : UNICEF

내 것이 좋은 것이여

수술했다는 티를 감추기 어렵다. 수술한 코의 구멍이 동그스름하게 자연스러운 게 아니라 길쭉한 타원형을 이루기 때문이다. TV화면에 나오는 많은 연기자나 방송인, 유튜버들을 보면 심심치 않게 발견할 수 있다.

사람은 누구나 늙는다. 단지 약간의 차이가 있을 뿐이다. 어떤 이는 그 차이가 싫어서, 또 다른 어떤 이는 그 차이를 더 벌리고 싶어서 얼굴에 칼 대는 것을 마다하지 않는다. 하지만 인생 전체로 보면 남보다 상대적으로 덜 늙은 듯한 느낌을 줄 수 있을지는 모르나 잠시뿐이다. 큰 강의 뒷물이 앞 물을 밀어내듯이, 젊음도 속절없이 밀려서 결국은 늙음에 이른다. 젊어 보이는 게 중요한 게 아니라 건강이 더 중요하다는 말이다.

60년대 은막의 스타로 만인의 사랑을 받았던 고(故) 윤정희 씨(1944~2023년)는 나에게도 로망이었다. 그는 2010년 마지막 영화 <시>에서 비록 주름지긴 했지만 옛날의 그 얼굴 그대로의 모습으로 할머니 양미자 역을 멋지게 소화했다. 어떤 줄거리인지 지금은 기억이 가물가물하다. 하지만 화면을 가득 채운 윤정희 씨의 잔주름 가득한 얼굴은 지금도 생생히 떠오른다. 특히 웃을 때 눈가에 새겨지는 실핏줄처럼 가느다란 주름이 잊히지 않는다. 깡마른 몸으로 아프리카에서 봉사활동을 하다 돌아와 암으로 죽음을 맞은 오드리 햅번(1929~1993년)의 모습과 오버랩 돼서 더 아름다워 보였다. 개인적인 미적 기준일지 몰라도 워낙 비슷비슷한 얼굴의 아이돌들과는 달라도 너무 달라서 더 빛나 보였던 것 같다. 그랬던 그였건만 질병 앞에서는 속절없이 무너지고 말았다. 영화에서 서서히 기억을 잃어가는 알츠하이머병을 앓는 할머니 역을 했는데, 공교롭게 자신도 치매를 앓다가 세상을 떠났으니 그런 우연, 그런 아이러니도 없다. 윤정희 씨의 안타까운 죽음을 접하면서 다시금 깨닫게 되는 것은 건강의 소중함이다. '돈을 잃으면 조금 잃는 것이요, 명예를 잃으면 많이 잃는 것이고, 건강을 잃으면 전부 잃는 것'이라는데, 그 말이 거짓이 아니었음을 새삼 확인하게 된다.

세월을 거스르는 사람은 존재하지 않는다. 누구나 눈이 침침해지고 여기저기 주름이 생기는 노화를 겪는다. 숨길 수 없는 삶의 과정이다. 남녀노소 빈부귀천을 가리지 않고 찾아오니 억울할 일도 아니다. 그냥 받아들이면 되는 것이다. 욕심만 버리면 되니 결정이 어렵지도 않다. 주름, 그 수많은 가로선과 세로선, 굵은 선과 가는 선에는 그 사람의 자잘한 인생 이야기가 담겨 있다. 행복과 불행, 기쁨과 슬픔, 성공과 실패, 영광과 좌절의 순간순간들이 새겨져 있다. '40을 넘기면 자신의 얼굴에 책임을 져야 한다'는 말도 있지 않은가. 잘나고 못나고의 문제가 아니다. 주름에는 지울래야 지울 수 없는 그 사람의 치열한 삶의 기록이 담겨 있다. 그런데도 없애는 것만이 능사일까? 잘 간직하는 것도 그리 나쁜 선택은 아니라는 생각이 든다.

외국인으로는 최초로 아카데미상 여우주연상을 받은 이탈리아 여배우 안냐 마냐니(1908~1973년)는 죽기 얼마 전 자신의 얼굴을 찍는 사진사한테 부탁했다고 한다. "절대 주름살을 수정하지 말아주세요. 그 주름을 얻는 데 평생이 걸렸습니다."

장기 기증을 해야만 하는 이유

　　나의 할아버지는 1974년 62세의 연세에 시름시름 병을 앓다가
돌아가셨다. 지금 내 나이가 60을 넘고도 이만큼 젊고 건강한 것을 보
면 아마도 병환으로 돌아가셨을 것이다. 무슨 질환을 앓으셨는지는 알
길이 없다. 국민 열에 아홉은 가난했고, 우리나라의 의료수준이 매우
낮았던 시절이라 병명도 모른다. 할아버지 간호를 전담했던 어머니 말
로는 돌아가시기 전 등에 욕창이 심했고 기침이 잦았고 가래가 많이
끓었다고 했으니 앓던 질환은 알 수 없으나 직접적인 사인은 폐렴이
아니었을까 짐작할 뿐이다. 당시는 병원 문턱이 높아서 많은 사람들이
질병 치료는 엄두도 못 내고 대개는 나의 할아버지처럼 집에서 앓다가
죽음을 맞았다.

＊

　　내 기억 속의 할아버지는 크지 않은 몸집에 갸름한 얼굴로 잘생
겼다기보다는 예쁘게 생기신 용모였다. 누구에게나 할아버지는 그렇
게 기억되겠지만 인정 많고 온화한 성품이셨다. 10남매의 자녀를 낳아
어릴 적 사망한 2명을 빼고 8명의 자녀를 성인으로 키워내셨으니 얼
마나 고생이 크셨을까. 끼니도 때우기 어렵던 그 시절에 뼈 빠지게 고
생한 고달픈 가장이었을 것이다.

내가 초등학교 저학년 때의 일이다. 아버지는 어렵게 서울에서 직장을 잡아 어머니와 막내 여동생을 데리고 서울에서 단칸 셋방살이를 하셨고, 나는 두 동생과 고향마을에서 조부모님의 보살핌 속에서 성장했다.

봄 소풍 가는 날이었다. 할머니는 도시락 하나 달랑 챙겨주고 용돈 한 푼 주지 않고 내 등을 떠밀었다. 나는 안마당에서 한 발자국도 떼지 않고 돈을 달라고 징징댔지만 씨알도 먹히지 않았다. 할머니를 상대로 한바탕 소동을 부렸지만 소용이 없었다. 시간에 쫓겨 결국 포기하고 학교로 통하는 고갯길을 오르는 참이었다. 그때 뒤에서 "덕영아!" 하는 소리에 고개를 돌려보니 병석에 누워계신 할아버지가 힘겹게 사랑방 문을 열고서 나를 부르는 게 아닌가. 재차 "덕영아 이리 와봐" 하시기에 혹시나 하는 생각에 쏜살같이 달려 내려갔다. 할아버지는 꼬깃꼬깃 접혀 있는 50원짜리 지폐(1973년 10월 30일 발행 정지)를 내 손에 꼭 쥐어주시면서 "늦기 전에 어여 가렴" 하시는 게 아닌가. 얼마나 감격스럽고 신이 났던지 그 돈을 손에 치켜들고 만세를 부르며 단숨에 고갯길을 넘었던 기억이 생생하다.

군것질할 것이 부족했던 당시에 인기상품은 '라면땅'과 '자야'였는데, 라면땅이 10원, 자야가 20원쯤 했다. 두 제품은 모두 지금의 라면과 비슷한 꼬불꼬불한 면을 기름에 튀겨 만든 과자였다. 자야는 면발이 가늘고 라면땅은 그보다는 약간 굵었다. 자야는 라면땅보다 긴 봉지에 들었는데, 맛이 라면땅을 능가해서 단연 인기였다. 그걸 두 개 사고도 남는 돈이었으니 얼마나 기뻤겠는가.

그런 할아버지가 그 뒤 몇 해 살지 못하시고 돌아가셨다. 중학교

2학년 때였을 것이다. 할아버지를 장지로 실어 나를 상여가 대문 밖에 있었고, 상여꾼들이 관을 들고 마루를 내려가는 순간이었다. 나는 그들을 제치고 할아버지 관을 붙들고 할아버지를 목 놓아 부르면서 곡을 했다. 그 광경을 지켜보던 동네 어르신들 모두 눈시울이 붉어졌다고 한다. 나중에 할머니 말씀에 따르면, 그분들이 "세상 살면서 할아버지 죽었다고 저리 통곡하는 손주는 처음 봤다"면서 "내가 죽어도 내 손주들이 저럴까" 하시면서 몹시 부러워하셨다고 한다. 그때 내가 그리 슬펐던 게 소풍 가는 날 할아버지가 주신 50원 때문은 아니었을 것이다. 하지만 지금도 기억이 또렷한 것을 보면 50원에 담긴 할아버지의 지긋한 손자 사랑에 그 손자가 크게 감동받은 사실만큼은 분명하다.

어릴 적 나에게 그렇게 각인된 할아버지가 돌아가신 지 30년 되던 해로 기억된다. 할아버지가 묻힌 산소 쪽으로 새로 도로가 나게 돼 어쩔 수 없이 할아버지 산소를 옮겨야 하는 상황을 맞았다. 가족들은 상의 끝에 할아버지 시신을 화장해서 종친 납골당에 모시기로 했다. 산소를 파서 시신을 수습하는 일은 아버지와 셋째 삼촌, 나, 이렇게 세 사람이 맡았다. 포크레인으로 큰 흙을 파낸 뒤 잔 흙을 손으로 긁어내며 30년간 산화하고 남은 할아버지의 유골을 조심스레 수습했다. 할아버지가 누워 잠드신 그대로 머리털, 유골, 치아, 등뼈, 엉치뼈, 손발톱 등이 순서대로 가지런히 놓여 있었다. 시신이 누워계신 자리는 약간의 물기가 있어서 촉촉했다. 아직도 할아버지 육신이 완전히 흙으로 돌아간 것은 아닌 듯 보였다. 놀라운 것은 유골 사이에서 썩지 않고 발견된 비닐뭉치였다. 할아버지는 돌아가시기 전 오랫동안 병석에 누워 계시다보니 등에 욕창이 심했다고 한다. 아버지는 시신을 염하던 염사가 욕창 때문에 패인 등 쪽 구멍을 수건을 비닐로 감싸서 막았는데, 그게 그대로 남아 있는 것이라고 했다. 당시 할아버지가 겪었을 통증의 고통과 썩지 않는 비닐의 생명력에 놀랐던 기억이 난다.

그 당시만 해도 우리나라는 화장보다는 매장이 압도적으로 많았다. 국토의 7할이 넘는 산지가 묘지로 뒤덮일 정도였다. 불과 수십 년 만에 장례풍속이 변해서 지금은 오히려 매장이 드물고 화장이 주류가 됐다. 후세를 위해 다행스런 일이다.

나는 지금 장기 기증에 관한 글을 쓰고 있는데, 이렇게 할아버지의 죽음 이야기로 서론이 길었다. 이유는 단 한 가지, 장기 기증을 왜 해야 하는가를 설명하기 위함이다. 나는 어릴 적에 큰 사랑을 주신 할아버지 유골을 수습하면서 한 가지 결심한 게 있다. "죽으면 결코 땅에 묻히지 않을 거라고. 할아버지의 전철을 밟지 않을 거라고." 30년을 썩었는데도 다 썩지 못하고 남아 있는 할아버지 육신의 부스러기들을 보면서 무섭기도 하고 허망하기도 하였다.

화장해서 곧바로 흙으로 돌아갈 수 있는 지름길을 놔두고 왜 저리 오랜 세월을 썩어가면서 온갖 벌레들의 밥이 돼야 하셨을까. 살아 계실 때 무척이나 고단했던 육신이셨을 텐데 돌아가신 후에도 저리 험한 취급을 당하시다니. 할아버지가 자신의 육신이 저리 오랜 세월 구더기 밥이 될 줄 아셨다면 유언으로 매장을 택하셨을까. 결단코 아닐 것이다. 이미 생명이 끊어진 몸, 세상에 남아 있는 누군가한테 주면 생명의 연장선이 될 수도 있는데, 굳이 땅속에 갇혀서 썩고 또 썩을 이유가 있을까. 얼마나 소중한 장기들인가. 그때 나는 굳게 마음먹었다. 내가 세상여행을 마치는 그날이 오면 다 주고 가자. 불과 수시간 만에 불

에 타서 연기처럼 사라질 육신인데 두고 가면 무엇하겠는가. 누군가의 생명을 살릴 수 있다면 아낌없이 주고 가자. 무엇이 두려워 선택을 망설일 것인가. 이미 두뇌 회로가 끊어져서 고통이 중단된 육신이다. 불에 타는 게 무서울 리는 없다.

독자 여러분의 생각이 궁금하다. 나의 경험담을 듣고도 매장을 선택하고 싶은가? 그게 아니라면 불에 타기 전에 소중한 장기들은 어떻게 해야 할까? 불과 함께 한줌의 재로 변하게 그대로 놔두는 게 최선의 선택일까? 그 답은 나와 여러분이 스스로 결정해야 한다.

절차가 쉽고 간단한 장기 기증 서약도 그중 하나이다. "버리고 갈 것만 남아서 참 홀가분하다." 작가 박경리의 유언도 있지 않은가. 가지고 갈 것이 없으니 홀가분할 수밖에. 어쩌면 다행이지 않은가. 가지고 갈 수도 있고, 가지고 갈 것이 많다면 마지막 순간에 얼마나 고민이 크고 많겠는가. 무엇을 가지고 가야 할지? 얼마만큼 가져가고 얼마를 남기고 갈지? 등등.

다른 나라의 장기 기증 실태는 어떨까? 영국 웨일스에서는 2015년 12월부터 옵트아웃(opt-out) 방식(거부 의사를 밝히지 않은 모든 주민을 장기기증대상자로 분류하는 것)을 적용하여 뇌사자의 장기 기증을 법률로 못 박고 있다. 물론 이 경우에도 본인이 거부 의사를 명확히 하면 장기기증 대상에서 제외되기는 한다. 영국에서는 웨일스 외에 잉글랜드에서도 '맥스와 키라법(Max and Keira's law)'으로 불리는 옵트아웃을 뼈대로 하는 장기 기증 방식을 담은 법률을 2020년 5월 20일부터 시행한다. 이 법률 이름이 맥스와 키라법으로 붙여진 이유는 2017년 당시 아홉 살이던 맥스 존슨이 교통사고로 사망한 동갑나기 키라 볼로부터 심장을 이식받아 생명을 연장한 데 따른 것이다. 영국은 뇌사자와 심정지 환자의 장기기증 비율이 매우 높은 편이다.

우리나라의 장기 기증 실태는 어떠할까? 2019년 말 현재 국내에 장기 기증 희망 등록자는 232만 명으로 전체 인구 5,185만 명의 5%에도 미치지 못한다. 반면에 장기 기증 대기환자는 4만 명을 넘는다. 지금 이 순간에도 그들 고귀한 생명은 언제 자신에게 기회가 돌아올지 모르는 순간을 기다리며 죽음의 공포와 싸우고 있다.

전문가들은 우리나라도 장기 기증문화의 확산과 함께 법률적인 뒷받침이 시급하다고 입을 모은다. 뇌사자의 장기기증 절차를 간소화한 영국의 사례는 본보기가 될 만하다. 반대하는 국민을 위해서는 본인이 원치 않으면 제외하는 조항을 두면 될 일이다. 장기기증은 기술적인 측면도 중요하다. 아무리 본인이 장기 기증을 희망해도 사후 적출까지 오랜 시간이 소요되면 말짱 헛일이다. 따라서 병원에 입원중 심정지로 사망한 환자는 본인과 가족의 사전 동의가 있을 경우 사후 곧바로 장기 적출이 가능하도록 해야 한다. 어차피 살릴 수 없는 생명이라면, 피할 수 없는 죽음이라면, 무의미한 생명의 종료보다는 또 다른 생명의 연장으로 이어지는 게 떠나는 이를 위해서도 보람된 일 아니겠는가.

2019년 11월 경기도 안산에 사는 6살 장선일 군은 친구 집에서 술래잡기 놀이를 하다 3층에서 떨어졌다. 119로 아주대병원에 이송돼 응급처치를 받았으나 뇌사상태에 빠지고 말았다. 그때 장 군의 부모는 아들에게 아무 것도 해줄 수 없는 상황에서 사랑하는 아들이 누군가의 몸에서라도 살아 숨 쉬게 하는 길을 택했다. 장군은 비슷한 또래 2명의 어린이에게 심장과 간을 떼어주고 세상을 떠났다. 지금 이 순간에도 누군가는 실낱같은 희망을 포기하지 않고 자신의 생명을 연장해줄 장기 기증자를 애타게 기다리고 있다. 그러나 매일 이 아름다운 세상과 작별을 고해야 하는 고귀한 생명이 5명 정도나 된단다. 우리 사회가 이들의 생명을 구하는 일을 더 이상 머뭇거리지 말아야 하는 이유다.

장기 기증을 희망하는 사람은 보건복지부 국립장기조직혈액관리원(KONOS)에 신청하면 된다. 장기 이식증을 소지하는 게 불편하면 장기기증 희망등록신청서를 작성할 때 운전면허증에 삽입을 요청하는 방법이 있다. 그러면 운전면허증 왼쪽 하단에 장기기증 표시를 해준다. 주민등록증은 집에 두어도 운전면허증은 소지하는 시대 아닌가. 불의의 사고 시 빠른 신원 확인과 함께 장기 기증 의사를 확인하기 위함이다.

나는 2005년 7월에 KONOS에 뇌사 또는 사후에 내 몸의 사용 가능한 모든 장기를 기증하는 서약을 했다. "장기 기증은 우리가 생의 마지막 순간에 할 수 있는 고귀하고 아름다운 사랑의 실천입니다." 그때 코너스가 나에게 발급한 '장기 기증 희망 등록증'에 새겨져 있는 글귀다.

담배, 그 지독한 인연
끊기에 대하여

담배를 피우면서도 곱고 아름다운 피부를 유지할 수 있을까? 매우 어렵다. 아니 불가능하다. 지금은 스크린에서 보기 어려운데, 한때 청순가련형의 대명사로 불리던 여배우가 있었다. 대중의 사랑을 한몸에 받았던 그를 오래 전 서울의 한 호텔 커피숍에서 본 적이 있는데, 구석에서 줄 담배를 피우는 모습을 보고 놀랐던 기억이 난다. 화장을 하지 않은 편안한 복장이었는데, 입술이 거무튀튀하고 얼굴 피부도 거칠게 보여서 그 여배우가 맞나 싶을 정도였다. 어찌된 연유인지 모르나 그녀는 지금 연예계 활동을 중단하고 있는 상태다. 나 혼자만의 생각인데, 나이 오십을 넘겼을 그가 담배 사랑을 끊지 못해 피부가 망가져 나오지 못하는 것은 아닌지 하는 생각마저 들었다. 한때는 나도 그의 열렬한 팬이었기에 그렇지 않기를 바라는 마음으로.

아름다운 피부를 유지하고 싶다면, 그 출발점은 금연이라야 한다. '스모커즈 페이스'라는 말이 있다. 글자 그대로 담배를 피우는 사람의 얼굴이라는 뜻일 게다. 오랜 세월 담배를 피우면서도 고운 피부를 가지고 있다면 그 사람은 부모님으로부터 특출 난 유전자를 물려받은 덕분이다. 유감스럽게도 그런 사람은 거의 존재하지 않는다는 사실이다. 담배를 사랑하는 한 동안(童顔) 피부는 꿈도 꾸지 말라는 얘기다.

흡연자와 비흡연자는 얼굴의 주름과 색깔에서 확연히 차이가 난다. 흡연자는 비흡연자에 비해 상대적으로 피부가 거칠고 주름이 깊다. 담배가 몸 안의 비타민A를 고갈시켜서 자외선에 의한 광노화를 촉진하여 탄력 있는 피부조직을 만드는 인자들을 파괴하기 때문이다. 일본의 한 화장품 회사의 조사에 따르면, 30년간 하루 1갑 이상 담배를 피운 사람은 비흡연자보다 2.8배 주름이 많아진다고 한다. 이런 현상은 피부조직이 남성에 비해 얇고 건조한 여성에게서 더 심하게 나타난다. 담배의 성분 중 하나인 니코틴은 피부색에도 악영향을 끼친다. 담배를 오래 피운 사람은 얼굴이 검고 칙칙해 보인다. 니코틴이 피부 속 세포에 산소와 영양분을 전달하는 혈관을 수축시켜 나타나는 부작용이다. 입술의 색깔이 유난히 검붉은 사람이 있는데, 십중팔구는 흡연자일 가능성이 높다. 비흡연자가 그렇다면—유전적인 게 아니라면—순환기나 간질환의 영향일 수도 있으니 진료를 받아볼 것을 권한다.

그렇다면 흡연으로 망가진 거칠거칠한 피부를 생생한 피부로 되돌릴 수 있는 방법은 없는 것일까? 있다. 우리 몸의 자정작용은 자연현상 못지않게 놀라울 정도로 뛰어나다. 오물로 가득한 하천이 장마철에 큰 비가 내리면 언제 그랬냐는 듯 씻겨 내려가 깨끗이 되듯이, 금연을 하는 순간부터 피부는 놀라운 자정력을 회복하기 시작한다. 단언컨대, 금연에 성공하면 당신의 피부는 다달이, 아니 나날이 달라질 것이다. 푸석푸석하고 거칠거칠한 얼굴이 매끄럽고 탄력 있게 바뀌고, 거무튀튀한 입술 색깔이 붉은 색으로 돌아올 것이다.

내가 아는 지인 중에 좋은 사례가 있다. 그는 인천광역시에서 고위직을 지냈는데, 소문난 두주불사(斗酒不辭)에다 담배 없이는 못사는 골초였다. 얼굴 피부는 흙빛으로 거칠었고, 굵은 주름이 깊게 패여 마치 쭈글쭈글한 인디언추장을 연상케 했다. 얼마 전에 우연히 마주쳤는데 몰라볼 뻔 했다. 주름은 여전히 깊었지만, 살구 빛 뽀얀 볼 살이 나이를 무색케 할 만큼 혈색이 좋았다. 사람이 단기간에 그리 달라질 수 있다는 사실이 믿기지 않았다. 기적은 멀리 있지 않았다.

*

피부는 담배 폐해의 한 부분에 지나지 않는다. 담배는 지구상에 존재하는 동식물 가운데 가장 많은 인간을 죽게 만든 '죽음의 식물'이기 때문이다. 한 해에 700만 명이 넘는 사람들이 흡연의 직간접적인 영향으로 숨을 거둔다. 담배 스스로는 그럴 의도가 없다. 담배는 단지 자신의 몸을 갉아먹는 곤충으로부터 자신을 보호하기 위해 니코틴으로 무장했을 뿐이다. '니코틴'은 담배의 최후 방어무기인 셈이다. 아무려면 담배가 인간한테 자신의 몸을 바싹 말려서 가루로 으깨서 까맣게 불태워 달라고 부탁할 리 있겠는가.

담배의 탄생은 7천 년 전으로 거슬러 올라간다. 아메리카대륙 어디에선가 자라나기 시작했다. 인간이 흡연을 시작한 시점은 3천 년 전쯤으로 추정되니까, 4천여 년 동안 담배는 자연에 존재하는 수많은 식물 중 하나에 불과했다. 인간들이 그 맛에 중독돼 마구 재배하고 베어내기 전까지는.

일단 담배 맛을 알게 된 인간들은 그 맛에 깊이 빠졌다. 담배가 아메리카 중앙지역, 중남미에서 콜럼버스에 의해 유럽으로 전파된 건 15세기 후반이다. 16세기에 유럽 전역으로 번졌고, 17세기에는 중국과 일본, 필리핀을 거쳐 조선까지 들어왔다. 단지 흡연의 기쁨만으로 단기간에 지구 전체로 퍼진 것은 아니었다. 한때 담배는 치료약 대접을 받기도 했다. 니콜라스 모나르데스라는 스페인의 내과의사는 담배가 치통, 기생충, 입 냄새, 심지어 암에 이르기까지 여러 질병에 특효가 있다고 주장했다. 비슷한 시기에 나온 중국의 문헌에는 만병통치약으로 언급되기도 했다.

담배가 급속도로 퍼진 데는 중독성이 큰 몫을 했지만, 산업의 발달도 한 몫 했다. 1900년대 초에 유럽과 미국에서 일반인들의 흡연이 급속하게 증가한 데는 담배 생산 기술의 발달과 성냥의 발견 등의 영향도 컸다. 1914년과 1939년에 발발해 유럽을 휩쓴 제1, 2차 세계대전의 영향도 빼놓을 수 없다. 참호전이 많았던 1차 대전은 말할 것도 없고, 2차 대전에서도 담배는 군인들의 필수품이었다. 언제 생명이 날아갈지도 모르는 극한 상황에서 담배는 심리적 안정제 역할을 하고도 남았다. 오죽하면 미국 루스벨트 대통령은 군인들한테 공급할 담배가 부족할까 봐 담배를 보호 작물로 지정까지 했다. 50대 이상 군대 다녀온 남성들은 기억하겠지만, 한때는 우리나라 군대에서도 병사들에게 담배를 지급했었다.

그러던 담배가 폐암 발병에 관련이 있을 거라는 연구가 나오기 시작한 것은 20세기 들어서였다. 하지만 그 당시에는 일부 연구가들의 의견일 뿐이었다. 1964년 미국 보건성에서 흡연이 폐암을 일으킨다고 공식 발표하였고 그때서야 사람들은 담배의 위해성을 깨닫기 시작했다.

담배 하나로 엄청나게 배를 불린 담배 회사들, 그중에서도 필립 모리스사로 대표되는 미국의 담배회사들은 담배의 해악이 알려지면서 흡연자가 줄게 되자 비상이 걸렸다. 그들은 고객의 생명에는 큰 관심을 기울이지 않았다. 그보다는 자신들의 부를 위해 흡연자를 한 명이라도 더 유지하려고 안간힘을 썼다. 판매량이 줄어들까 봐 노심초사했고, 유해성을 줄였다고 홍보하며, 갖가지 신상품을 줄기차게 내놓았다. 1950년대의 필터담배를 시작으로, 1970년대의 저타르니코틴 담배, 연기 없는 담배, 최근의 전자담배에 이르기까지 눈물겨운(?) 노력들이 이어지고 있다.

비록 한때였지만, 1980년대 초 우리나라 의과대학의 내과 교과서에 금연이 어려운 환자를 대상으로 저타르니코틴 담배를 사용하라고 기술된 적도 있었다고 하니 그들의 노력에 감탄하지 않을 수 없다.

그 수많은 노력의 결과는 빛을 보았을까? 결론을 한마디로 요약하면 모두가 허사였다. 담배회사들이 자신들의 생존을 연장하기 위해 내놓은 '기만제품'에 불과했던 것이다. 결국 '어떤 종류의 담배도 몸에 이로운 것은 없다'는 게 지금까지 확인된 변함없는 팩트인데도 그들은 여전히 건재하다. 참으로 이해할 수 없는 아이러니가 아닐 수 없는 담배 약사(略史)다.

*

원시시대에 불과 연기는 인류에게는 구원의 존재였다. 불과 연기는 야생에서 맹수로부터 자신과 가족의 생명을 지키고 생활을 유지하는 데 필수요소였다. 사나운 맹수도 불은 무서워했을 테니 말이다. 불은 맹수뿐만 아니라 인간에게도 위협적인 존재였지만, 인간은 불의 마력에 빠질 수밖에 없었다. 자신을 보호하는 데 그보다 더 나은 방어무기는 없었기 때문이다. 지금은 사라지다시피한 정월 대보름날의 쥐불 놀이 추억은 '불장난'의 짜릿함을 상기해준다. 지금도 단체로 여행을 가면 모닥불 놀이를 하거나 캠프파이어를 하는 이유도 거기에 있지 않을까.

담배는 약간의 장소적인 제약이 있긴 하지만, 언제든지 인간의 내면에 자리한 불과 연기에 대한 추억과 욕구를 동시에 만족시켜준다. 게다가 긴장과 스트레스를 완화해주는 느낌까지 있다. 하지만 불과 연기는 기관지를 자극해서 기침을 일으키고 눈물을 유발하는 데 그치지만, 담배 연기는 그에 더해 중독성과 환각성을 갖고 있는 게 문제다. 실내 흡연이 사실상 불가능해진 지금, 애연가들은 추위와 더위, 거친 눈보라와 비바람 등 어떤 기상조건에도 굴하지 않고 틈만 나면 불을 피워서 연기 만들기에 빠지곤 한다. 참으로 지독한 담배 사랑이다.

하지만 만약 지금 당신이 담배 연기에 취하여 흡연을 한다면 행복한 노년의 조건인 손자 손녀들과 손잡고 즐거운 시간을 갖는 것을 포기해야 한다. 손자 손녀에게 다가가고 싶은 마음이 간절한 것 그 이상으로 그들은 당신한테서 멀어지고 싶을 것이다. <바람과 함께 사라지다>에서 여주인공 '스칼렛 오하라' 역을 맡은 비비안 리가 애연가인 클라크 케이블의 지독한 입 냄새 때문에 키스신을 거부했다는 일화도 있다. 당신의 몸에서 풍기는 고약한 냄새를 그 아이들이 참고 이겨내기는 쉽지 않기 때문이다.

*

요즈음 청소년 흡연이 이상한 일이 아닐 만큼 크게 늘었다. 오죽 상황이 심각하면 TV방송에 중고생이 등장하는 '노담'시리즈 광고가 나오겠는가. 성장기에 있는 아이들에게 담배는 치명적이다. 초등학교

담장에까지 "흡연, 돌이킬 수 없는 성장 방해꾼"이라는 플래카드가 걸려 있는 것을 본 적이 있다. 글자 그대로 흡연은 아이들의 발육에 나쁜 영향을 준다. 흡연하는 청소년의 키가 흡연하지 않는 청소년에 비해 2.54cm 작다는 연구결과도 있다.

흡연 연령이 어릴수록 암 발생 가능성이 높아진다는 연구결과도 있다. 15세에 흡연을 시작한 경우 25세에 시작한 경우보다 60세 폐암 발병 가능성이 3배 가량 높다. 청소년 흡연은 기침, 가래 등의 증상과 운동 기능 저하는 물론이고 니코틴이 중추신경계에 영양을 미쳐서 우울증을 유발하거나 자살 충동을 주기도 하니 반드시 금해야 한다.

흡연가들의 운명은 그 담배에 의해 결정되었다. 니코틴의 해악이 드러난 이후 담배는 고약한 애물단지가 되었다. 하지만 애연가들의 담배에 대한 짝사랑은 일부 연예인이나 정치인에 대한 대중의 팬덤 현상 못지않게 여전히 뜨겁다. 담배의 해악에도 불구하고 병을 치료하는 의사들조차 금연은 좀처럼 넘기 힘든 장벽이다. 극소수이긴 하지만 수술을 집도하며 흡연으로 망가진 폐를 본 외과의사들조차도 금연에 실패하는 사례가 있는 걸 보면 담배의 지독한 중독성을 짐작할만하다. 정작 담배는 원하지 않는데 인간의 담배 사랑은 이토록 극진하니 이러지도 저러지 못하는 담배 입장에서는 참 멋쩍은 일이다. 심지어 "담배 없는 세상을 사느니 차라리 담배를 피우다 죽는 인생을 택하겠다"는 골초들도 널려 있다. 이쯤 되면 스토커 중에서도 최악의 스토커 아닌가.

담배가 앗아간 목숨은 부지기수이다. 유명인들도 예외는 아니었다. 60, 70년대 미국 서부영화에서 주연을 맡은 배우들은 대개가 애연

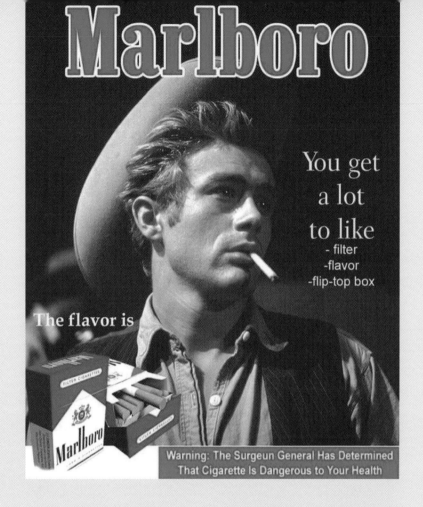

Marlboro

You get
a lot
to like
- filter
-flavor
-flip-top box

The flavor is

Warning: The Surgeun General Has Determined
That Cigarette Is Dangerous to Your Health

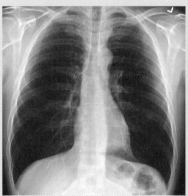

비흡연자의 폐

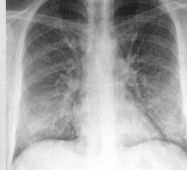

흡연자의 폐

가였는데, 그 때문인지 하나같이 단명했다. 영화 속에서 그들은 한결같이 담배를 폼 나게 피워서 흡연자들을 양산하는 데 일조했다. 그리고 영화의 한 장면처럼 일찍 세상을 등졌다.

<빠삐용>, <황야의 7인>의 스티브 맥퀸(50세), 가장 미국적인 미남 배우로 불리며 <하이 눈(High Noon)>으로 아카데미 주연상을 받은 게리 쿠퍼(60세)가 각각 폐암으로 숨졌다. 스티브 맥퀸은 "나는 이제 갑니다. 나는 당신께 말합니다. 담배를 끊으십시오. 당신이 무엇을 하던 간에 담배를 끊으세요."라는 후회 막급한 유언을 남겼다. <바람과 함께 사라지다>의 클라크 케이블(60세)과 대머리 배우로 각인된 <왕과 나>의 율 브리너(65세)도 폐암으로 오래 살지 못했다.

말보로는 미국의 담배회사 필립 모리스를 대표하는 담배 상표인데, 서부영화를 연상케 하는 말을 탄 카우보이 광고로 유명세를 탔다. 공교롭게도 그 광고에 등장했던 말보로 맨 6명이 폐암 또는 만성 폐쇄성 폐질환(COPD)으로 일찍 숨져서 담배의 유해성을 입증한 셈이 됐다. 말보로가 세계 1등 담배 브랜드로 되는 데 크게 기여한 사람은 맨 처음 말보로 광고를 찍은 로버트 노리스였는데, 그는 놀랍게도 90세까지 장수했다. 그는 14년 동안 말보로 광고에 등장했지만 생전에 담배를 입에 대지 않은 비흡연자였다.

<황야의 무법자>, <석양의 건맨>, <석양의 무법자> 등 서부영화에서 빼놓을 수 없는 명배우 클린트 이스트우드(1930년생)는 90을 넘긴 나이에도 불구하고 미국을 대표하는 배우이자 명감독으로 이름을 날린다. 그 또한 평생 담배를 피워본 적이 없는 비흡연자—영화 포스터에서는 인상을 잔뜩 찌푸리고 시가를 입에 물고 있는 모습이 등장

한다―라고 한다. 우연의 일치라고 하기엔 흡연자와 비흡연자가 맞이했던 인생의 석양이 너무 다르지 않은가.

　매년 5월 31일은 세계 금연의 날이다. 우리나라에서도 그날이 오면 어김없이 2002년 폐암으로 세상을 떠난 코미디언 이주일 씨가 소환된다. "담배 맛있습니까. 그거 독약입니다. 저도 하루 두 갑씩 피웠습니다. 이제 정말 후회됩니다." 이씨가 죽기 전에 찍은 금연 호소영상 멘트이다. 20년이 지난 지금도 그 울림이 크다. 죽음을 앞둔 이씨의 절절한 호소는 '이 세상에 괜찮은 담배는 없다'는 사실을 일깨워주건만 흡연 인구는 좀처럼 줄지 않고 있다.

＊

　담배는 여러 가지 성분으로 구성돼 있는데, 그중에서 사람에게 나쁜 영향을 끼치는 성분은 세 가지로 추릴 수 있다. 너무 자주 들어서 귀에 박힌 니코틴, 타르, 일산화탄소를 말하는데, 담배의 3대 성분으로 분류된다. 이들 성분은 모두 우열을 가리기 힘들 정도로 인체에 악영향을 미친다. 담배를 피우면 니코틴은 7초 만에 뇌에 닿고, 1~3분 만에 혈중농도를 높이고 혈관을 수축시켜서 심근경색, 뇌졸중, 협심증 등을 유발할 수 있다.

　타르는 기름처럼 끈적거리는 성질을 가지고 있는데 목이나 폐에 잘 붙어서 폐암, 구강암, 후두암, 위암 등 각종 암을 일으킬 수 있는 대표적인 발암물질이다. 타르에는 4,000종 이상의 화합물이 포함되어 있다. 그중 발암물질만도 80여 개에 이른다고 한다. 가히 유해물질의 '백화점'이라 할 만하다. 비흡연자와 흡연자의 폐는 색깔로 확연히 구별되는데, 선홍색의 비흡연자와 달리 흡연자의 폐는 검게 변색돼 있다. 살아있는 폐와 죽어가는 폐는 색깔만으로도 확연히 구별된다.

흔히 연탄가스를 떠올리게 하는 일산화탄소는 인체를 산소 결핍 상태로 만들어 버린다. 흡연자들이 종종 현기증이나 두근거림, 쉽게 숨이 차는 증상을 느끼게 되는 건 이 때문이다. 담배 연기에는 1~3% 정도의 일산화탄소가 포함되어 있는데, 일산화탄소는 산소보다 200배이상 혈액 속의 헤모글로빈과 결합하기 쉬운 성질을 갖고 있어서 혈액 속의 산소 공급을 어렵게 한다. 이 때문에 흡연자는 쉽게 피로감을 느끼게 되며 운동 능력 저하나 허탈감에 빠지는 부작용을 겪을 수 있다.

통계청이 발표한 2021년 한국인 사망원인 통계를 보면, 3대 사망원인은 암, 심장질환, 폐렴 순이었다. 암은 전체 사망자의 26%를 차지하여 국민 4명 중 1명 꼴로 많았다. 그중에 1위는 단연 폐암(10만 명당 36.8명)이다. 전체 사망 원인 3위에 올라 있는 폐렴을 합하면 폐질환으로 인한 사망자 비율은 더 높아진다. 이들 폐질환에 담배가 끼치는 영향은 심대하다. 폐암 환자 10명 중 7명은 담배를 피운 경험이 있다고 한다. 각종 암의 30% 정도가 흡연이 원인이라는 주장도 있다. 심혈관계 질환자 10명 중 1명도 흡연이 원인이라고 한다. 담배는 말초혈관을 수축시키고 혈압 상승에 관여하니 심혈관 기능을 악화시킬 수밖에 없다. 남성 사망 원인의 3분의 1이 흡연 때문이라는 언론보도도 있었다.

담배는 흡연자에게만 나쁜 게 아니다. 자신뿐 아니라 가족과 주변 사람들에게도 악영향을 끼친다. 흡연자와 함께 사는 5세 된 자녀는 담배 100갑 이상을 피운 것과 다름없다고 한다. 어이없고 놀라운 일 아닌가. 하루 1갑 이상 흡연하는 남성의 배우자는 비흡연 남성과 사는 여성보다 폐암 발생 위험이 2배 이상 높다는 연구결과도 있다.

담배가 끼치는 악영향은 너무 많아서 헤아리기조차 어렵다. 수많은 연구 결과가 이를 뒷받침하고 있지만 흡연 인구는 좀처럼 줄지 않고 있다. 심한 표현이긴 한데, 어리석고 무모하기로는 부나방과 인간이 큰 차이가 없어 보인다. 그나마 부나방은 불에 타 죽는 줄 모르고 불빛으로 달려들지만, 인간은 죽을 수도 있음을 익히 알면서도 흡연을 하고 있으니 드는 생각이다.

✳

앞에서 언급했지만 <황야의 무법자>에서 클린트 이스트우드가 시가 담배를 문 모습은 남성들의 로망이 되기에 충분하다. 담배는 분명 남성성의 상징 가운데 하나였다. 하지만 실제로는 남성성 최대의 적이다. 흡연은 남성에게 성기능 장애를 유발하는 가장 직접적인 원인으로 꼽힌다. 남성의 성기가 발기하려면 평소 혈류량의 8배 이상의 혈류가 필요한데, 니코틴이 0.8~2mm에 불과한 가느다란 음경 동맥의 수축을 초래하기 때문이다. 뿐만 아니라 남성 호르몬의 분비를 억제해서 성욕을 저하시키는 역할도 한다. 정력을 감퇴시키고 발기력을 저하시켜서 '고개 숙인 남자'를 만드는 원흉인 것이다.

만약에 특별한 이유 없이 발기력이 지속적으로 떨어진다면 인체의 혈관에 문제가 생겼다는 신호일 수도 있다. 심장이나 뇌로 가는 동맥에 이상이 왔을 수도 있으니 미루지 말고 의사를 찾아가 진료 받을 것을 권한다. 연구결과에 따라 차이가 있지만, 담배를 하루 1갑씩 5년을 피우면 15%, 10년을 피우면 30%, 20년을 피우면 50% 이상의 남성이 성기능 장애를 호소하고 있다고 한다. 실제로는 이보다 비율이 더 높을 것이라는 게 전문가들의 소견이다. 클린트 이스트우드는 90을 넘긴 나이지만 아직도 건재하다. 그는 담배를 물고 있었지 결코 피우지 않았다.

＊

세상을 살다 보면 이해할 수 없는 일들이 많다. 그 해악이 만천하에 드러난 담배를 한국담배인삼공사(KT&G)라는 이름의 공기업이 주도하고 있는 것은 참으로 희한한 일이다. 흡연은 분명 목숨을 걸고 벌이는 승리 가능성 제로의 도박이다. 국가의 존재 이유가 국민의 생명과 안전을 지키는 것이라면 흡연을 방치하는 것은 심각한 직무유기에 해당된다. 문제는 여러 문제가 얽히고설켜 국가가 개입하기도 쉽지 않은 상황이라는 점이다. 전 세계 어느 나라도 나서지 못하고 있는 난제이다. 우리나라도 고작 한다는 게 TV 광고로 '노담'을 속삭일 뿐이다. 마치 보건복지부와 KT&G가 서로 짜고서 그야말로 병 주고 약 주는 '국민기만쇼'를 벌이고 있는 것처럼 보인다.

그러니 답은 자명하다. 내 몸은 본래 나의 것이다. 내 몸의 바깥쪽 재난과 재해는 국가가 지켜주는 게 마땅하나, 내 몸의 안을 지키는 것은 온전히 나의 몫이다. 담배에 관한 한 국가는 나에게 어떠한 도움도 주지 않는다. 아니 줄 의사도 의지도 없다. 그렇다면 내 살 길은 내가 찾아야 한다. 금연에서 가장 중요한 것은 자기 자신의 결단과 실행임은 두 말할 필요가 없다. 스스로의 의지가 약하다면 보건소의 금연클리닉이나 국립암센터에서 시행하는 금연콜센터(1544~9030), 국민건강보험공단의 금연진료 지원 프로그램, 지역금연지원센터 등의 도움을 받는 것도 한 방법이다.

금연은 품격 있는 삶을 가능하게 한다. 단순히 기호품 하나를 끊는 행위가 아니다. 세상에 단 하나뿐인 나의 남은 생을 더 늘리고 폐질환을 비롯한 수많은 질병의 고통으로부터 나를 보호하는 유일한 길이다. 인생의 황금기에는 연인에게, 인생의 황혼기에는 손주들에게 사랑받을 수 있는 전제조건이기도 하다. 아니 손주들에게 버림받지 않을 필수조건이기도 하다. 이 길에 금연(禁煙), 단연(斷煙), 아니 담배와의 절연(絕緣) 외에 대안은 없다.

그러니 흡연가들이시여! 오늘부로 담배와 이별을 고하시기를.

---

* 담배의 해악 정리

귀가 아프게 떠들어도 애연가들은 꿈쩍 않겠지만, 그래도 니코틴과 타르의 늪에서 허우적대는 흡연자를 한 명이라도 더 건져 올려야겠다는 사명감과 다짐으로, 한 번 더 담배의 해악을 요약한다.

담배의 해악을 한 마디로 요약하면 '백해무익(百害無益)'이다. 글자 그대로 100가지 손해만 있고 이익은 0이다. 세상 만물 가운데는 아무리 나쁜 것이라 해도 한 가지 좋은 점이 있기 마련인데, 애석하게도 담배는 예외이다. 그중 대표적인 해악만 간추려 소개한다.

01. **각종 암 유발** : 폐암, 후두암, 구강암, 식도암, 인두암, 위암, 대장암, 신장암, 자궁경부암, 방광암, 전립선암, 백혈병 등 02. **성기능 장애 초래** : 남성 → 발기부전, 정자 기형, 정자 수 감소, 남성 불임, 전립선 비대, 여성 → 여성 불임, 임신 지연, 조기 폐경, 월경통 03. **피부 노화 촉진** : 주름, 색소 침착, 여드름, 피부 탄력 저하, 건조 증세 악화 04. **심혈관 질환 원인** : 동맥경화 심화, 협심증, 부정맥, 심부전증, 심근경색 유발 05. **뇌질환 위험 증가** : 뇌경색, 뇌출혈의 원인, 뇌졸중 걸릴 확률이 1.5~3배 높음 06. **호흡기 질환 유발** : 폐렴, 만성 폐쇄성 폐질환(사망 원인 4위), 천식, 폐기종, 독감, 감기, 천식, 기침, 가래 등 07. **임신 합병증 유발** : 조산·유산 가능성 증대, 영아돌연사증후군, 신생아 구순구개열 연관, 자궁외 임신 08. **치아에 악영향** : 치조골 악화로 치아 임플란트 시술 장애 초래, 치아 변색, 잇몸 및 치아 손상 09. **눈 건강에 악영향** : 백내장, 녹내장, 황반병성 발생 위험 증대 10. **비흡연자에게 악영향** : 어린이에게 호흡곤란, 폐 기능 부전 초래, 신생아에게 뇌종양, 림프종, 백혈병 등의 원인 11. **구취 초래** : 입 냄새 유발, 입술, 혀, 잇몸, 편도선 등에 염증 유발 12. **기타** : 집중력 저하, 식욕 부진, 면역 기능 저하, 불면 및 우울증 초래 등

출처: 네이버 영화

FESTIVAL DE CANNES
PALME D'OR
제72회 칸영화제 황금종려상 수상

행복은 나눌수록 커지잖아요

송강호 이선균 조여정 최우식 박소담 장혜진

제공/배급 CJ엔터테인먼트　제작 (주)바른손이앤에이　15세 이상 관람가

2019 봉준호 감독 작품 │ 5월 30일 대개봉

냄새는 말보다 무섭다 ▬▬▬▬

'말 한마디로 천 냥 빚을 갚는다'고 했던가. 실제로 그런 일이 일어나기는 로또 당첨 확률보다도 낮을 것이다. 그와는 반대로 말 한마디 잘못해서 목숨을 잃는 사례는 종종 있을 것이다. 몇 해 전 아내 생일에 봉준호 감독의 영화 <기생충>을 함께 봤다. 그 좋은 날 선택한 영화가 하필이면 기생충이라니. 생일 분위기와는 거리가 멀어도 한참 멀었다.

주인공 송강호(기택 역)는 반지하방에 살면서 부잣집 자가용을 모는 운전기사다. '재주꾼' 아들과 딸 덕분에 운 좋게 기사 자리를 꿰찰 수 있었다. 집주인 이선균(동익 역)은 잔디밭이 넓은 대저택에 사는 성공한 사업가다. 그는 말을 함부로 하는 괴팍한 성격의 소유자도 아니요, 남에 대한 배려가 부족한 졸부도 아니다. 단지 성공한 젊은 사업가일 뿐이다. 그런 그가 함부로 대한 적도 없고 특별한 원한 관계도 아닌 자신의 운전기사한테 칼을 맞아 죽었다. 원인 없는 결과는 없겠지만 동익의 죽음은 황당했다. 아니 억울하다는 표현이 더 적절할 것 같다. 동익 죽음의 빌미는 무엇일까. 어처구니없게도 '말'이다. 농담처럼 가볍게 내뱉은 말. 그 말이 빚은 참극이었다.

말은 무섭다. 형체가 없으니 지나가면 흔적도 안 남는다. 그러나 듣는 상대방한테는 깊은 상처를 남긴다. 오죽하면 "칼에 베인 상처는 아물어도 말로 베인 상처는 아물지 않는다" 했을까. 동익은 어느 날 아내 조여정(연교 역)에게 운전기사한테서 냄새가 난다고 투덜댔다. "기사한테 묘한 냄새가 난단 말이야. 거 있잖아 지하철 타면 나는 냄새라고나 할까." 혼자 들었어도 기분 나빴을 이 말을 숨도 제대로 쉬지 못하고 탁자 밑에 숨어서 아들, 딸과 함께 들은 기택은 형언할 수 없는 자괴감에 빠지고 만다. 동익이 거실 소파에서 아내한테 별 뜻 없이 내뱉은 이 말이 머지않은 훗날 자신의 생명을 빼앗는 단초가 될 줄이야. 기택을 앞에 세워두고 들으라고 한 말도 아닌데…. 자신의 운전기사에 대한 일종의 가벼운 불만, 아쉬움을 아내한테 농담 삼아 얘기했을 뿐인데….

그 영화에서 그 냄새는 기택한테서만 나는 냄새도 아니었다. 기택이네 가족 모두한테 배어 있는 일종의 '가난냄새'라고나 할까. 어쩌면 신혼 초 반지하방에 세 들어 살았던 나, 우리들한테 공통적으로 배어 있는 냄새일지도 모른다. 눅눅하고 습기 찬 곳에 배어 있는 그 퀴퀴한 냄새 말이다. 아무튼 상대방은 느끼지만 정작 자신들은 너무 익숙해서 느끼지 못하는 그런 냄새였던 것이다. 행복의 정점에서 불행의 나락으로 곧 떨어질 이 불쌍한 부부가 별 뜻 없이 주고받은 대화를 당사자인 기택이 듣게 되다니…. 그것도 아들, 딸과 함께. 불행의 시작은 이렇게 어이없게 시작됐다.

*

결국 말이 화근이 됐지만 냄새가 살인을 부른 셈이다. 냄새는 나는 쪽보다는 맡는 쪽이 고역이다. 묘하게도 나는 쪽은 잘 모르는 경우가 많다. 입 냄새가 그렇고, 몸 냄새도 다르지 않다. 사람은 누구에게

나 냄새, 체취가 있다. 냄새가 없다면 사람이 아니다. 신기한 건 인간이 다 다르게 생겼듯이 냄새 또한 사람마다 다 다르다. 동양인과 서양인이 다르고, 같은 민족인데도 다르다. 한 사람도 같은 냄새는 없다. 손가락 지문이 다 다르듯 냄새 또한 다르다. 냄새가 좋으면 향기이고, 나쁘면 악취라고 한다. 향기와 악취의 구분은 때로 어렵다. 사람에 따라 평가가 다를 수 있기 때문이다. 영화 <슈렉>의 주인공인 초록색 피부의 괴물 슈렉은 입 냄새가 심해서 모든 사람이 싫어했지만, 그의 신부인 피오나공주만은 향기롭다며 좋아했듯이 말이다. 어떤 이에게 조기 굽는 냄새는 미각을 자극하는 냄새지만, 다른 이에게는 토가 나올 만큼 역겨운 냄새일 수도 있는 것이다.

우리 주변에 있는 대표적인 '냄새공장'으로는 지하철과 엘리베이터를 꼽을 수 있다. 지하철은 공간이 충분한 만큼 참기 힘들면 피하면 그만이다. 엘리베이터도 짧은 시간 머무는 공간이어서 약간의 인내심만 있으면 견딜 수 있다. 1~3평 남짓한 엘리베이터의 좁은 공간은 각양각색의 사람들이 잠시 섞이는 장소이다. 때로는 몸이 붙는 불편함도 감수해야 한다. 공간이 좁은데 많은 사람들이 밀집해 서있으니 각기 다른 냄새들이 뒤섞여서 또 다른 냄새를 만들어낸다. 골초가 타면 고리타분한 담배냄새가 진동하고, 과음한 사람이 타면 술과 안주냄새가 뒤섞인 시큼털털한 악취가 속을 뒤집어놓는다. 때로 땀을 많이 흘린 사람이 타면 숨쉬기 힘들 만큼 땀에 찐 고약한 냄새가 나기도 한다. 아파트 엘리베이터에서 덜 밀봉된 음식물쓰레기의 악취도 만만치 않은 고통을 준다.

묘한 것은 정작 냄새를 풍기는 당사자들은 그 냄새를 느끼지 못하는 경우가 허다하다는 사실이다. 그나마 다행인 것은 그렇게 인내해야 하는 시간은 대개 짧고, 대부분의 우리 이웃들은 악취보다는 좋은 향기를 풍긴다는 것이다.

＊

　나는 냄새하면 바로 생각나는 한 사람이 있다. 그는 광역자치단체에 근무하는 만년 계장이었다. 호리호리한 몸매에 사람 좋은 키다리아저씨였다. 기자시절 취재차 찾아가면 과분할 정도로 친절히 응대해줘서 부담이 갈 정도였다. 그런 그에게는 어쩌면 자신은 잘 인식하지 못하지만 주변 사람들 모두가 공유하는 치명적인 약점이 있었다. 지독한 냄새가 몸에서 났는데, 무슨 냄새라고 콕 집어 얘기할 순 없지만 상한 고기 냄새 같기도 하고 썩은 젓갈 냄새 같기도 한 고약한 냄새를 풍겼다. 그는 하루 두 갑 정도 담배를 피우는 지독한 애연가였다. 마음은 비단같이 고운 그였지만, 얼굴색은 거무튀튀했고 입술은 흑갈색에 가까워서 얼굴표면이 해진 가죽혁대를 연상케 했다. 누가 봐도 '담배중독자'임을 쉽게 알 수 있을 정도였다. 그러니 어지간히 비위 좋은 사람도 그의 곁에 오래 머물기는 어려웠다. 나 또한 어쩌다 취재를 가야 할 때는 망설였고, 서둘러 취재를 마치고 방을 나와서는 참았던 숨을 몰아쉬었던 기억이 난다. 그는 그렇게 내 기억의 창고에 또렷하게 각인돼 있었다.

　너무 거창한 표한 같지만 인생을 살다 보면 기적 같은 일들을 경험하기도 한다. 일반적인 상식으로는 일어나기 힘든 일들이 자연현상에서도 있듯이, 비슷한 일이 사람한테서 나타나기도 한다. 인생이 살 만한 건 포기하지 않는 한, 사람은 달라질 수 있다는 건지도 모른다. 그

것도 아주 몰라볼 정도로…. "저 사람은 힘들어. 저 정도 골초면 하루라도 담배 없이는 견디기 힘들걸." 그는 분명 그런 사람이었다. 25년 전쯤 그런 인상으로 나의 기억에 또렷이 새겨져 있던 그가 마치 영화 <미녀는 괴로워>에서 여주인공 한나(김아중 분)가 성형을 통해 100kg에 육박하는 뚱보에서 날씬한 미녀로 변신해 한상준(주진모 분)한테 나타났듯이, 완전히 다른 모습으로 내게 나타났다. 현직에서 은퇴한 그가 4~5년 전쯤 내가 근무하는 병원에 눈 치료차 방문했는데, 우연히 마주치게 된 것이다.

나는 처음 그를 알아보지 못했다. 달라도 너무 달랐기 때문이다. 얼굴색은 살구빛으로 반들반들 빛났고, 검은 입술도 흑빛에서 붉은 빛으로 바뀌어 있었다. 상전벽해, 환골탈태란 말은 이럴 때 쓰라고 만든 듯 했다. 몸에서 났던 악취의 나쁜 기억이 떠올라 그가 눈치 채지 못하게 슬쩍 다가가 코를 댔지만 아무런 냄새도 나지 않았다. 이럴 수가!, 이럴 수도 있다니!

굳이 의학적인 해석이 필요하지 않았다. 눈앞에 벌어진 현실이 중요했다. 그는 분명 25년 전의 그가 아니었다. 나는 그가 변한 데에 대한 놀라움도 컸지만, 인체의 자정기능에 감탄이 절로 났다. 마치 각종 오물과 오수로 가득 찼던 오염된 하천이 장마철 폭우에 싹 씻겨 내려간 것처럼 그의 모습은 달라져 있었다. 이 얼마나 가슴 벅찬 감동인가. 최악의 그가 저리 변했다면 그보다 덜한 많은 사람들도 얼마든지 변할 수 있다는 사실을 확인한 것만으로도 더할 수 없이 기뻤다. 그리고 이 사실을 많은 이들에게 알려주고 싶었다. 특히 애연가들에게.

내가 얼마 전까지 살았던 아파트에는 매일 아침과 저녁, 때론 한

밤중에도 밖으로 나와서 혼자 담배를 피우는 60대 초반의 남자가 있다. 훤칠한 키에 반바지를 즐겨 입고 슬리퍼를 질질 끌며 지게걸음을 걷는 사람인데, 볼 때마다 손에는 담배가 들려 있었다. 서로 흔한 인사 한마디 한 적이 없어서 몇 호에 살고, 무슨 일을 하는지는 전혀 모른다. 출퇴근길에 우연히 마주치지만 서로 인사는 트지 못한 사이여서 눈길을 피하곤 했다. 인사치레 말 한마디 나눈 적이 없어서 충고는 하고 싶은데 그럴 수는 없는 사이였다. 키는 훤칠하게 큰데 입술은 거무튀튀하고 추리닝 바지를 입은 엉덩이는 푹 꺼져서 보잘것없고 허벅지와 종아리는 가늘었다. 건강이 염려되는 그런 분이었는데 지금은 어떨지 궁금하다.

*

이렇게 남 말하는(아니, 흉을 보는) 나는 다른 사람들에게 어떤 냄새를 선사했을까. 알 수 없다(알기가 어렵다. 물어보기도 그렇고). 흘러간 시간은 어찌할 수 없으니 현재와 다가올 미래에는 향기로운 남자로 기억됐으면 하는 소망이 있을 뿐.

그리 되려면 어떻게 해야 할까. 냄새를 예방하는 가장 좋은 방법은 두말할 필요 없이 자주 물로 씻는 것이다. 손에서 나면 손을 씻으면 말끔하고, 이에서 나면 이를 닦고, 몸에서 나면 목욕을 하면 해결될 일이다. 문제는 이 간단한 해법이 잘 지켜지지 않는다는 데 있다. 특히 나이가 많아질수록 씻는 시간에 투자하는 것을 아낀다. 이유는 많다. 나이가 들면 몸이 무거워져 씻는 것도 쉬운 일이 아닐 수 있다. 아무리 깨끗이 씻고 단장해도 봐주는 사람이 없으니 씻는 데 소홀할 수도 있다. 너무 가난해서 씻을 만한 공간이 마땅치 않아서 그럴 수도 있다.

사람들이 흔히 쓰는 말 중에 '노인 냄새'라는 말이 있다. 피지 속 지방산이 산화돼 생기는 '노넨알데하이드'라는 체내 물질이 원인으로 지목된다. 하지만 모든 노인한테서 냄새가 나는 것은 아니니 '노인 냄새'라고 일반화하는 데는 동의하기 어렵다. '홀아비 냄새'라는 말도 있는데, 대개 혼자 살면 개인위생을 소홀히 하는 경우가 많아 그런 억측을 받는 듯하다. 사람 몸의 냄새는 인종과 연령, 성별 등에 따라 천차만별이라 한 마디로 정의하기도 어렵다. 질병으로 인한 냄새라면 의사를 만나 원인 치료를 해서 개선하면 된다. 그러나 부주의, 무지, 게으름 등의 원인으로 냄새가 난다면 그건 순전히 그 사람의 잘못이다.

대개 젊은 사람보다는 노인한테서, 여성보다는 남성한테서, 부지런한 사람보다는 게으른 사람한테서, 가족과 함께 사는 남자보다는 혼자 사는 남자한테서 냄새가 날 가능성이 크다. 여러 가지 이유가 있겠지만 분명한 것은 덜 씻기 때문이다. 그러니 나이가 들수록, 혼자 사는 사람일수록 설사 봐주는 사람, 관심 주는 사람이 없을지라도 자주 씻는 습관을 들이도록 하자. 내 몸을 깨끗이 하는 것은 내 건강을 위해 반드시 필요한 일이다. 동시에 같은 공간을 향유하는 다른 이들에 대한 최소한의 배려이자 예의이기도 하다.

만병의 근원, 손 이야기

　　글의 제목이 '만병의 근원, 손 이야기'이니, 손 입장에서는 이해하기 어렵고 매우 섭섭할 것이다. 하는 일이 얼마나 많은데, 이런 얼토당토한 말을 들어야 하나 기가 차고 억울할 일이다. '고생 많다', '수고했다', '고맙다'는 위로와 격려를 수없이 받아도 성에 차지 않을 텐데 만병의 근원이라니. 평가가 박해도 이렇게 박할 수 없고 누명도 이런 누명이 없다.

　　그러나 어쩌랴. 이런 저런 입장과 상황은 빼고 팩트만 놓고 따져보면 틀린 지적이 아닌 것을. 손 입장에서는 매우 억울하겠지만 손은 질병을 옮기는 직접적인 매개체임이 분명하다. 증거가 차고도 넘친다. 손을 통해 몸 안으로 들어오는 질병은 일일이 꼽기 어려울 정도로 많다. 여름철 흔한 아폴로 눈병도 손을 통해 감염되고 감기, 코로나 등 바이러스성 질환도 손이 주범인 경우가 많다. 식중독, 설사 같은 소화기계 질환, A형간염, 이질, 장티푸스 등의 감염성 질환도 손을 통해 옮겨진다. 몸이 원하는 모든 일을 하는 기관이다 보니 악역을 피하기 어렵고 때론 오명까지 뒤집어쓰게 된다. 참으로 억울하지만 어찌할 수 없는 신세가 바로 손의 운명이다.

　　손을 좀 더 들여다보자. 손의 기능은 사람에 따라, 능력에 따라,

직업에 따라 크게 차이가 난다. 예술가나 한 분야에서 달인의 경지에 오른 장인의 손은 보통 사람의 손과는 차원이 다르다. 그야말로 자기 분야에서는 미다스—그리스 신화에 나오는 왕 미다스가 손대는 것마다 금으로 변한다는 일화에서 유래한 말로 하는 일마다 성공을 거두는 능력자에게 붙이는 수식어—의 손이라 할 만하다. 세상에는 그런 사람들이 수없이 많다. 운동선수와 의사의 손도 빼놓을 수 없다. 사람들을 흥이 나게 하고 생명까지 살려주는 손이니 보통 사람들의 손과 비교할 수는 없다. 일반 사무직 노동자들의 손과도 다른 손임이 분명하다. TV드라마 〈낭만닥터 김사부〉에 나오는 외과의사 김사부(한석규 분)의 손은 죽기 직전의 환자도 살려내니 '신의 손'이라 할 만하다. 농구경기에서 솥뚜껑처럼 크고 투박하지만 먼 거리에서 높이 305cm, 직경 45cm의 오렌지색 철제 링에 직경 22.9cm(남자 프로농구 경기 공인구 기준)의 공을 집어넣는 슈터들의 현란한 손놀림은 경탄을 자아낼 만하다. 그러니 수많은 사람들이 소리를 지르고 열광하는 게 아닌가. 생긴 모양은 거기서 거기 별반 차이가 없지만 할 수 있는 일과 능력의 범위는 천양지차인 것이다.

사람이 만약에 손이 없고 다른 대다수 포유류처럼 네 발로 걸어다녔다면 오늘날의 인류는 어떤 모습으로 살아갈까? 직립보행을 하지 않고 동물들처럼 네 발을 사용했다면 인류가 오늘날과 같은 과학문명의 혜택을 누릴 수 있었을까? 아마도 그리 되지 않았을 것이다. 추측컨대 인류의 삶은 인간이 손을 자유자재로 사용할 수 있는 순간부터 확달라지기 시작했다. 긴 진화과정에서 피지배자로 지내다가 지배자로 등극하는 순간이 그때부터였으리라. 그만큼 손은 인간의 삶을 완전히 바꿔놓은 비장의 무기였다.

　포유류 중에서 제일 약한 외피와 신체에서 무기로 삼을 만한 변변한 기관을 갖지 못한 인간이 사자, 호랑이 같은 맹수들을 제치고 자연 생태계 피라미드의 맨 꼭대기에 위치한 것은 기적에 가깝다. 어떻게 그 위치에 올라갔고 지금까지 변함없이 유지하고 있는 걸까? 인간은 다른 동물들과는 다른 길을 선택했다. 대부분의 동물이 네 발로 걷는 편안함에 안주할 때 사람은 두 발로 서는 모험을 감행했다. 걷는 속도로만 따지면 네 발 동물이 사람보다 훨씬 유리하다. 많은 네 발 동물들은 온 몸의 근육을 이용해서 점핑하듯이 도약해 사람보다 더 빨리 달린다. 다른 동물들을 사냥하기 위해 빠른 속도는 생존의 필수적 요건이다. 사람은 두 발로 서다 보니 중심을 잡지 못해 넘어지기도 잘한다. 네 발 동물들은 넘어질 일이 없다. 네 발 동물에게 낙상은 원숭이가 나무에서 떨어지는 것 이상으로 흔치 않은 일이다. 이렇게 두 발로 사는 건 네 발로 사는 것보다 훨씬 위험한 일인데도 진화과정에서 왜 사람은 그쪽을 택했을까?

　그것은 다른 동물들과는 확연히 다른 손의 진화 때문이었을 것이다. 인간은 두 발로 서면서 엄지손가락이 나머지 4개의 손가락과 직각이 되는 놀라운 변화가 생겼다. 그냥 일어난 변화는 아니고 오랜 시간 도구 사용을 위해 애를 쓴 인간의 노력의 산물이다. 아무튼 다른 동물들에게는 없는 변화가 인간에게만 생겨난 것이다. 이 작은 변화는 약한 인간을 지구 생태계 최상단에 올려놓는 놀라운 기적을 낳는다.

　사람들은 엄지손가락과 나머지 네 손가락을 자유롭게 움직여서 물건을 다루고 세밀한 작업도 하게 됐다. 네 발을 쓰는 다른 동물들은 엄두도 못내는 일들을 인간은 손쉽게 할 수 있게 된 것이다. 네 발 동물들의 발가락은 모두 앞쪽을 향해 있어서 물건을 움켜쥘 수는 있지만 그 이상의 기능에는 한계가 있다. 하지만 엄지의 기적적인 위치 선정으로 인간의 손가락은 다른 동물들과는 확연히 다른 일들을 척척 해낼 수 있게 되었다. 인간이 초원에서의 오랜 수렵생활을 끝내고 경작(Cultivate)이라는 인간만이 할 수 있는 멍에(?)를 짊어지게 된 것도 손의 진화가 낳은 산물이다. 이렇듯 손은 인간이 찬란한 문명(Culture)—경작이나 재배를 뜻하는 라틴어 cultus에서 유래한 말로 인간과 동물의 경계를 구분 짓는 용어—을 이루는데 뇌의 진화와 함께 중요한 역할을 수행했다.

손을 구성하는 손가락 중에서 제일 중요한 건 단연 엄지손가락이다. 사람의 손에서 엄지가 없으면 동물의 앞발과 별반 차이가 없다. 물건을 잡고 요리조리 다루는 역할은 엄지가 없으면 불가능하다. 손의 기능에서 엄지가 차지하는 비율이 70%를 넘을 정도란다. 엄지는 다른 손가락들과는 뿌리부터 차이가 난다. 다른 손가락들은 손바닥의 끝부분에 뿌리를 두고 있지만 엄지는 손목 부위에 뿌리를 두고 있다. 엄지를 움직여 보면 튀어나온 손가락 부위뿐만 아니라 손바닥 부위까지 함께 움직이는 것을 볼 수 있다. 엄지는 이렇게 동물과 사람을 가르는 기준인 동시에, 용도와 기능면에서도 다른 네 손가락을 압도한다. 원숭이와 고릴라 등 유인원이 문명을 이룬 인간과 달리 야생을 면치 못한 것은 엄지가 있음에도 워낙 짧아서 그 역할에 한계가 있었기 때문이라는 설도 있다.

손이 하는 일은 헤아릴 수 없이 많은데 식사도 빼놓을 수 없는 중요한 일 중 하나다. 나라와 민족에 따라 식사하는 방법이 다른데, 서구 문화권에서는 칼과 포크를 주로 사용하고 동양 문화권에서는 모양의 차이가 있지만 숟가락과 젓가락을 사용한다. 하지만 세계 인구 중 1/3은 문명시대인 지금도 도구를 쓰지 않고 손으로 음식을 먹는다. 대표적인 민족으로는 인도인과 말레이인을 들 수 있는데, 이들은 여전히 이 문화를 바꾸지 않고 있다. 이유를 알아보니 일리가 있다. 포크와 숟가락 등 도구는 타인의 입에 들어갔다가 나왔지만 손은 그렇지 않고, 도구는 타인이 쓰고 씻지만 손은 스스로 사용하고 씻으니 더 청결하다는 것이다.

한마디로 도구는 남의 손을 타지만 내 손은 내가 관리하고 있어서 더 위생적이라는 얘기다. 사실은 이들 민족만 식사 때 손을 사용하는 것은 아니다. 서구인들도 포크를 쓰는 식사법이 자리 잡은 건 근대에 들어서였고, 중세까지는 손으로 먹는 식사법이 주류였다고 한다. 동서양을 막론하고 지금도 빵이나 햄버거, 피자, 샌드위치, 치킨 등은 손으로 먹는 게 일반적이다. 한식에서도 쌈이나 삼계탕, 갈비탕 등을 먹을 때는 손을 사용하는 경우가 빈번하다. 그러니 식사를 할 때 손을 사용하는 것은 문화적 차이인 것이지 비위생적이라고 비하할 일은 아닌 것이다.

손의 역사를 보자면 600만 년 전, 오스트랄로피테쿠스라고 이름 붙여진 현생인류의 조상이 지구상에 등장한 시절로 올라간다. 이후 인류 문명의 발달은 다른 동물들과는 확연히 차이가 났다. 뇌의 발달도 영향이 컸지만 손의 진화가 없었다면 문명의 발달은 불가능했다. 손은 인류의 뇌가 생각하고 상상해낸 무수한 일들을 현실로 만들었다. 인간의 손은 초기 인류의 삶을 동굴 벽에 수많은 그림으로 남겼다. 금과 철, 돌 등을 이용하여 장식품을 만들고 예술품을 창조해냈다.

손이 눈길을 끈 예술작품으로는 단연 미켈란젤로의 '아담의 창조'를 꼽을 수 있다. 이 작품은 르네상스 시대에 미켈란젤로가 이탈리아 로마 바티칸궁전에 있는 시스티나 대성당 천장에 그린 걸작인 '천지창조'의 한 부분이다. 흙으로 아담을 만든 하나님이 오른손을 뻗어 최초의 인간 아담의 왼손에 영혼을 불어넣는 장면을 묘사했다. 하나님과 아담의 닿을락말락한 손의 모습은 지금도 숱하게 모방과 패러디의 대상이 될 정도로 인류의 사랑을 받는 걸작이다.

렘브란트—17세기 네덜란드가 낳은 천재 화가. 빛과 어둠을 대비시켜 입체감을 나타내는 화법으로 그림에 극적인 효과를 주었다—가 말년에 그린 '돌아온 탕자'에 나오는 아버지의 손도 아담의 창조에 비견되기에 충분하다. 아버지한테 미리 받은 유산을 탕진하고 걸인이 되어 집으로 돌아온 작은 아들을 감싸고 있는 아버지의 두 손이 눈길을 끈다. 왼쪽 손은 힘줄이 솟은 남자의 손이고, 오른쪽 손은 곱고 보드라운 여자의 손이다. 왼손으론 집 나갔다가 돌아온 아들의 어깨를 꼭 부여잡고 있고, 오른손으로는 아들의 등을 어루만지고 토닥이며 위로한다. 두 작품에 나오는 손의 공통점은 사랑과 용서를 상징한다. 손은 세상만물을 만드는 제작자인 동시에 정서적 정신적으로 인간관계를 맺고 이어나가는 데도 중요한 매개체 역할을 하는 것이다.

*

이렇게 귀한 존재이건만 손은 합당한 대접을 받지 못했다. 세상에 나오는 순간부터 손의 운명이 그랬다. 한시도 쉴틈없이 일해야 하는 숙

돌아온 탕자(렘브란트)

천지창조(미켈란젤로)

명을 타고 났다. 세상에 갓 나온 유아부터 그랬다. 눈도 제대로 뜨지 못하는 그 순간에도 유아는 손을 꼭 움켜쥐고 있다. 어쩌면 자신을 낳아준 모체로부터 떨어지지 않으려는 생존 본능일지도 모른다. 움켜쥐는 일도 하나의 동작이니 사람의 손은 태어나는 순간부터 일을 하는 셈이다. 애시 당초 휴식과는 거리가 먼 기관이다. 손의 숙명은 끊임없이 만들고 부숴야 하는 존재이기 때문이다. 세상에 존재하는 모든 인공물의 창조자인 동시에 파괴자다. 또 손은 대단히 위대한 존재이며 위험한 존재이기도 하다.

하지만 여기까지다. 의학 측면에서 보면 손은 무수한 질병을 고친 혁혁한 공로자이지만 그 이상의 질병을 옮긴 전파자임도 너무 분명하다. '손은 만병의 근원'이라는 주장은 손 입장에서는 억울하겠지만 가짜뉴스가 아닌 틀림없는 사실이다.

손의 잘못으로 신세를 망친 사람은 일일이 열거하기도 어렵다. 그만큼 많다는 얘기다. 바람을 타고 마른 들판의 불 번지듯 전 세계로 번져 수많은 유명인들을 하루아침에 몰락시킨 미투운동(Me Too Movement)도 시작은 손에서 기인했다. 열 번을 잘하고도 단 한 번의 잘못으로 돌이킬 수 없는 화를 당할 수도 있는 것이다. 수십 수백 번 성공해도 한 번 실패하면 전부를 잃는 코인 투자와 비슷하다.

그렇게 중요한 기관이기에 소중히 다뤄져야 하지만 실상은 그렇지 않다. 늘 위험에 근접해 있는 기관인데다 제일 많이 사용하는 기관인지라 어쩔 도리가 없다. 뇌와 몸이 원하는 모든 일을 해내야 하기에 항상 바쁘고 위험에 노출돼 있다. 내가 위험하든 남이 위험하든 제일 먼저 나서야 하는 게 손이기 때문이다. 손은 작은 공간에 뼈와 근육,

혈관, 신경 등이 한 데 모여 있어서 늘 크고 작은 부상에 노출돼 있다. 수시로 상해를 입을 수 있어서 늘 조심해야 한다. 손의 부상은 치료가 쉽지 않아서 적기에 적절한 치료를 받아도 장애나 후유증이 남을 수 있으니 더욱 그렇다. 하지만 한 번 고장 나면 원상태로 고치는 게 쉽지 않으니 조심 또 조심할 일이다.

이렇게 중요한 인체기관이니 고장나지 않고 유용하게 사용하는 것은 그 손의 주인공을 위해 반드시 필요한 일이다. 손의 고장은 인체 어느 기관의 고장보다도 심각한 상황을 초래하기 때문이다. 하지만 손은 위험에 노출되기 쉽고 늘 수많은 사고에 직면하게 된다. 인체에 손을 대신할 기관이 없다 보니 어쩔 수가 없다. 하지만 만병의 근원이라는 불명예스런 오명은 피하거나 크게 줄일 수 있다.

그 첫 번째는 바로 손 씻기다. 코로나 사태 이후 많은 사람들이 손 씻기의 중요성을 깨달아서 일상의 습관으로 자리 잡게 된 것은 다행스런 일이다. <낭만닥터 김사부3>(삼화네트웍스 제작)를 보면 병원의 수술실 장면이 자주 나온다. 의사들이 수술실에서 수술용 장갑을 끼기 전에 정성을 다해 손을 씻는 컷이 종종 나온다. 주인공 한석규가 지나치다 싶을 정도로 오랜 시간 솔과 세정제를 이용해서 손의 구석구석을 씻는 장면이 인상적이다. 당연히 그래야 하는 절차인데도 감동을 주었다. 전 국민이 보는 방송을 통해 손 씻기의 중요성을 깨닫게 해주어서 상이라도 주고 싶은 심정이었다. 그럴 리는 없지만 이 절차를 중시하지 않는 의사가 있다면 잘못된 습관을 바꾸는 계기가 되기를 바라는 마음 간절하다. 아무리 의학지식이 깊고 의술이 좋아도 감염 관리에 소홀하다면 훌륭한 의사라고 할 수 없다. 만에 하나 수술은 잘됐는데 의사의 손에 의한 감염으로 환자가 위험해진다면 얼마나 어이없고 끔찍한 일이겠는가.

　손 씻기의 중요성은 아무리 강조해도 지나치지 않다. 방법도 단순해서 실천하는 것도 어렵지 않다. 좋은 습관으로 자리 잡으면 자신은 물론이고 타인의 건강에도 긍정적으로 작용하게 된다. 수술실 들어가기 전의 의사처럼 세정제와 솔로 3~5분을 구석구석 씻는 수고까지는 필요 없다. 그렇게까지 긴 시간의 손 씻기는 의사와 요리사 등 특수한 직업인에게나 해당될 것이다. 일상의 생활에서까지 그렇게 엄격한 기준을 들이댈 일은 아니다. 코로나 사태 때 우리나라 질병관리본부에서 권장한 손 씻기 시간은 30초 이상이다. 흐르는 물에 세정제를 이용해서 손의 구석구석을 닦아주면 대부분의 바이러스나 세균은 제거된다고 한다. 실천에 어려운 절차나 결심이 필요한 게 아니고 마음먹기에 달렸으니 바로 실천할 것을 권한다(손 씻기 순서 그림 참고)!

　손 씻는 게 중요한 이유는 두 말할 필요 없이 질병의 전파를 막기 위해서다. 질병의 침투 경로는 매우 다양하다. 공기나 바람이 주범인 경우도 있겠지만, 가장 흔한 전염 경로는 단연 손일 것이다. 오염된 손으로 눈, 코, 입 등 점막질 피부에 자주 대는 것은 질병을 몸 안으로 초대하는 행위나 다름없다. 때로는 어른들이 무심코 어린 아이들의 얼굴을 만지고 뽀뽀까지 하는데, 피해야 할 일이다. 가족 간에도 손주 귀엽다고 할아버지 할머니가 무작정 얼굴을 비비고 입술을 대는 행위는 손주의 건강에 해로울 수 있다. 새싹처럼 깨끗한 아이에게 평생 짊어져야 할지도 모르는 나쁜 세균이나 바이러스를 옮길 수도 있기 때문이다. 내 얼굴이든 타인의 얼굴이든 함부로 손을 대지는 말라는 얘기

올바른 손씻기 방법

1. 비누를 사용해서
2. 손바닥을 서로 문지르고
3. 손바닥으로 손등을 문지른다
4. 손가락 사이사이도 꼼꼼히
5. 엄지손가락은 돌려서 닦고
6. 손톱부위도 깨끗이
7. 손목도 닦은 후
8. 물로 헹구고
9. 마른수건으로 닦아낸다

WHO의 손위생 지침에는 손가락 등쪽 씻기가 추가되어 있다

다. 꼭 손을 접촉해야 하는 상황이라면 반드시 비누로 깨끗이 씻은 후에 해야 한다.

두 번째는 수건이다. 손 씻는 것 못지않게 중요한 게 수건을 위생적으로 관리하는 일이다. 코로나 사태 이후 감염성 질환 예방에 손 씻기가 얼마나 중요한지는 남녀노소를 불문하고 체험적으로 알게 된 것 같다. 하지만 손을 씻은 후에 어떻게 해야 하는지에 대한 정보 제공은 거의 없다. 수건은 생각보다 더럽고 세균의 온상일 가능성이 높은데도 말이다. 욕실에는 비누, 샴푸 등 수많은 위생용품이 있다. 이들 용품의 대부분은 공동 사용이 가능하다. 그중 대표적인 게 바로 수건이다. 가족이라 해도 구성원의 건강을 위해 수건은 따로 사용할 것을 권한다. 매일 아침저녁으로 하루도 거르지 않고 사용하는 수건을 공동으로 쓰는 행위는 질병을 공유하는 행위와 다를 바가 없다. 수건 사용자가 질병에 걸렸을 경우 그 수건은 오염될 가능성이 커지기 때문에 절대 삼가야 한다는 얘기이다. 이를테면 무좀 같은 피부병이나 전염성 강한 눈병, 감기 등의 호흡기 질환은 수건을 통해 전파 가능성이 높은 질병들이다.

수건의 적정한 교체 주기를 정하는 것은 쉽지 않다. 한번 사용해서 젖은 수건은 세균이 쉽게 번식할 수 있는 만큼 통풍이 잘 되는 곳에 널고 3회 이상 사용하지 않는 것이 위생적이다. 수건을 1주일 이상 오래 사용하는 것은 세균이나 바이러스 감염을 부르는 어리석은 행위이다. 항상 보송보송하고 깨끗한 상태의 수건을 원한다면 다른 세탁물과 분리해서 따로 세탁하는 게 바람직하다. 속옷이나 외투 등 감염 위험이 높은 세탁물과 함께 하는 세탁은 피하는 게 좋다. 전문가들은 1년에 한 번씩은 새 수건으로 교체해 줄 것을 권한다. 흔하지는 않지만 외부 식당이나 카페 등의 화장실에 종이 타월 대신 수건이 걸려 있는 경우도 있는데, 사용하지 않는 편이 위생에 좋다. 수건은 절대로 타인과 함께 써서는 아니 될 물품이다. 오로지 혼자서만 사용해야 한다. 앞서 강조했듯이 가족 간에도 공동 사용은 금물이다. 변기와 가까운 벽에는 수건걸이를 설치하면 아니 된다. 변기 물을 내릴 때 물이 튀어 올라서 대장균 같은 세균이 수건을 오염시킬 수 있다.

누구나 일상생활에서 세균과 바이러스와의 접촉을 피할 수는 없다. 아무리 손을 깨끗이 씻었다고 해도 불과 몇 분 지나지 않아 또 다시 오염될 수밖에 없는 게 우리의 일상이다. 그 악순환의 연속을 벗어날 솔로몬의 해법은 없다. 한시도 우리 손을 떠나지 않는 핸드폰이나 자주 쓰는 컴퓨터 키보드는 세균과 바이러스의 산실이요 오염물 덩어리라고 해도 과언이 아니다. 나 혼자 쓰는 물건이라고 해서 예외는 아니다. 세균과 바이러스는 둘 다 병을 일으키는 매개체지만 차이는 있다. 세균은 병을 일으키지만 사람에게 도움을 주는 경우도 많다. 하지만 바이러스는 해를 끼치는 게 대부분이니 더 조심해야 한다. 바이러스와 세균은 대개 사람 간의 접촉을 통해 옮겨지지만 물과 공기를 통해서도 전염되기에 이를 막을 방법은 없다. 다만 위생적인 생활 습관을 통해 전염 가능성을 줄이는 게 유일한 방어 수단이다.

세 번째로 씻지 않은 손으로는 음식을 만지거나 먹지 말 것과 얼굴을 만지지도 말 것을 권한다. 얼굴, 그중에서도 점막질 피부로 된 눈, 코, 입은 씻지 않은 손으로 절대 접촉 금지다. 그것만으로도 수많은 감염성 질환의 예방이 가능하기 때문이다. 물놀이의 계절인 7, 8월에는 여지없이 눈병이 유행하는데, 이때야말로 손을 조심해야 한다. 오염된 손으로 절대 눈을 만지지 말고 수건을 공동 사용하지 말고 청결한 수건을 쓴다면 유행 시기를 무사히 넘길 수 있을 것이다. 설사 손으로 세균이나 바이러스로 오염된 물건을 만졌더라도 그 손으로 얼굴을 만지지 않고 음식을 먹지 않는다면 큰 문제는 없을 것이다. 안타깝게도 손 씻기를 싫어하거나 귀찮아하는 사람들이 여전히 많다. 그런 분들에게 꼭 들려주고픈 문구가 있다. 오래전 어느 공중화장실에서 보았던 낙서로 기억한다. "씻든지 아니면 나중에 먹든지."

손은 일상생활의 시작이자 끝이라고 할 수 있다. 손이 없고 몸만 있다면 우리의 일상이 어떠하겠는가? 해부학적 관점으로 보면 손은 27개의 뼈, 24개의 근육, 32개의 관절로 이루어진 수많은 인체기관 중 하나에 불과하다. 하지만 인류의 역사와 문화적 관점에서 보면 손은 인간이 상상하고 꿈꾸는 세계를 만드는데 뇌와 함께 가장 중요한 역할을 했다. 손은 한번 손상을 입으면 원상태로 돌리는 게 쉽지 않다. 특히 손가락 절단 사고의 경우는 재접합술이 성공하더라도 기능이 완전히 정상을 되찾기는 쉽지 않다고 한다. 그러니 손을 잘 보존하고 관리하는 것은 건강만이 아니라 정상적인 일상생활을 위해서도 더 없이 중요하다. 손이 다치지 않도록 조심 또 조심하자. 이참에 내 몸의 말단 부위에서 군소리 없이 고생하는 손에게 경의를 표하고 싶다. "손아. 사랑하는 손아! 고생 참 많다. 수고한다. 고맙다."

밑바닥에서 고생하는
발 이야기

'밑바닥에 있다고 깔보지 마라. 내가 없으면 너희들 모두 꼼짝 달싹 못하는 앉은뱅이 신세이다.' 만약에 인체기관들이 모여서 "사는 데 중요한 인체 기관들은 무엇인가?"를 주제로 토론회를 연다면 발을 이기기가 쉽지 않을 것이다. 인체에서 중요하지 않은 기관이 어디 하나 있을까마는 순위를 매긴다면 발도 랭킹 상단에 너끈히 낄 만하다.

발이 고장나 보면 안다. 얼마나 발이 소중한지를. 신문기자 시절에 '족저근막염'이라는 발뒤꿈치 염증으로 몇 달 고생한 적이 있다. 기자는 발이 곧 밥인데, 그 발이 고장 났으니 큰 일 아닌가. 곧바로 대학병원 정형외과를 찾았다. 다행히 일찍 치료에 나선 덕에 크게 고생하지 않고 나을 수 있었다. 족저근막염을 경험한 사람은 안다. 한 발자국 발을 디딜 때마다 느껴지는 그 고통의 깊이를. 그리고 소리 없이 인체의 맨 밑바닥에서 온 몸의 무게를 견디면서도 웬만하면 참고 투덜대지 않는 발에 대한 고마움을.

발은 어지간하면 아무리 힘들어도 참고 견딘다. 출생이 밑바닥이어서 함부로 취급받고 밟히는 데는 이골이 나서 그럴지도 모른다. 독자 여러분도 생각해 보시라. 여러분이 그동안 얼마나 발에 관심과 애정을 쏟았는지? 혹시 눈에서 멀다고 눈길 주는 것조차 인색하지는 않았는지? 지금 이 순간에도 발을 고문하고 있지는 않은지? 그런데 그 발이 고장난 순간을 상상해 보았는가? 얼마나 끔찍한 일들이 일어날지 알고는 있는가?

80년대 중반 군대에 근무할 때의 일이다. 필자가 대학졸업 후 20대 중반의 황금시기를 보냈던 부대는 수도기계화보병사단이다. 그 부대는 '맹호부대'라는 별칭과 월남전 파병 부대로 명성이 자자했다. 명성은 저절로 생기는 게 아니다. 한 마디로 군기와 훈련이 세기로 소문난 부대였다. 그 부대는 자랑거리가 많은데, 그중 하나로 1년에 두 차례 혹서기와 혹한기에 단행하는 200km(500리) 행군을 빼놓을 수 없다. 군대에서 '보병 훈련의 꽃'으로 불리기도 하는데, 그야말로 고난의 연속이다. 2박 3일인지 3박 4일인지 기억이 확실치는 않은데, 쪽잠을 자는 시간을 빼고는 완전군장을 한 채 걷고 또 걷는 지옥 체험 훈련으로 기억한다. 그 훈련을 한 번도 빠지지 못하고 네 차례를 받았으니 군 생활 복이 지지리도 없었다고 해야 할 것이다. 군 생활에서 가장 힘든 순간으로는 행군과 유격훈련을 꼽을 수 있는데, 행정병—나는 군에서 대대 인사서기병으로 근무했다—은 종종 업무상 이유로 훈련에서 빠지는 행운을 누리기도 한다. 그럼에도 인사서기병이라는 만만치 않은 빽(?)이 있음에도 한 번도 열외되는 행운을 얻지 못했으니—그만큼 요령이 부족했다는 얘기다—지금 생각해도 신기한 일이다.

가장 더울 때 하는 혹서기 행군도 힘들지만 제일 추울 때 하는 혹한기 행군은 몸의 맨 하단에 있는 발한테는 지옥의 연속이다. 운이 좋아 날씨가 따뜻하면 그나마 다행인데, 눈이라도 많이 쌓이면 그야말로 최악이다. 행군 때 발 관리를 게을리 하면 동상에 걸릴 수 있기 때문이

다. 실제로 동상에 걸려 고생한 병사들이 적지 않았던 것으로 기억한
다. 500리 길 행군은 도보 여행과는 차원이 다르다. 일단 어깨에 짊어
진 군장의 무게와 소총의 무게가 만만치 않다. 군장과 소총을 합친 무
게가 대략 25kg 정도 나간다. 게다가 천천히 걷는 게 아니라 주어진 짧
은 기일에 500리 길 행군을 끝내야 하기에 쉴 틈이 없다. 식사와 쪽잠
을 자는 시간을 빼고는 50분 걷고 10분 휴식하는 방식의 연속인데,
이게 장난이 아니다.

군인 행군(출처 : 국방부 페이스북)

단지 무거운 짐을 어깨에 짊어지고 걷는 게 훈련의 전부인데도 진저리치게 힘든 게 행군이다. 당연히 에피소드가 적지 않다. 행군은 길 양옆으로 길게 줄지어 서서 걷게 되는데, 처음에는 주변의 동기, 또는 선후임병들과 잡담을 하면서 시끄럽게 출발한다. 마치 소풍을 나서는 초등학생들 모습과 다르지 않다. 하지만 시간이 지나면서 행군대열은 조용해지기 마련이다. 조용하다는 표현보다는 고요하다는 말이 더 적합할 것이다. 그때부터는 각자의 시간이다. 중간 중간 앞에서 걸어가는 병사가 조는 기미가 보이면 뒤따르는 병사가 소총 개머리판으로 철모를 두들겨 깨우는 정도의 소음이 생길 뿐이다. 얼마나 졸리면 길 옆은 까마득한 절벽인데도 조는 병사가 있을 정도로 행군은 잠과의 싸움이기도 하다. 나는 부모님도 떠올려보고 친구들과의 즐거운 추억도 되새김질하며 회상의 시간에 빠지기도 했지만 잠시뿐이다. 행군 대부분의 시간은 자기 자신과의 고독한 싸움의 연속이다. 출발 후 얼마간의 시간이 지나 발 밑에서부터 슬슬 고통이 밀려오기 시작하면 일체의 생각이 중단된다. 그저 걷고 또 걸을 뿐이다. 그렇게 고된 훈련을 마치고 나면 발바닥은 부르트고 짓물러 터지기 일쑤이고 몸은 너덜너덜 만신창이가 되기 마련이다. 하지만 해냈다는 자신감으로 고단함 그 이상의 환희를 경험한 순간이기도 했던 것으로 기억한다.

✳

얼마 전 신문에서 2023년 1월 16일 남극점에 도달한 산악인 김영미 대장을 소개하는 기사를 읽었다. 김 대장은 한국인 최초로 무보급으로 혼자 51일 동안 1,186.5km의 눈길을 100kg의 썰매를 끌고 남극점을 밟았다고 한다. 여성 혼자의 몸으로, 그것도 무보급으로 남극 도전에 성공했다니 믿기지 않았다. 남극 대륙은 면적이 중국과 인도를 합친 크기와 비슷한 한반도의 62배에 달하는 엄청난 크기다. 지구에 있는 얼음의 90%가 이곳에 있다고 한다. 연평균 기온이 섭씨 영하 55도로 겨울에는 영하 70도까지 내려가는 얼음 땅인 것이다. 김영미 대장보다도 100년 이상 앞선 1911년에 노르웨이의 아문센이 인류 최초로 남극점에 도달했지만, 그는 4명의 동행과 52마리의 개와 썰매의 도움이 있었다. 김 대장은 내가 군에서 경험한 행군 길이의 6배에 가까운 먼 길을 극한의 추위와 강풍을 이겨내고 성공했으니 도무지 상상이 가지 않는다. 그 여정에서 김 대장의 발이 얼마나 고생했을지는 불문가지이다.

김 대장에 비하면 '새 발의 피'에 불과한 나의 행군은 입대 후 첫 행군이 특히 힘들었던 것 같다. 행군은 출발 전 군장을 갖추는 것이 중요한데, 신병은 경험이 없으니 고참병들의 조언을 받아서 준비하게 된다. 나 또한 예외는 아니어서 준비에 만전을 기했을 것이다. 하지만 신병이 아무리 준비를 잘한다 한들 신병은 신병일 뿐이다. 경험이 없으니 빈틈이 생길 수밖에 없다. 행군에서 최대의 무기는 군화다. 덥거나 춥거나 발을 보호하기 위해서는 군화가 완벽해야 한다. 외부는 튼튼하고 내부는 부드러워야 오랜 시간 걸을 때 발이 온전할 수 있다. 나는 딱딱한 새 군화는 부대에 두고 신고 있던 부드러운 군화를 택했다. 행군을 경험한 선임들이 겁을 많이 주었기 때문에 군화 선택에 신중에 신중을 기했다. 아무 문제될 것이 없을 만큼 완벽히 준비했다고 자신했다.

처음 출발할 때는 몰랐다. 나는 꼼꼼히 준비했다고 자신했는데,

김영미 대장 남극점 성공(출처 : 김영미 대장 인스타그램)

아뿔싸! 군화 뒷굽에 못이 박혀 있을 줄이야! 그 못이 행군 이틀째인
가 군화 밑창을 뚫고 올라와 발뒤꿈치를 찌르는 게 아닌가. 처음에는
많이 걸어서 아픈 줄 알았는데 그게 아니었다. 한 걸음 발을 떼어놓을
때마다 비명이 절로 나왔다. 더 이상 행군을 하는 게 어려워져서 쉬는
시간에 고참한테 얘기했더니 망치를 구해서 위로 삐져나온 못을 구부
러트려 바닥을 평평하게 해주었다. 얼마나 고마운지 눈물이 절로 날
지경이었다. 하지만 장거리 행군을 해 본 사람은 안다. 그 임시 조치가
얼마나 부질없는 일인지를⋯. 그야말로 임시 조치에 불과했다. 몇 시
간을 더 걸으니 또 구부러진 못이 바닥에서 튀어 올라와서 발바닥에
다시 통증을 안겨줬다. 사면초가는 이럴 때를 두고 하는 말이다. 달리

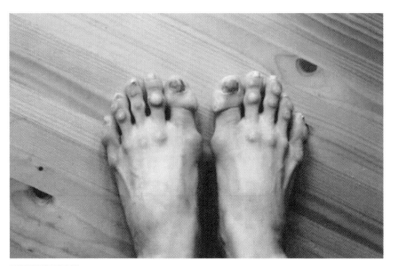
발레리나 강수진의 발

손쓸 방법이 없었다. 첫 번째 행군은 이렇게 나에게 평생 잊혀지지 않는 악몽 같은 고통을 안겨준 뒤에야 끝낼 수 있었다.

비슷비슷하게 생긴 발인데, 그 운명은 사람마다 다 다르다. 어떤 발은 평생 큰 무리 없이 호강하는가 하면 어떤 발은 한 시 한 날 쉴 틈도 없이 고생을 반복한다. 직업에 따라, 성별에 따라, 나이에 따라 발의 운명은 천차만별이다. 우리가 원해서 세상에 나온 게 아니듯 발의 운명도 발의 의사와는 상관없이 결정되는 것이다.

언젠가 신문에서 발레리나 강수진—대한민국 발레계를 대표하는 인물로, 2023년 3월 현재 국립발레단 단장 겸 예술감독—의 인터뷰 기사를 보고 놀란 적이 있다. 거기에는 강수진의 발 사진도 함께 게재됐는데, 비교 대상이 없을 만큼 못생기고 험악했다. 미국 흑인 노예제도의 비극을 다뤄서 드라마로 더 유명했던 알렉스 헤일리의 소설 《뿌리》의 주인공 쿤타 킨테의 발가락도 강수진의 발보다는 나을 것이다. 발가락의 마디마디는 튀어나온 소나무의 옹이처럼 뭉툭했고, 발등은 뼈가 삐죽 삐죽 튀어 올라 울퉁불퉁했다. 엄지발가락은 심하게 뭉그러졌고, 발톱은 반 이상이 검게 죽어 있었다. 고난의 예수를 쫓아 나선 순례자의 발도 이 정도는 아니었을 듯하다. 밝고 아름다운 미소의 그녀 얼굴과는 정반대의 형상이었다. 세상에서 가장 못생긴 발로 뽑혀도 이상할 게 없었다. 세계 최고의 발레리노들이 파트너가 되기를 희망했던 강수진의 발은 그렇게 형편없었다.

*

처음 태어날 때 아이의 발은 누구나 부드럽고 예쁘다. 하지만 그가 누구이든 간에 세상을 떠날 때의 발은 예쁘지 않다. 아니 예쁠 수가 없다. 그 옛날 언제부터인가 인류가 다른 동물들과는 달리 두 발로 직립보행을 하는 순간부터 발의 고난은 예견돼 있었다. 더군다나 태생 자체가 험난해서 보살핌이 필요한 기관임에도 평상시 주인인 사람들이 발을 대하는 태도는 즉흥적이고 무례의 연속이다. 발한테는 사전에 묻거나 양해를 구하는 법이 없다. 뇌가 결정하면 그저 순응해서 움직일 뿐이다.

세상의 모든 역사는 인류의 발에서 기원한다고 해도 틀린 말이 아니다. 기원전 4세기에 유럽·아시아·아프리카에 걸친 대제국을 건설한 알렉산더대왕이나 12세기에 태어나 세계 최대의 제국을 건설한 칭기즈 칸의 대역사도 그들의 작디작은 발에서 시작됐다. 그들의 발에 문제가 있었다면 세계의 역사가 지금과는 달랐을지도 모른다. 세상의 그 누구도 발이 온전하지 않으면 한 발자국도 앞으로 나아가지 못한다. 알렉산더나 칭기즈 칸도 발이 건강했기에 인류의 역사를 바꾸는 대장정에 나설 수 있었다는 얘기다. 그렇게 소중한 발을 대하는 지금 우리의 태도와 자세는 어떨까?

발은 제2의 심장으로 불리기도 한다. 인체에서 심장 못지않게 중요한 역할을 해서 붙여진 별칭인 듯하다. 심장은 생명과 직결되고, 발은 생활과 직결돼서 맡은 역할은 크게 차이가 난다. 중요성에서도 발이 심장에 필적하긴 어려운 존재일 것이다. 하지만 발이 없는 일상생활을 상상하기는 어렵다. 심장을 자동차의 엔진에 비유한다면, 발은 바퀴라고 할 수 있다. 엔진은 있는데 바퀴는 없는 자동차를 상상해 보았는가? 인체에서 발이 없다면 바퀴 없는 자동차와 무엇이 다르겠는가? 그런 상태라면 우리는 무엇을 할 수 있겠는가?

발은 26개의 뼈와 32개의 근육과 힘줄로 구성돼 있다. 그리고 몸의 맨 밑바닥에서 자신보다 수십 배나 큰 인체를 지탱해낸다. 흙 속에 묻혀서 자신보다 수십, 수백 배 무게의 줄기와 잎을 지탱해내는 나무의 뿌리와 비슷한 운명을 타고난 것이다. 그러니 '몸의 뿌리'라고 해도 틀린 표현은 아니다.

이렇게 중요한 기관인데, 우리는 발을 어떻게 대접하고 있는가? 자신의 눈에서도 멀고, 타인의 시선에서도 덜 관심을 받고, 또 신발로 가려져 있어서 그런지 이만저만 푸대접이 아니다. 아니 대접은커녕 허구한 날 고문을 불사한다. 그냥 생긴 대로 놔두면 그나마 다행이련만, 모양낸답시고 생김새와 다른 갑옷을 억지로 입혀서 고통을 주기 일쑤다. 대표적인 고문 도구로는 하이힐이 꼽힌다. 일명 '뾰족구두', '킬힐'

로 불리는 '하이힐'은 요술 신발이다. 무엇보다도 크지 않은 키를 일순간에 늘릴 수 있다. 여성의 키가 150cm이면 매우 작은 키에 들어갈 텐데 굽 높은 '킬힐'을 신으면 곧바로 160cm대로 껑충 뛸 수 있으니 그 유혹을 떨쳐내기가 쉽지 않을 것이다. 키 작은 사람들이 조금이라도 커 보이고 싶은 욕망은 남녀가 다르지 않다. 남성들의 '키높이 구두' 또한 조금이라도 더 커 보이고 싶은 욕망의 충족을 위해 만들어졌을 것이다. 하지만 하이힐이나 키높이 구두 둘 다 발 건강에는 백해무익에 가깝다. 서양인에 비해 상대적으로 키가 작은 동양인에게 많은 짧은 다리 콤플렉스를 가려주는 효과 외에는 좋은 점을 찾기 어렵다. 이 정도면 하이힐 퇴치 운동이라도 일어나야 할 텐데, 여전히 여성들에게 사랑받고 있으니 놀라운 생명력이다.

하이힐의 해악을 열거하자면 열 손가락이 부족할 정도이다. 힐 중에서도 굽이 높은 하이힐, 일명 킬힐은 보기에도 아찔할 정도이다. 단순히 발을 고문하는 게 아니라 허벅지와 종아리, 척추와 엉덩이 등 온몸에 나쁜 영향을 준다. 삐끗하면 발목 골절을 유발하기 쉽고 잘 적응해도 여성의 신체에 무리를 줄 수 있다.

한때 세계적인 축구스타로 명성을 날린 영국의 데이비드 베컴의 아내 빅토리아 베컴도 킬힐 후유증으로 고생했다고 한다. 그는 15cm의 킬힐을 자주 신어서 엄지발가락 기저부가 비대해지는 건막류가 생겨서 수술까지 고려했다고 하니 여성들의 하이힐 사랑은 동서양이 다르지 않은 듯하다. 성인 여성의 80%가 무지외반증—엄지발가락이 두 번째 발가락 쪽으로 과도하게 휘어서 통증을 유발하는 질환—증상을 갖고 있는데, 모계유전의 선천적인 요인도 있지만 하이힐을 비롯한 신발이 그 원인이라고 하니 주의할 일이다.

30대 여성 L씨가 있다. 그다지 작은 키가 아닌데도 작은 키 콤플렉스가 강했다. 그녀는 출퇴근 때만이 아니고 근무 중에도 항상 하이힐 신기를 고집했다. 그의 직장 동료들이 사무실에서는 편한 '플랫슈즈'나 슬리퍼 착용을 권했지만 귓등으로 흘려보냈다. 아마도 그래야 마음이 편하고 위로받는 모양이다. 하지만 그녀를 바라봐야 하는 동료나 선배는 불안하고 불편했다. 엉덩이를 뒤로 빼고 뒤뚱뒤뚱 걷는 모양새가 웃음을 유발할 정도로 어색했다. 그런 L씨가 어느 날 바닥이 평평한 구두로 바꿔 신고 출근했다. 본인은 발목이 삐어서 어쩔 수 없었다고 속상해 했지만 동료들은 반겼다. 그의 걸음걸이가 자연스런 모습으로 회복됐기 때문이다. 때로는 남이 보기에는 이건 아닌데 싶은

데도 자신만 모르는 경우가 있는데, L씨의 사례가 그런 게 아닌가 싶다. 다시 군대생활 이야기 좀 한다. 무좀 때문이다. 절제되고 통제된 군대 생활은 인내심과 인격 성장에 큰 도움이 되었다고 생각한다. 끝끝내 참는 것 외에는 별다른 선택지가 없었으니 극한 상황에서도 견디는 인내심을 기르는 데는 군대만한 조직도 없을 것이다. 하지만 덤으로 받은 선물 가운데 지금도 불편함을 주는 게 있으니, 바로 무좀이다. 여성의 '어그부츠'와 동격이라 할 만한 군화는 무좀 발병에 최적의 조건을 갖추고 있다. 신발 길이가 부츠처럼 발목 위까지 올라오고 내부는 밀폐돼 공기가 통하지 않는 상태인데다 자주 오랜 시간 훈련을 해야 하니 무좀 발병에는 이보다 더 좋은 조건이 없다. 그렇게 2년 3개월을 복무했고, 장거리 행군마다 꼬박 참가했으니 무좀 발병은 당연한 것일지도 모른다. 무좀에 걸려 본 사람들은 잘 안다. 이 지긋지긋한 균을 떨쳐내는 게 불가능에 가깝다는 사실을. 하지만 일상생활에 큰 불편을 주는 것도 아니어서 일생 동안 동행하는 게 다반사다. 어쩌겠는가. 이미 오래 전 내 몸에 들어와 제대로 똬리를 틀고 앉았고, 내보낼 방법도 없는 게 현실인 것을. 그렇게 무좀은 나와 오래 전 인연을 맺었고, 지금도 내 인생과 동행하는 흔치 않은 찐친(?) 중 하나가 되었다.

누구나 아는 사실인데도 부주의로 피해를 주는 경우가 있는데, 무좀 전파도 이에 해당된다. 무좀을 예방하려면 평소 생활습관 관리가 매우 중요하다. 무좀 환자의 70% 이상은 가족으로부터 전염된다고 한다. 그러니 가족 중 무좀 환자가 있으면 수건은 물론이고 발매트나 슬리퍼, 신발 등을 함께 사용하지 말아야 한다. 걸린 사람은 상대적으로 조심성이 덜하고 아예 신경을 쓰지 않는 경우도 많으니 걸리지 않은 사람이 스스로 조심하는 수밖에 없다. 요즘은 치료약이 많이 발전해서 1주일에 1회 복용하는 알약만으로도 증상 개선에 크게 도움이 되니 피부과 전문의의 진료를 받을 것을 권한다. 어차피 낫지 않는 질환이라고 포기해서 증상이 악화되는 걸 방치하는 것은 그야말로 하지하책이다. 상상컨대 적도 근처의 아프리카나 아마존 밀림에서 신발을 신지 않고 사는 원주민들은 무좀 환자가 거의 없을 것이다. 무좀이 올래야 올 수 없는 환경일 테니 말이다. 그러니 멋도 좋지만 군화 못지않게 무좀균 번식에 좋은 환경을 갖춘 부츠는 장시간 착용을 피하는 게 좋을 것이다.

발 질환은 선천적 질환보다는 후천적 질환이 많은 게 특징이다. 한마디로 자연스레 병이 온 게 아니라 병을 불렀다는 표현이 더 적절할 것이다. 발을 편하게 자연 상태로 놔두었으면 걸리지 않았을 텐데 미적 욕심 때문에 초래하는 병이 적지 않다. 대표적인 발 질환으로는 족저근막염과 무지외반증, 발목염좌, 아킬레스건염 등을 꼽을 수 있다. 모두가 발을 고문해 생긴 질환들이다. 신발이 예쁘면서도 발도 편하기는 쉽지 않다. 발이 편한 대부분의 신발은 볼이 넓적하고 두툼하고 발 사이즈보다 커서 미관상 좋게 보일 리 만무하다. 앞코 부분이 날렵하고 뒷굽이 높아야 예쁜데, 그런 신발은 발 건강에는 도움이 되지 않는다. 이런 사실을 뻔히 알면서도 여전히 예쁜 신발을 찾는 발길은 끊이지 않는다. 아름다움을 추구하는 사람들의 욕망은 질병보다도 더 치명적이어서 좀처럼 끊기 어려운 것이다.

발 건강을 지키려면 주의사항이 많다. 손과 발은 인체 중 움직임이 제일 많은 기관이니 늘 위험에 노출돼 있다. 발 건강을 지키려면 신발 선택이 무엇보다도 중요하다. 신발은 발에 잘 맞는 게 우선이다. 맞지 않는 신발은 맞지 않는 옷 이상으로 몸에 불편을 준다. 잘 맞는 신발을 고르는 게 우선이다. 디자인은 그 다음 문제이다. 그런데 대개는 거꾸로 진행되기 일쑤다.

잦은 하이힐 착용은 불안정한 자세를 낳아 인체 전체에 악영향을 줄 수 있다. 그러니 꼭 필요할 때만 신고 상시 애용은 피해야 한다. 전문의들은 부득이 하이힐을 신어야 한다면 하루 6시간 이내, 주 3회를 넘지 말 것을 권한다. 높은 하이힐이 발 건강에 해로우니 굽이 없는 낮은 플랫슈즈는 안전할까? 반드시 그렇지는 않다. 걸을 때 체중의 충격이 그대로 발바닥에 전달돼 족저근막에 염증을 유발하거나 발목 피로 증가로 발목 부종을 유발할 수 있다.

넘치면 모자람만 못하다는 말은 신발에도 적용된다. 신발이야말로 지나침이 없어야 한다는 얘기다. 너무 높아도, 너무 낮아도 해로우니 적절한 높이의 신발 선택이 중요하다. 전문가들은 뒷 굽은 넓고 2.5~3cm 높이가 적절하고, 신발 앞부분과 엄지발가락 사이는 1~1.5cm 틈이 있는 게 좋다고 권한다. 엄지발가락을 신발 앞부분에 밀착시켰을 때는 발뒤꿈치가 신발과 1cm 정도는 간격이 있어야 한다. 한마디로 신발이 작아서 발이 꽉 끼게 해서는 아니 된다는 충고인 것이다.

평상시 혹사당하고 무시당하기 일쑤인 발. 몸의 맨 하단에 있다고 군대에서 부하병사 다루듯, 장거리 행군하듯, 홀대한 발. 더 늦기 전에 무례를 멈추자. 고장 나서 수시로 고쳐야 하는 상황이 오지 않도록 미리 점검하고 미리 챙기자. 그동안의 고생에 경의를 표하고 이제부터라도 예의를 지키자. 그만하면 수고했다고 위로하고 충분히 쉴 수 있도록 배려하자.

그렇다고 마냥 발을 쉬게 하자는 얘기는 아니다. 발은 존재이유가 걷는 데 있으니 자주 걷고 때로는 뛰기도 하자. 그래야 발이 신이 나지 않겠는가. 소설가는 재밌는 글을 써야 신이 나고, 요리사는 맛 나는 음식을 만들어야 기분이 좋고, 건축가는 좋은 집과 건물을 지어야 보람되고, 탐험가는 미지의 신세계를 밟아야 살맛이 나지 않겠는가. 발이 신나는 일을 찾아보고 실행해보자. 제대로 맞지도 않는 신발에 억지로 발을 욱여넣고 고문하는 일은 피하자. 그것은 고마운 존재인 발에 대한 도리가 아니다.

여행의 시작은 발로부터 비롯된다. 이 아름다운 행성 지구에서 기쁘고 신나는 여행을 하려면 건강한 발이 필수조건이다. 진수성찬도 이와 잇몸이 성치 않으면 그림의 떡에 불과하다. 발이 온전치 않으면 여행은 고행일 뿐이다. 발이 행복하지 않으면 그 인생은 결코 행복할 수 없다. 더 늦기 전에 발 건강 사수에 나서자. 온전히 걸을 수 있다는 사실만으로도 우리는 행복할 수 있는 제1의 조건은 충족했으니 말이다.

내 생명 마침표 결정권,
나를 떠나기 전에

　인생의 마지막 순간! 내 생명의 결정권은 누가 쥘까? 그야 물론 나 자신이다. 이 문답에 이의를 걸 사람은 없으리라. 내 생명에 관한 일인데, 내가 결정권을 가지는 것은 당연하다. 그런데 그게 실제로 가능할까? 답은 아이러니하게 '그렇지 않다'이다. 의식이 있어도 그렇고, 의식이 없다면 더욱 그렇다.

　대한민국 국민은 죽음을 앞두고 병원 문을 들어선 순간, 그 생명 권한은 환자와 보호자의 판단을 떠난다. 국가, 곧 법으로 넘어가기 때문이다. 환자, 보호자, 의사, 병원, 그 누구도 결정권이 없다. 오로지 법에 의한 방식과 절차만 있을 뿐이다.

　보건복지부의 '의료서비스 이용현황' 자료에 따르면 2021년 한 해 요양병원에 입원한 환자는 39만 3,989명에 달했다고 한다. 그들 중에 1년 반이 지난 지금 건강을 회복해서 다시 일상으로 돌아온 사람은 얼마나 될까? 그리 많지 않을 것이다. 아마도 상당수는 의식과 무의식의 세계를 오가다가 삶의 종착점을 맞았을 것이다. 일부 환자는 섬망 증세가 찾아와 자신이 누군지도 모르고 가족도 몰라보고 천지사방을 구분하지 못한 채 사경을 헤매다 허무하게 세상을 떴을 것이다.

　상황이 이런데도 나와는 전혀 상관없는 일이라고 단정해도 될까?

나에게는 먼 미래의 일이니 미리 걱정할 필요는 없다고 생각해도 되는 일일까? 나의 부모나 조부모한테 지금 닥친 일인데, 나는 괜찮을 거라고 자신할 수 있을까? 한 세대의 차이는 길어야 30년 정도에 불과하다. 그리고 건강 나이와 실제 나이는 다를 수도 있다. 건강과는 별개로 교통사고와 태풍, 지진 같은 천재지변 등 인간의 생명과 안전을 위협하는 요소는 무수히 많고 언제든지 일어날 수 있다. 나이와 관계없이 누구라도 안심할 수는 없다는 얘기다.

*

아버지를 모시고 고향에 다녀오던 길이었다. 아버지는 별 일 아닌 것처럼 툭 한 마디를 던지셨다. "나 며칠 전 엄마하고 보험공단(국민건강보험공단 부평지사) 가서 연명치료 중단 서약선가(정식 명칭은 사전연명의료의향서) 뭔가 그거 쓰고 왔다." 나이 구순인 아버지는 해야 할 일을 한 듯 홀가분하다는 표정이셨다. 나는 '잘 하셨다'고도 '왜 하셨냐'고도 못하고 고개만 끄덕였다. 얼마 전 고향 옆집에 사시는 할머니—내 친구의 어머니—가 요양병원에서 오래 고생하다 돌아가신 전철을 밟으실까 봐 그러신 것 같았다.

그분은 내 어머니보다 한 살 위였다. 평소 정정했는데 지병 치료차 대학병원에 가셨다가 회전문에 걸려 쓰러졌고 고관절이 골절되셨다. 곧바로 수술을 했지만 차도가 없었다. 급기야 요양병원으로 옮겨지셨고 인공호흡기까지 다셨다. 문병을 다녀 오신 부모님은 당신들의 일인 양 안타까워 하셨다. "인생 말년에 저런 고생이 어딨어. 인공호흡긴가 뭔가를 코에 달아 놓으면 죽고 싶어도 죽을 수도 없다네. 에고 불쌍해라. 죽을 고비마다 억지로 살려놓으니 저게 사람이 할 짓인가." 부모님은 애꿎은 병원을 탓하셨다. 그러시더니 갑자기 자식들한테 한 마디 상의도 없이 덜컥 연명의료의향서를 신청하고 오신 거였다.

놀라움이 컸지만 마음 한편으로는 부모님께 고마운 생각이 들었다. 자식이 먼저 꺼내기가 어려운 얘기 아닌가. 종교가 없는 아버지는 평소에도 "죽으면 거기서 모든 게 끝인 거야. 살아있을 때 최선을 다하고 죽을 땐 편안히 가야지. 왜 그 고생을 해야 해"라는 말씀을 주문처럼 되뇌신다. 생각이 그러니 조금의 주저나 망설임도 없으셨던 것 같다. 나 또한 부모님과 같은 생각이다. 아내와 함께 부모님이 하신 곳에서 얼마 전 같은 서약을 마쳤다. 아내 생각도 같아 시간을 낭비할 필요가 없었다. 그러고 나니 '죽음이란 게 멀리 있는 게 아니구나' 하는 생각이 들었다.

*

죽음은 여러 형태로 온다. 암이나 질병은 예고하는 죽음이지만, 갑작스런 교통사고나 재난은 예고조차 없다. 갑작스런 죽음도 그렇지만 의식불명의 상태로 오래 가는 죽음은 더 큰 어려움을 남긴다. 당사자도 그렇지만 가족에게도 상황이 괴로움 그 자체이다.

오래 전 일이다. 내가 가천대 길병원에 재직 중일 때였다. 30대 중반 남자가 의식 없는 상태로 119에 실려 왔다. 그는 의식을 회복하지 못하였다. 그에게 불행은 한순간에 찾아왔다. 초저녁 퇴근길, 집 근처에서 뇌출혈로 쓰러졌다. 내가 퇴직할 때까지 식물인간 상태로 5년여 넘게 생명을 이어갔다. 그는 건장한 체격으로 부인의 극진한 간호 덕분인지 혈색이 좋았다. 가끔씩 복도에서 본 그 부인은 조용히 한숨을 쉬었다. 그 한숨 속에서 가족의 생계, 간병과 비싼 병원비가 따위가 읽혔다. 지금 그가 생존해 있는지, 어떤지는 알지 못한다. 분명한 것은 그의 생존 여부와 관계없이 남은 가족의 삶은 무척이나 고되고 험난했을 것이다.

처음에 그의 부인과 자녀는 그가 죽지 않고 살아있는 것만으로도 신에게 감사했을 것이다. 부인의 정성어린 간호는 직원들의 감동을 살 정도였다. 그런 감사의 마음이 얼마나 지속됐을까? 아마도 부인은 며칠 후 의사로부터 남편이 정상으로 회복되기 어렵다는 소리를 들었을 것이다. 그때 독자 여러분이 그의 부인이었다면 어떤 심정이었을까? 남편이 꼼짝을 못하고 숨이 붙어 있는 게 고맙게만 여겨졌을까?

살아서 생을 이어가야 하는 자와 죽어가는 자의 입장은 다를 수밖에 없다. 사람의 목숨이 어떤 때는 깃털처럼 가벼워서 쉽게 날아가지만, 때로는 납덩이처럼 무거워서 좀처럼 떨어지지 않고 오래도록 붙어 있기도 한다. 그럴 때 죽지 못하고 숨을 유지하는 사람도 불쌍하지만, 살아가야 하는 자의 고통과 고생은 이만저만 큰 게 아니다. 본인과 가족의 생계를 이어가면서 다른 한편으로는 간병과 비싼 병원비까지 부담해야 하니 지옥 같은 날들의 연속이 될 수밖에 없다.

사람은 누구나 생로병사의 과정을 밟는다. 그런데 죽음으로 가는 과정은 사람마다 다 다르다. 어떤 사람은 집에서 앓다가 가족의 정성 어린 간호를 받으며 평안하게 숨을 거두는가 하면, 어떤 사람은 병원에 입원해서 인공호흡기와 링거를 매달고 의식도 없는 상태에서 허망하게 세상을 뜨기도 한다. 만약에 죽는 방법을 본인이 선택할 수 있다면 후자를 택하고 싶은 사람은 없을 것이다. 안타깝게도 후자는 본인의 선택이 아닌 경우가 대부분이다. 죽을 준비가 돼 있지 않은 상태에서 갑작스레 닥치는 경우가 많기 때문이다. 내 생명을 마치는 순간이 다가왔을 때 그 결정권이 나를 떠나기 전에 미리 죽음을 준비해야 하는 이유다.

＊

나는 죽음을 맞아야 할 상황이 온다면 의식이 있는 상태로 집에서 맞고 싶다. 병원에서 죽더라도 결단코 인공호흡기와 링거를 달지 않겠다. 가족들이 지켜보는 가운데 조용히 의식을 잃고 잠들듯이 떠나고 싶다. 하지만 나의 바람과는 달리 내가 집에서 죽음을 맞을 확률은 희박하다. 노화나 건강 이상으로 거동이 불편해진다면, 가족에 앞서 내가 요양병원을 찾을 것이다. 거동할 수 없는 환자가 집에 그대로 있는 건 본인도 힘든 일이지만 가족에게는 재앙과도 같은 일이기 때문이다.

집에서 평안한 죽음을 맞는 행복한 사람이 없는 건 아니다. 몇 해 전 세상을 떠난 내과의사 L박사의 사례이다. L박사는 70세를 넘어서까지 의원을 경영했던 내과 전문의였다. 그는 70대 중반에 뇌졸중으로 쓰러졌다. 몸에 일부 마비 증세가 있었지만 심하지는 않아서 거동하는 데 큰 문제는 없었다. 숟가락을 들거나 젓가락을 들 때 불편한 정도였다. 키가 180cm가 넘는 장신이어서 중심 잡는 게 쉽지 않았지만 L박사는 걷고 또 걸었다. 시간이 날 때마다 젓가락으로 콩을 집어서 옮기는 동작도 매일 반복했다. 정상인이야 어려운 일이 아니지만 손이 떨리는 뇌졸중 환자한테는 쉽지 않은 일이다. 저녁에는 펜으로 영자판 성경을 필사하였다. 돌아가시기 전에 그분을 여러 차례 뵈었으나 그런 병력을 전혀 눈치 채지 못했다. 그분이 돌아가신 후에야 유족으로부터

들어서 알게 된 내용이다. 그분 사후에 10권도 넘는 대학노트에 깨알같이 써내려간 성경 필사본을 볼 기회가 있었는데 입이 다물어지지 않았다.

그분은 2022년 1월 23일에 사시던 목동 자택에서 아침 6시쯤 가족들이 지켜보는 가운데 96세를 일기로 눈을 감으셨다. 놀라운 건 바로 전날 저녁까지도 의식이 멀쩡하셨고, 찾아온 아들, 딸, 손자·손녀들과 대화를 나누었다고 한다. 사위가 평소 즐기던 포도주 한 잔을 권하자 그날은 손을 저어 사양하셨단다. 그러고는 다음날 아침에 가족이 지켜보는 가운데 평안히 눈을 감으셨다고 한다. 이 얼마나 축복받은 죽음인가.

내가 아는 지인은 2023년 3월에 어머니를 여의었다. 그 어머니도 집에서 임종을 맞았다. 가족들은 병간호가 어려울 것으로 판단해 요양병원 입원을 고려했는데, 며칠만 더, 며칠만 더 집에서 모시자고 하던 차에 아들과 두 딸이 지켜보는 가운데 평안히 숨을 거두셨다고 한다. 지인의 말을 빌리면 아마도 자식들이 고생할 것을 염려한 어머니가 곡기를 앞당겨 끊는 방법으로 명을 재촉하신 것 같다고 했다. 곡기를 끊으면 처음에만 힘들지, 최초 허기만 넘기면 평온한 상태가 온다고 한다. 어릴 적에 나도 들은 적이 있다. 누구네 할아버지가 곡기를 끊으셔서 얼마 못 사실 것 같다는 것이다. 그런 소리를 들으면 어김없이 며칠 뒤 장례가 치러지곤 했다.

*

'세기의 미남'이자 '만인의 연인'으로 불렸던 알랭들롱이 안락사를 신청했다는 뉴스를 보았다. 1935년생인 그는 자신이 세상을 떠나고 싶은 날에 안락사를 해달라고 아들에게 부탁했다고 한다. 세상의 그 누구도 세월을 비껴갈 방법은 없는가 보다. TV화면에 비친 알랭들롱의 사진은 초라했고 처연했다. 예전의 화려했던 모습은 간데없고 죽음을 앞둔 초라한 노인의 모습 그 이상도 이하도 아니었다. 그는 프랑스와 스위스 두 나라의 국적을 가지고 있다. 프랑스는 안락사가 불법이지만 스위스는 합법적으로 허용한다. 마치 알랭들롱이 안락사를 하기 위해 이중 국적을 가진 게 아닌가 하는 생각이 든다. 내가 원하는 방향으로 죽음을 선택할 권리는 누구에게나 중요하다. 알랭들롱이라고 다르지 않을 것이다. 그는 2019년에 뇌졸중 수술을 받았고 그 후부터 스위스에 있다고 한다.

2022년 9월에 국내 개봉한 프랑수와 오종 감독의 <다 잘된 거야>라는 영화를 집에서 TV로 보았다. 프랑스의 국민배우 소피 마르소와 앙드레 뒤솔리에가 주연한 작품으로 안락사를 주제로 다룬 영화다. 뇌졸중 후유증으로 거동을 할 수 없게 된 80대 아버지가 안락사를 결심한 뒤 딸들의 도움으로 실행에 이르기까지의 과정을 과장 없이 그렸다. 영화를 다 본 후에야 제목이 이해가 됐다. 아버지의 갑작스런 안락사 결심과 이행 과정은 두 딸을 혼란스럽고 힘들게 했다. 품위 있게 죽을 권리를 선택한 아버지를 돕는 게 자식 된 도리에 맞는 건지, 범죄인줄 뻔히 알면서도 해야 하는 일인지를 놓고 큰 딸 역의 소피마르소는 고민을 거듭하다 결국 아버지의 부탁을 따르기로 한다. 그리고 아버지는 자신의 뜻을 끝까지 굽히지 않고 그 길을 이행하는 것으로 영화는 끝난다. 아버지의 안락사는 우여곡절을 겪지만, 영화 제목처럼 가는 자 남는 자 모두 행복해지는 결말로 이어진다. 누구나 가야 하는 죽음의 길을 어떻게 가는 것이 좋을지를 생각하게 하는 영화였다.

호주의 생태학자로 유명한 데이비드 구달 박사는 2018년 5월 스위스 베른의 한 병원에서 조력 자살 방식으로 104년의 생을 마감했다. 그는 의사가 미리 준비한 신경안정제가 들어 있는 주사액이 정맥으로 들어가도록 밸브를 직접 돌렸다. 그는 100세까지 논문을 발표하며 학자로서의 역할에 충실했지만, 집안에서 넘어진 후 거동이 어려워지자 주저 없이 안락사를 선택했다. 그는 불치병을 앓거나 임종을 앞둔 상태가 아닌데도 낙상 후유증으로 삶에 대한 의욕과 의지를 잃게 되자 스스로 죽음을 앞당긴 것이다. 구달 박사의 죽음은 불치의 질환이 아닌 고령을 이유로 안락사를 선택한 최초의 사례라고 한다.

＊

사람이 세상과 이별하는 방식에는 여러 가지가 있다. 그것은 사람마다 다르고 나라마다 차이가 있다. 소수의 사람은 의식이 있는 상태에서 자기가 원하는 방식으로 죽음을 맞는다. 하지만 우리나라에서 대다수의 사람들은 의식이 없는 상태로 병원에서 정해진 법과 제도에 따라 수동적으로 죽음을 맞게 된다. 이런 죽음은 대개 자신이 원하는 방식의 죽음과는 다른 방식일 가능성이 높다.

L박사나 내 지인의 어머니처럼 집에서 임종을 맞는 건 특별한 사례일 것이다. 죽음을 앞둔 환자가 병원에 가지 않고 집에서 서서히 기력이 떨어져서 생을 마감하는 방식인데, 그런 행복한 죽음을 맞는 사례는 찾아보기 어렵다. 지금은 부자와 빈자 가릴 것 없이 병원이나 요양병원에서 죽음을 맞는다. 대다수의 사람들은 죽을 날이 가까워지면 견디기 힘든 고통이 찾아와서 병원에 가지 않을 수 없기 때문이다. 몸

이 아픈 상황을 견디지 못해 병원 문턱을 넘는 순간, 죽음의 방식과 절차는 자신의 의지대로 진행되지 않는다. 자신이 아무리 죽을 만큼 아프고 힘들어도 죽는 게 쉽지 않다. 이를테면 누군가 길을 가다 뇌출혈로 쓰러져서 의식을 잃은 상태로 119에 의해 병원에 실려 왔다고 치자. 응급 처치 후 생명에는 지장이 없는데 의식도 없고 움직임도 없는 식물인간 상태가 되었다면 그는 어떻게 될까? 사실상 죽은 몸이나 다름없지만 그에게는 죽을 권리가 주어지지 않는다. 그가 의식이 있을 때 연명치료를 받지 않겠다는 연명의료의향서를 등록했다면 가족의 동의를 전제로 불필요한 연명치료를 피할 수는 있다. 하지만 생명유지에 필요한 최소한의 의료행위는 계속된다. 어떤 의료기관이나 의사도 환자의 생명을 임의로 중단시킬 수 없다. 그 대표적인 사건이 1997년 서울 보라매병원에서 의료진이 환자 가족의 요청에 따라 인공호흡기를 단 환자를 퇴원시켰다가 곧바로 사망하자 담당의사가 살인방조죄(징역 1년 6개월, 집행유예 2년)로 처벌받은 일이다. 그 이후로 어떤 의사도 연명치료 중단을 선택하는 실수를 범하지 않았다. 그러니 환자는 의식을 잃는 순간, 본인과 가족의 의사와는 상관없이 길게는 수십 년 동안 죽지 못하는 상황을 맞을 수도 있다. 현대의학으로 소생 가능성 제로라고 해도 마찬가지이다. 실제로 나의 아내 친구의 남편도 뇌졸중 발병 후 20년 넘게 깨어나지 못한 채 침상에 누워 있다 얼마 전에야 평안히 잠들 수 있었다. 이 얼마나 어이없고 불행하고 끔찍한 일인가.

이렇게 죽음으로 가는 길은 겹겹이 장벽이 가로막고 있어서 간단치 않다. 그중에서도 죽는 순간을 어떤 방식으로 맞을지는 여전히 큰 논란거리이다. 발달한 현대의학과 최신의 의료장비는 임종을 앞둔 환자나 소생 가능성 없는 말기 환자들이 쉽게 죽도록 내버려두지 않는다. 환자의 뇌와 심장이 스스로 활동하기 어려운 상황이 와도 고도로 발달된 의료기기들이 몸에 붙는 순간 생명은 연장된다. 기계의 도움 없이는 죽은 상태나 다름없는 상태가 이어지는 것이다. 2018년 2월 연명의료결정법 시행으로 환자 본인과 가족 전체의 동의가 있을 경우 생명 유지를 위한 최소한의 의료행위만 할 수 있게 되면서 죽음으로 가는 방식이 새로운 전환을 맞게 된 것은 그나마 다행스런 일이다.

✳

안락사는 인위적으로 죽음을 택하는 방식인데, 크게 4~5가지로 분류할 수 있다. 안락사는 치료가 불가능해 죽음 단계에 들어선 환자의 고통을 덜어주기 위해 고의로 죽게 하는 것을 뜻한다. 즉 죽을 권리를 법제화한 것이다. 영어로 Euthanasia인데 '아름답고 존엄한 죽음 또는 행복한 죽음'이란 뜻의 그리스어 Euthanatos에서 유래했다고 한다. 안락사는 우리나라뿐만 아니라 국제적으로도 찬반양론이 뜨거운 이슈다. 안락사를 허용한 국가들도 그 기준과 방법은 나라별로 차이가 있다. 안락사는 죽음 방식에 따라 적극적 안락사와 소극적 안락사로 나뉘고, 환자의 의지 여부에 따라 자발적 안락사와 비자발적 안락사로 구분할 수 있다. 적극적 안락사는 의료진이 직접 약물을 투입하는 방식으로 죽음을 앞당기는 것이고, 소극적 안락사는 약물 투여나 영양 공급 등 생명 유지에 필요한 행위를 중단해서 죽음에 이르게 하는 방식이다. 우리나라에서 많이 사용하는 존엄사는 학술적인 용어는 아니고, 소극적 안락사의 다른 표현이라고 할 수 있다. 이와는 별개로 의사가 약물을 주고 환자가 직접 버튼을 눌러서 사망에 이르게 하는 '조력자살(Physician-Assisted suicide)' 방식도 있다. 스위스에서 많이 사용하는 안락사 방법이다. 우리나라에서 입법이 추진 중인 '조력존엄사'도 용어의 정의에 조력자살과 같은 의미라고 명시해 놓고 있고 영문 표기도 같으니 스위스와 동일한 방식이라고 할 수 있다. 다만 자살이라는 표현대신 존엄사로 정의해 일반적인 자살과는 다른 죽음임을 분명히 하고 있다.

＊

존엄사법에 반대하는 의견 가운데는 이 법이 시행되면 자살을 부추겨서 자살률이 증가할 것이라는 우려가 있다. 하지만 안락사를 허용하는 대표적 국가인 스위스의 사례는 정반대의 결과를 보여준다. 스위스는 1994년 자살률이 인구 10만 명당 21.3명으로 당시 한국의 11.5명에 비해 두 배 가까이 높았다. 22년이 지난 2016년, 스위스는 12.5명으로 줄었고 한국은 25.8명으로 늘었다. 그해 한국 노인 자살률은 58.6명으로 OECD 국가 평균 18.8명의 세 배가 넘었다. 2020년에도 한국의 자살률은 24.1명으로 OECD 국가 중 1위이다. 스위스는 1998년부터 관습적으로 조력자살을 허용했는데도 거꾸로 자살률은 절반 수준으로 낮아졌다. 같은 기간 한국은 오히려 자살률이 두 배 이상 늘어났다. 두 나라의 사례에서 보듯이 안락사 도입과 자살은 연관성이 없다.

조력존엄사를 자살의 다른 형태로 보는 시각도 있는데 나는 동의하지 않는다. 자살은 시작부터 끝나는 순간까지 오로지 본인 스스로 하는 것이다. 조력존엄사는 자신이 원한다고 되는 게 아니다. 조건이 법률에 부합해야 하고 2인 이상 의사의 소견을 첨부해야 하기에, 혼자 죽음을 결정하고 이행하는 자살과는 시작부터 끝까지 전부 다른 것이다. 조력존엄사는 실제 실행 과정에서도 의사를 포함한 여러 명의 타인이 시작부터 끝까지 개입한다. 이를 두고 자살이라고 표현하는 것은 적절치 않다. 조력존엄사를 '조력자살'이라고 표기하기도 하는데, 그보다는 오히려 '조력사망'이라는 표현이 더 적합하다고 생각된다.

무엇보다도 자살은 합법적이지 않다. 자살은 살인이다. 자신의 생명을 스스로 끊는 범죄행위일 뿐이다. 처벌받아야 할 사람이 죽은 상태여서 법적으로는 공소권 없음으로 종결되지만 명백한 범죄이고 살인 행위이다. 본인은 가면 그만일지 모르나, 가족이나 지인 등 세상에 남아 있는 타인에게 주는 피해는 엄청 크다. 특히 저명한 인사나 연예인 등 유명인의 자살이 끼치는 사회적 충격과 해악은 가늠하기조차 어렵다. 심한 경우 모방 자살을 불러오기도 하니 '자살유도죄'라는 이름을 붙여도 과하지 않다. 언론에서 자살을 '극단적 선택'이라 하고, 어떤 때는 '하늘의 별이 됐다'는 표현을 쓰기도 했는데 어불성설이고 언어도단이다. 이런 표현은 자살이 마치 어쩔 수 없는 선택이라는 '미화' 이미지를 입히기도 하니 경계해야 한다. 조력존엄사와 자살은 용어의 정의부터 방법, 의미까지 천양지차이니 혼동하거나 혼용해서는 절대 아니 될 것이다.

안락사의 또 다른 반대 의견으로는 사회·경제적 약자가 죽음을 강요당할 수 있다고 우려한다. 1997년 조력존엄사법(Death With Dignity Act, DWDA)을 도입한 미국 오리건주의 2022년 조력존엄사 보고서는 이 같은 우려가 기우임을 보여준다. 미국 오리건주는 18세 이상 성인으로 6개월 미만의 시한부 판정을 받은 환자 가운데 정신적으로 건강한 사람이 구두로 2회, 서면으로 2회 요청해서 의사 2명 이상의 동의를 받으면 죽음이 허용된다. 보고서에 따르면 백인과 고학력자일수록 존엄사 선택 비율이 높았다. 그해 조력존엄사로 죽음을 맞은 278명 중 백인이 267명(96%)으로 절대 다수를 점했다. 상대적으로 빈곤층이 많은 아시아인과 히스패닉, 흑인은 소수에 불과했다. 교육수준으로도 학사 이상 고학력자가 49%(136명)로 가장 많았다. 성별로는 남성이 138명, 여성이 140명으로 별 차이가 없었다. 오리건주에 비해 백인 비율이 상대적으로 낮은 캘리포니아의 2021년 통계에서도 존엄사 사망자 비율이 백인이 85.6%로 절대 다수를 차지했다. 이런 결과는 반대론자들의 주장과는 달리 고소득자, 고학력자의 선택이 높음을 보여준다.

＊

현재 안락사를 인정하는 국가는 점차 늘고 있다. 네덜란드가 2001년 4월에 세계 최초로 안락사를 합법화한 이래로 스위스, 룩셈부르크, 스페인, 오스트리아, 캐나다, 벨기에, 호주(6개주)와 미국 일부 주(11개주)에서 적극적 안락사를 허용하고 있다.

네덜란드의 경우 안락사의 전제조건은 참을 수 없을 만큼 심하고 지속되는 고통을 겪어야 하고 최소 2명의 의사 동의가 있어야 한다. 2022년 안락사 건수는 8,700건을 넘어 전년 대비 14% 증가했다고 한다. 전체 사망자수의 5%를 넘었고, 치매 환자의 안락사 요청이 급증해 전년보다 34%나 늘었다. 이웃나라 벨기에는 2014년 안락사에 대한 연령 제한도 해제했다.

미국은 주 단위로 네덜란드보다 4년 앞선 1997년에 오리건주에서 조력존엄사법(Death With Dignity Act, DWDA)을 시작하여 26년 만에 11개주로 확산되었다. 18세 이상 성인으로 6개월 미만의 시한부 판정을 받은 환자 가운데 정신적으로 건강한 사람이 구두로 2회, 서면으로 2회 요청하여 의사 2명 이상의 동의를 받으면 죽음이 허용된다. 버몬트주에서는 의사의 환자 직접 대면 진료, 평가 없이 원격의료만으로도 조력사를 한다.

＊

우리나라에서도 안락사 합법화를 위한 시도는 계속되고 있다. 2008년 세브란스병원에서 식물인간 상태 환자의 연명치료 중단을 가족이 요구하였다. 병원이 거부하면서 소송으로 이어졌고 2009년 5월 대법원이 가족 측의 손을 들어주었다. '세브란스병원 김할머니 사건'으로 유명한 이 판결 이후 연명치료 중단에 대한 사회적 관심과 공감대가 확산되었다. 2016년 1월 '호스피스·완화의료 및 임종 단계에 있는 환자의 연명의료결정에 관한 법률'(약칭 연명의료결정법)이 제정되었다.

2018년 2월부터 시행된 연명의료결정법은 조력존엄사의 초보적인 단계이다. 이 법의 시행 후 말기 환자 가운데 '사전연명의료의향서'를 등록한 사람에 한해 가족이 동의할 경우 연명의료를 중단하게 됐다. 시행 5년 만인 2023년 6월 기준(국립연명의료관리기관 홈페이지)으로 184만 명이 등록을 마쳤다. 여성이 125만 명으로 남성의 58만 6천 명에 비해 두 배 이상 많다. 지금까지 이 서약에 따라 연명의료가 중단된 사례는 27만여 건에 달한다. 하지만 말기 환자의 생명유지를 위한 최소한의 의료행위는 이어지고 있어서 진정한 의미의 안락사하고는 거리가 멀다.

살아있는 모든 생명체는 죽음을 피할 수 없다. 죽음을 대하는 자세와 생각은 사람마다 다 다르다. 살아온 순간순간이 다르니 그럴 수밖에 없다. 종교의 유무에 따라서도 많은 영향을 받는 듯하다. 그러니 죽음을 맞는 방식에 대한 선택도 사람마다 다를 수밖에 없다. 나는 개인마다 다른 그 선택권을 존중해야 한다는 생각이다. 한 사람 한 사람은 각자 천부의 인권을 부여받은 존귀한 존재이기에 마땅히 그래야 한다고 생각한다. 우리나라는 헌법 제10조—모든 국민은 인간으로서의 존엄과 가치를 가지며, 행복을 추구할 권리를 가진다. 국가는 개인이 가지는 불가침의 기본적 인권을 확인하고 이를 보장할 의무를 진다—에 이 같은 사실을 못박아놓았다. 굳이 헌법을 들먹일 필요도 없이 당연한 사실 아닌가? 그렇다면 인생의 마지막 순간에 이 기본적인 권리는 잘 지켜지고 있는가? 나는 그렇지 않다고 생각한다. 하물며 공정하지도 않다. 죽음을 맞는 공간이 어디냐에 따라 적용되는 기준이 다르기 때문이다. 병원에서는 엄격한 기준이 적용되는 반면, 집에서 운명을 맞을 땐 아예 국가의 손길이 닿지도 않는다. 간섭을 안 하는 게 아니라 못하고 있다는 표현이 더 적절할 것이다. 그러면서 병원에 온 환자에게는 엄격한 잣대를 들이대서 사사건건 간섭한다. 이런 불합리하고 불공정한 일이 언제까지 계속돼야 하는 것인가? 나의 이런 생각이 지나친 과장이고 잘못된 판단인가?

＊

내가 존경했던 한 분은 병원에서 죽음을 맞는 순간이 가까워져 화장실을 혼자 힘으로 갈 수 없는 상황이 되자 너무 괴로웠다. 그런 상황이 반복되는 게 곧 닥칠 죽음 못지않게 힘들었다. 몸은 마음대로 움직일 수 없고, 정신은 점점 혼미해져 가고, 죽음이 임박한 걸 뻔히 아는데 막연한 기다림 외에는 방법이 없다는 사실 앞에 막막했다. 그는 가족 외에는 누구의 면회도 받지 않았다. 당신의 초라한 마지막 모습을 보여주는 게 싫었기 때문이다. 간병인이 당신과는 전혀 인연이 없는 관계인데도 자신의 배변 처리를 맡기는 걸 극도로 꺼렸다. 평소 생활이 결벽증에 가까울 만큼 깨끗한 분이어서 더 그랬던 것 같다. 오직 한평생을 같이 한 부인한테만 그 고역을 부탁했고 끝까지 의지했다. 부인이 없을 때 생리적 현상이 찾아오면 그는 죽을 만큼 괴로워했다고 한다. 그렇게 그분은 자신의 그 작은 존엄을 지키고자 마지막 순간까지도 애를 쓰셨다고 한다. 이런 상황은 누구도 피해갈 수 없는 죽음의 과정 중 하나일 뿐이다. 죽음이 다가오면 누구나 자기 몸을 스스로 움직일 수 없게 된다. 누군가 타인이 내 용변을 처리해줘야 한다. 태어날 때는 부모님이 그 역할을 해주지만 세상을 떠날 때는 타인이 해줘야 한다. 자식이나 배우자가 해주는 경우도 드문 세상이 됐다. 먼저 가신 그 분이나 나나 독자 여러분이나 다를 게 없다. 미국 펜실베이니아 병원에서 중증환자를 대상으로 설문조사를 실시한 결과, 68.9%가 대소변을 가리지 못하는 것을 '죽음만큼 또는 그보다 더 나쁘게' 생각한다고 답했다 한다. 우리나라 사람들의 생각은 다를까? 그런 상황이 닥치면 독자 여러분은 어떻게 그 상황을 맞을 것인가? 배변 문제는 누구에게나 닥치는 아주 사소한 문제이니 별 신경 쓰지 않아도 되는 일인데, 유난을 떤다고 비난할 것인가. 어쩌면 처음에 익숙해지는 게 어려워서 그렇지 일상이 되면 대수롭지 않게 여기고 넘어가는 게 일반적일 수도 있다. 하지만 어떤 사람한테는 큰 고통이 되기도 한다. 사람의 존엄은 사람에 따라 그렇게 다른 것이다.

*

누군가 중환자실에서 의식은 살아있는데 꼼짝 못하고 누워 있기만 해야 한다면, 게다가 의학적으로 다시 일어설 가능성이 없는 상태라면, 그리고 그 사실을 의사와 가족 간의 대화를 들어서 그 환자가 알고 있다면 그에게 삶이란 어떤 의미가 있을까? 식물인간 가운데는 몸은 움직이지 못하지만 말을 알아듣고 생각은 살아있는 경우도 없지 않다고 한다. 어쩌면 그런 사람들한테는 삶의 연속이 재앙이고 죽음이 축복일 수도 있다.

임종을 앞둔 사람들은 죽음 그 자체에 대한 공포보다도 통증에 의한 고통을 더 두려워한다고 한다. 어떤 사람은 스스로 움직일 수가 없어서 기저귀를 차야 하고 용변 처리를 남에게 맡기는 일을 힘들어한다. 차라리 죽는 게 낫다고 죽여 달라고 호소하는 광경은 큰 병원에서는 흔히 볼 수 있는 광경이다. 환자의 고통 못지않게 간병해야 하는 가족의 절망감도 크다. 이런 과정을 속수무책으로 지켜봐야 하는 가족들의 고통은 경험해보지 않은 이들은 공감하기 쉽지 않다. 그 기간이 짧으면 그나마 다행이지만, 그 기간이 길면 길수록 환자 가족의 무력감과 정신적, 경제적 고통은 치유 불가능한 상황으로 이어질 수도 있다.

안락사 제도의 악용을 막기 위한 안전장치는 이중삼중으로 필요하다. 환자 본인의 의사와는 다르게 경제적 문제 등 다른 요소로 본인은 원하지 않는데 고의적으로 안락사를 당하는 일은 없어야 한다. 법적 제도적 안전장치를 치밀하고 촘촘하게 갖추어놓아야 한다. 지금 안락사를 시행하는 국가에서 고의적인 안락사가 사회문제화된 적이 없는 것은 다행스런 일이 아닐 수 없다.

＊

안락사 도입에 대해서는 찬성 의견이 높지만 반대 의견도 만만치 않다. 특히 종교계와 의료계의 반대가 심하다. 시간이 흘러도 논쟁은 불가피하고, 찬성과 반대가 부딪혀서 합의점을 찾기는 쉽지 않을 것이다. 하지만 지금 이 순간에도 죽음 앞에서 고통 속에 신음하는 환자의 절규와 보호자의 호소가 절절한데, 같은 시대를 사는 우리가 언제까지 귀 막고 입 닫고 있을 것인가. 국민 10명 중 8명 이상이 원하는 일이다. 노년인구는 급속히 늘어나고 있고 그에 비례해서 죽음도 빠른 속도로 증가할 것이다. 팔짱만 끼고 남의 일처럼 구경만 하고 있을 때가 아니란 얘기다. 공연한 악담이 아니라, 이러다가는 우리도 모르는 사이에 그 고통의 주인공이 바로 나 자신이 될지도 모를 일이다.

한때는 사람이 죽으면 매장이 대세였다. 그 영향으로 아직도 차를 타고 가다 보면 양지 바른 산에는 큰 봉분을 뽐내는 산소들이 즐비하다. 지금은 화장이 많아서 산소는 줄고 잘 꾸며진 추모공원은 늘어나는 추세다. 다행스런 일이 아닐 수 없다. 안락사와 조력자살도 지금은 터부시되지만, 매장에서 화장으로 소리 없이 장례문화가 바뀌었듯이, 존엄한 죽음을 중시하는 시대적 요청에 따라 허용하는 날이 머지않아올 것이다. 나는 그날이 하루라도 빨리 왔으면 좋겠다. 그래서 더 많은 말기 환자들이 죽음을 앞두고 경험하는 지옥 같은 고통을 면하게 되기를 바란다. 호스피스·완화의료 등 생애 말기 돌봄 시스템도 더욱 탄탄해지고 보험 혜택도 강화돼서 말기 환자들의 임종 선택권이 넓어졌으면 하는 바람도 크다.

*

생은 누구에게나 단 한 번 주어진 기회이기에 더 할 수 없이 소중하다. 내 생이 소중한 만큼 남도 똑같이 소중한 존재이다. 타인에게 피해를 주지 않으려 노력해야 하고, 그들의 삶을 존중하고 존귀하게 여겨야 하는 이유이기도 하다. 떠오르는 태양도 아름답지만 지는 해도 그에 못지않게 아름답고 장엄하다. 한 인간의 탄생과 소멸의 순간도 다르지 않다고 생각한다. 축복 속에 세상에 나올 때처럼, 생의 마지막 순간도 존엄을 지키면서 평안하고 아름답게 마무리했으면 좋겠다. 그런 소망이 나만의 생각은 아닐 것이다. 그러려면 '내 생명 마침표 결정권'은 나에게 있어야 한다.

아프면
소문내라

제3장

병원에서 일어나는 이런 일 저런 일

슬픈 모정

모성이 부른 어이없는 죽음

20년도 넘는 오래 전의 선명한 기억이 있다. 병원에서는 가끔 어이없는 실수로 목숨을 잃는 경우가 발생한다. 사고 당시 9살 정도였던 것으로 기억한다. 그 소년은 교통사고로 의식을 잃고 인천의 한 종합병원 중환자실에 입원해 있었다. 소년의 어머니는 하루도 면회를 거르지 않을 만큼 극진히 아들을 간호했다. 하지만 볕 좋은 가을 어느 날, 그 소년은 어머니의 간절한 소망에도 불구하고 차디찬 죽음을 맞았다.

사인은 무엇이었을까? 소년의 사망 원인은 놀랍게도 화상이었다. 일반인의 출입이 엄격히 통제된 중환자실에서 화상이라니, 화재가 난 것도 아닌데, 어떻게 그런 일이 일어날 수 있었을까? 그 소년은 꼼짝도 않고 누워 있기만 했는데, 등 전체에 심한 화상을 입은 채 죽었다. 병원은 발칵 뒤집혔고 화상의 원인을 찾았다. 원인은 단순했다. 누군가 소년이 누워 있는 침대 바닥에 전기매트를 깔아놓은 게 화근이었다. 그 매트가 과열돼서 소년의 등을 까맣게 태워서 죽게 만든 거였다.

그렇다면 의료진과 제한된 면회시간 환자 보호자 외에는 출입이 통제된 중환자실에 누가 들어와서 전기매트를 깔아놓았단 말인가? 확인 결과 범인(?)은 소년의 어머니였다. 소년을 제일 사랑하는 어머니가 그를 죽음으로 내몬 것이었다. 어머니는 바깥보다 춥게 느껴지는 중환자실에서 의식을 잃은 채 누워 있는 아들이 추울까 봐 그랬단다.

어머니는 고민했던 것 같다. 아니, 세상의 어머니라면 누구라도 중환자실에 의식 없이 누워 있는 나이 어린 아들이 걱정되고 안쓰러웠을 것이다. 게다가 중환자실이 바깥 실내보다는 춥게 느껴지는 게 일반적이어서, 아들이 말을 못해서 그렇지 분명 추울 것이라고 생각했을 것이다. 따뜻한 온돌방을 떠올린 어머니는 전기매트가 그 역할을 해준다고 판단한 듯싶다. 어머니는 면회 시간을 틈타서 의료진 몰래 침대 시트 밑으로 전기매트를 밀어 넣고 전기 코드를 꽂았다. 의료진에게 얘기했다가는 거절당할 거라 생각하고 아무에게도 알리지 않았다.

어머니는 전기매트를 깔아놓은 사실을 까맣게 잊었고 며칠 동안 일이 많아 면회를 가지 못했다. 그렇게 시간이 흐르는 사이 전기매트가 과열됐다. 의식이 없었던 아이는 등이 타들어가는 데도 비명을 지르지도 고통을 호소하지도 못했다. 그렇게 소년은 아무도 모르게 슬픈 죽음을 맞았다. 그것도 가까이에서 의료진이 상시 지켜보고 돌보는 대학병원 중환자실에서.

누구의 잘못일까? 모두의 잘못이다. 전기매트를 의료진에 알리지 않고 몰래 깔아놓은 어머니의 잘못은 두말할 필요 없다. 의식 없는 아이의 상태를 수시로 살피지 못한 주치의와 간호사의 잘못도 크다. 중환자실은 글자 그대로 상태가 위중한 환자에 대해 집중적으로 진료하고 간호하는 공간이기 때문이다. 통상 의식이 없는 환자는 욕창 발생을 막기 위해 1~2시간 단위로 체위를 변경해 줘야 한다. 그러니까 1차적인 원인 제공은 어머니가 했지만, 2차적 피해를 막지 못한 의료진, 즉 병원의 책임도 매우 크다고 할 것이다.

경찰이 와 소년의 죽음을 확인하고 사진을 찍었다. 소년의 등에는 마치 문신처럼 전기매트의 발열 전선 자국이 선명하게 찍혀 있었다. 소년의 죽음을 확인한 어머니는 아이를 살려달라며 절규했다. 중환자실 입구는 소년의 이름을 부르며 통곡하는 어머니의 울음소리로 가득 찼다. 어머니의 애끓는 절규가 처절했으나 모두들 지켜볼 수밖에 없었다. 지금도 내 팔뚝에 남겨진 우두 자국처럼 소년의 등에 까맣게 새겨진 전선 자국이 선명하다.

*

자식을 죽음으로 내몬 그 어머니가 감내했어야 할 고통을 생각하면 지금도 가슴이 아리다. 평생을 그 아픔을 견뎌내며 살아야 할 소년의 어머니에게 위로의 말을 전하고 싶다. 이 사고는 잘잘못의 크기를 둘러싸고 병원과 환자 가족 간에 갈등과 다툼으로 오랜 기간 이어졌다.

이 글은 오래전의 기억을 되살린 것이어서 일부 내용은 나의 추측과 상상도 들어가 있음을 밝힌다.

장례 염습(殮襲) 이야기

사람은 죽으면 이별의식인 장례 절차를 밟는다. 장례 과정에서 제일 중요한 순간은 죽은 사람과 가족이 마지막으로 대면하는 염습(殮襲)과 입관의 시간일 것이다. 염습은 사망한 지 이틀째 되는 날 장례지도사가 고인의 시신을 목욕시키고 수의를 입히는 일련의 과정을 이르는 말이다. 염습이 마무리되면 입관하게 되는데, 그전에 가족들이 고인의 모습을 보며 이별의식을 치르게 된다. 이때 곱게 화장한 고인의 얼굴을 마지막으로 볼 수 있다. 고인과 영원한 이별을 해야 하는 가족들에게는 만감이 교차하는 순간이다. 이 길지 않은 시간에 마주하는 고인의 마지막 모습은 그를 본 사람들의 기억 속에 오래도록 남게 된다.

나는 인연이 깊었던 몇 분의 마지막 순간을 함께 한 적이 있다. 대개는 마지막 모습이 생전의 모습 못지않게 평온해 보여서 위안을 받곤 했다. 하지만 모두가 그랬던 것은 아니다. 아내의 사촌 여동생의 마지막 모습은 안타까운 기억으로 남아 있다. 사촌 처제는 나이 40대 중반에 간암으로 숨졌다. 그에게는 자폐증을 앓는 10대 아들이 있었다. 그 아들을 두고 가는 게 힘들어서 그랬는지, 그의 마지막 모습은 평화롭지 않았다. 마치 세상과의 인연의 끈을 놓지 않으려고 애를 쓴 듯 얼굴색이 칠흑처럼 어두웠다. 생전의 예쁜 얼굴은 간 데 없고 안면 전체가 검붉은 색으로 덮여 있어서 크게 놀랐던 기억이 생생하다. 대조적으로 깨끗한 수의로 감싼 몸은 암 투병의 고통을 대변하듯 유난히 작아서 가슴이 아렸다.

*

나의 장모님은 2012년 1월 새벽에 갑작스런 심근경색으로 의사가 손도 써보기 전에 숨을 거두셨다. 장모님은 숨진 이튿째 되는 날 다니시던 교회 목사님과 가족들이 지켜보는 가운데 염습 과정을 거쳐 입관하셨다. 나는 그날의 장모님 얼굴 모습이 지금도 눈에 선하다. 당시 78세의 연세였는데, 안색이 평소보다도 더 희고 고왔다. 기도를 주관한 목사님은 장모님이 지금쯤 천국에 계실 것이라고 했다. 살아생전에는 신앙심이 깊었고, 돌아가신 후의 모습도 마치 잠을 자듯 평화로우니 천국으로 인도되신 게 확실하다고 장담했다. 목사님의 말씀은 머릿속에 쏙쏙 박혔다. 안도의 한숨이 절로 났다. 내 눈에도 장모님은 살아계실 때 그 이상으로 평온해 보였다. 말할 수 없이 황망한 상황이었지만 장모님의 평화로운 마지막 모습을 확인한 가족들은 슬픔을 삭일 수 있었다.

처제의 마지막 모습은 장모님과는 확연히 달랐다. 장모님과 180도 다른 처제의 주검은 가족에게 큰 충격과 아픔을 남겼다. 염습시간 내내 분위기는 차갑고 무거웠다. 아무도 입을 떼지 않았고 각자 속울음을 삼켜야 했다. 나는 처제의 모습을 보고 처음에는 깜짝 놀랐고 이내 정신을 차리면서 화가 솟구쳐 올랐다. 이 어처구니없는 광경을 이해할 수 없었다. 염습시간 내내 마음이 무거웠고 무슨 영문인지 꼭 알아내야겠다는 생각을 했다.

나는 입관식이 끝나자마자 처제의 남편, 즉 아랫동서를 찾았다. 평소 가깝게 지낸 사이는 아니어서 서먹했지만 말을 붙였다. 자초지종을 확인하지 않고는 화가 풀리지 않아서였다. 처제는 서울아산병원에서 숨졌고, 장례는 경기도 안산시에 있는 고려대안산병원에서 치렀다. 가족과 친지들이 안산시에 많이 살고 있어서 그리했다고 한다.

동서의 말에 따르면, 처제는 사망 후 6~7시간 정도 지난 저녁 무렵에 사설구급차인 129에 실려 이송이 이뤄졌다고 한다. 하필이면 퇴근시간에 걸려서 교통 정체가 심해 시간이 갑절은 더 걸렸다고 한다. 그리고 이송과정에서 특별한 일은 없었다고 했다. 그랬을 것이다. 처제는 암투병 중 예상보다 일찍 숨을 거뒀고, 당황한 남편은 가족과 친지들이 많은 안산의 대학병원 장례식장으로 시신을 옮긴 것 외에는 특별한 상황이 생기지 않았다. 처제는 숨진 지 8~9시간 정도 지나서 시신 안치실에 들어간 게 전부였던 것이다. 그런데 그 과정에서 어떤 영문이 있었길래 그는 여느 사람들과는 다른 얼굴로 세상과 이별의 순간을 맞았던 것일까?

사람은 죽으면 체온이 떨어지면서 몸이 굳어지는 시신 경직 (postmortem rigidity)이 오게 된다. 시강(屍剛)이라고도 하는 시신 경직은 서서히 진행된다. 사망 후 3~4시간 뒤부터 두드러져서 12시간이 지나면 최고조에 이른다. 그리고 일정시간이 지나면 근육이 스스로 분해하면서 경직이 일어난 역순으로 풀리는 과정을 밟는다. 기온이 높은 여름에는 하루에서 사흘 사이에 경직이 풀리면서 부패가 시작된다. 추운 겨울에는 1주 정도 지속되기도 한다. 이 과정에서 몸 안에 있는 혈액은 심장박동의 중단과 함께 중력의 작용으로 몸의 하단부 모세

혈관으로 내려간다. 몸의 아래에 괸 혈액은 12시간 정도 지나면 응고하게 된다. 이때 혈액이 쏠린 피부에 나타나는 자줏빛 반점을 시반(屍斑)이라고 하는데, 15~24시간에 가장 심하다고 한다.

이 과학적인 데이터는 처제의 얼굴이 검붉은 색으로 변색된 이유를 설명해준다. 정확한 이유는 알 수 없으나 처제는 숨을 거둔 후 피가 얼굴로 쏠린 상태에서 시신 경직이 왔을 가능성이 높다. 아마도 서울에서 안산에 있는 병원으로 시신을 이송하는 시간대와 시신 경직이 오는 시간대가 맞물렸던 것 같다. 그리고 공교롭게도 그 시간대에 처제의 머리 부위가 몸보다 낮게 위치했었던 것으로 보인다. 그래서 몸의 하단부에 생겨야 할 시반이 처제의 얼굴에도 나타난 게 아닌가 짐작된다.

＊

아름다운 모습으로 세상과 이별하고 싶은 것은 모든 사람의 소망일 것이다. 비록 눈은 감겨 있고 코와 귀는 솜으로 막혀 있고 입술은 앙 다문 모습일지라도 사랑하는 가족과의 마지막 순간 자신의 모습이 깨끗하고 평화롭기를 바라는 것은 인지상정일 것이다.

만약에 처제를 태운 차량이 이동하는 과정에서 처제의 머리 부위를 몸보다 조금만 높여 주었어도 처제의 얼굴은 달라지지 않았을까. 낮은 베개로 머리를 받쳐주기만 했어도 처제의 얼굴은 고왔을 것이다. 피가 얼굴 전체로 몰려서 검붉은 색으로 변하는 참혹한 상황은 생기지 않았을 것이다.

장례에서 입관식은 죽은 자와 산 가족이 마지막으로 만나는 이별의 시간이다. 그 순간 자신의 마지막 모습은 어떠해야 할까. 한없이 온화하고 평온한 모습이면 좋지 않을까. 그래야 보내는 이들의 마음도 평안할 것 아닌가. 작은 부주의가 빚은 이런 불행이 다시는 없기를 바라는 마음에서 아픈 기억을 되살려 보았다. 경기도 고양시 청아공원에 잠들어 있는 처제가 위로받고 안식하기를 기원한다.

의료도 분명한
상업행위입니다

　　지금은 고인이 되신 나의 장모님은 돌아가시기 전 여러 가지 지병으로 고생을 많이 하셨다. 허리에는 늘 보호대를 차고 계셨고, 무릎 관절염이 심해 통증을 줄이려고 약을 달고 사셨다. 하지만 경제적 형편이 넉넉지 못한 많은 부모님들이 그랬듯이 행여나 자식들한테 부담이 될까 봐 내색하지 않으셨다.

　　어느 날 아내한테서 다급한 전화가 왔다. 비바람이 아무리 심해도 교회를 거르지 않는 장모님이 교회에 가시다가 다리가 꺾여 주저앉아서 꼼짝달싹 못하신다는 거였다. 먼저 아내가 가고 나도 퇴근 후 서둘러 경기도 안산시 처갓집으로 달려갔다. 장모님은 누워 계셨고, 나와 아내, 장인과 처갓집 식구들은 빙 둘러 앉아서 어찌할 바를 몰랐다. 당시에 나는 병원 밥을 먹은 지 10년이 넘어서 질병이나 병원 정보에 꽤나 밝은 편이었지만 너무 당황해 아무 생각도 나지 않았다. 처남과 처형들도 조용했다. 그저 서로 쳐다보고 한숨만 쉴 뿐 누구도 입을 떼지 못했다. 큰 병원에 가서 수술하면 될 거라는 생각은 아무도 하지 못했다. 아내는 대소변을 받아내다 끝내 돌아가시게 되는 건 아니냐면서 울먹이기까지 했다. 그때는 그랬다. 정말 마땅한 방법이 없는 줄 알았다. 그도 그럴 것이 장모님이 평소 집 근처 정형외과를 열심히 다니셨

느데도 이런 일이 벌어져서 달리 생각할 여지가 없었다. 젊은 사람이면 수술하면 되겠지만 연세가 있어서 그런 것이라 방법이 없을 거라고 지레 단정했던 것이다. 지금은 무릎 관절염 수술이 워낙 많아서 누구나 아는 수술이지만 20년 전에는 그리 흔한 수술은 아니었다.

＊

가족들은 자포자기 분위기였지만 나는 혹시나 하는 기대감으로 정형외과 전문병원을 운영하는 L원장한테 전화를 걸었다. 자초지종 설명이 끝나기도 전에 L원장은 내일 당장 자기 병원으로 모시고 오라고 했다. 큰 문제없으면 바로 수술하고, 보름 정도 입원하면 퇴원하실 수 있을 거라고 했다. 그러면서 별 일도 아닌데 걱정을 사서한다고 핀잔을 줬다. 선뜻 믿기지 않았지만 L원장이 워낙 자신해서 마음이 놓였다. 장모님은 L원장 집도로 무사히 무릎 수술을 받았고, 21일 만에 퇴원하셨다. 그 후 장모님은 틈만 나면 내가 막내 사위 덕분에 살았다면서 칭찬을 아끼지 않으셨다. 매일 밤 통증 때문에 밤잠을 설쳤는데 이제야 편히 잔다면서 즐거워하시던 모습이 지금도 눈에 선하다.

만약이라는 가정이지만, 그때 장모님이 다니던 정형외과의원의 의사가 심한 관절염 환자인 장모님한테 미리 수술을 권했다면 어떤 일이 생겼을까? 장모님은 통증으로 10년 이상 밤잠을 설치는 고통을 덜받고 더 빨리 편안한 일상을 누리지 않으셨을까? 교회를 가시다 갑자기 길바닥에 주저앉는 고통을 받지 않아도 되지 않으셨을까? 그에게 나의 장모님은 어떤 존재였을까? 관절염 환자의 지독한 통증을 누구보다 잘 알고, 수술하면 그 고통에서 해방될 수 있다는 사실 또한 잘알고 있었을 텐데 그 의사는 왜 장모님을 꽉 붙잡고 놔주지 않았을까?

가실 때마다 임시방편으로 통증 완화 주사만 놔주고 왜 수술을 권유하지 않았을까?

의사에게 환자는 치료의 대상인가? 아니면 수익을 올려주는 고객일 뿐인가? 의사도 경영자의 한 사람이니 한 사람 한 사람의 환자가 올려주는 수익을 무시할 수는 없을 것이다. 특히 정기적으로 거르지 않고 오는 환자는 음식점의 단골 고객 못지않게 소중한 존재이리라. 아무리 그렇다 해도 환자의 질병 상태가 자신의 진료 영역을 넘어서게 되면, 다른 방법도 있다는 사실쯤은 귀띔이라도 해줬어야 하는 것 아닌가. 병원마다 "환자를 가족처럼"이라는 문구를 붙인 데가 적지 않다. 그 의사가 자기 가족이었어도 그렇게 했을까를 생각하니 부아가 치밀어 올랐다. 재수 없게 의사를 잘못 만나서 그랬다고 스스로를 자위했지만 화는 좀처럼 가라앉지 않았다.

✳

지금은 실손보험 혜택이 까다로워지면서 세칭 '생내장수술'로 불리는 다초점렌즈 백내장수술이 많이 줄었지만 몇 년 전 서울 강남에서 크게 붐이 일었던 적이 있었다. 특히 노화현상으로 가까운 거리를 보는 데 불편을 겪기 시작한 50~60대 여성들한테 선풍적인 인기를 끌었다. 돋보기를 쓰지 않아도 된다는 유혹에 너도 나도 강남에 있는 안과로 몰렸다. 다른 지역 어떤 병원에서도 할 수 있는 수술이건만 강남으로 유독 환자들이 쏠렸다. 아마도 그 지역 안과의사들이 광고를 많이 한데다 워낙 많은 의원들이 개원한 곳이라 더 그랬던 것이 아닌가 싶다. 아무튼 돈벌이가 된다는 소리가 들리자 안과의사들도 강남으로 몰리는 현상이 빚어졌다. 강남이 순식간에 환자와 안과의사 모두를 빨

아들이는 블랙홀이 된 것이다. 이 진귀한 현상은 수년간 이어지다 실손 보험 혜택이 끊어지면서 종말을 맞게 된다.

이렇게 한바탕 소동이 일어나면 그 소동에 편승하는 의사들이 생기기 마련이다. 한마디로 돈벌이가 되기 때문이다. 하지만 그런 와중에도 의사의 본분을 지키는 의사들이 적지 않았다. 그중에서도 인천에 있는 안과전문병원의 C와 J 두 명의 의사는 특별했다. 그들은 해당 분야에서 둘째가라면 손꼽히는 명의였다. 당연히 수술을 원하는 환자들이 줄을 섰다. 아무리 빨라도 1개월 이상은 기다려야 외래 진료를 볼 수 있었다. 환자들은 기꺼이 기다리는 불편을 감수했다. 그러나 결과는 허무했다. 오랜 기다림 끝에 순서가 왔는데, C와 J 의사는 백내장도 오지 않았는데 무슨 수술이냐며 환자를 달래서 돌려보냈다.

어떤 환자는 친구가 강남에서 수술 받았는데 결과가 좋아서 왔으니 해달라고 졸랐지만 허사였다. 글쓰기가 취미인 60대 초반의 P씨도 C의사를 찾았다가 퇴짜를 맞았다. 같은 논리였다. 인체에 함부로 칼대는 게 아니라며 나중에 하라는 권고를 받았다. 내 것이 좋은 것이니 함부로 인공 렌즈로 바꾸지 말라고, 고장 나서 못쓰게 되면 그때 바꾸라고 했단다. 대부분의 환자들은 고맙다며 다음을 기약하고 돌아갔다. 하지만 일부 환자들은 수긍을 못하고 결국 다른 안과로 가서 기어코 수술을 받는 일도 생겼지만 두 의사는 고집을 꺾지 않았다. 이런 경우 무조건 수술해준 의사가 좋은 의사일까? 나중에 백내장이 생기면 그때 수술하라며 돌려보낸 의사가 좋은 의사일까? 해답은 굳이 설명할 필요도 없을 것이다.

훌륭한 의사도 돈벌이 앞에서는 흔들리기 마련이다. 의사의 본분을 지킨다며 환자 입장에 서서 환자를 위한 최선의 방법을 일러주고 그대로 실천하는 것은 말처럼 쉬운 일이 아니다. 나는 C와 J 같은 의사가 여전히 많다고 믿고 있다. 그런 의사는 상대적으로 실적의 압력을 덜 받는 대학병원에 더 많이 있겠지만, 일반 중소병원과 멀리 지방에 있는 의원에도 많이 있다고 생각한다. 그들 멋진 의사들에게 진심으로 고맙다는 말과 함께 응원의 박수를 보낸다. "어려운 의료 환경에서도 적정진료를 고수하는 의사 여러분! 고맙습니다. 파이팅 하십시오."

방귀 뀐 놈이 성 낸다

적반하장 추태남의 망신살

나무위키, 매독 2022. 12. 15

병원에 근무하다 보면 어처구니없는 일로 애를 먹기도 한다. 5년 전쯤 일로 기억한다. 병동에서 급한 SOS 전화가 걸려왔다. 60대 후반의 남성이 부인의 백내장수술 순서가 바뀌었다며 난동을 부린다는 호소였다. 급히 현장으로 가보니 그 남성은 공교롭게도 필자와 안면이 있는 사람이었다. K씨는 지역사회에서 왕성한 활동을 하고 있는 은퇴 기업인이었다. 평소에 말수가 적은 사람으로 알고 있었는데, 고래고래 고함을 지르고 난동을 부리니 난감했다. 정중히 인사를 하고 달랬지만 소용없었다. 경찰을 부를까 고민하다 오히려 사태를 키울 것 같아서 진정될 때까지 기다렸다. 30분 넘게 소란을 피운 K씨는 제풀에 지쳐 잠잠해졌다. 같은 시간 20명이 넘는 입원 환자들은 고막을 찢는 소음공해에 시달려야 했다. 하지만 악다구니를 쓰는 K씨의 위세에 눌려 아무도 나서는 이는 없었다. 아닌 밤중에 홍두깨 격으로 한가한 대낮에 날벼락을 맞은 셈이다. 나는 일단 병실마다 머리를 내민 채 구경꾼이 됐던 입원 환자들에게 머리 숙여 사과했다. 소란은 K씨가 부리고 엉뚱하게 사과는 내가 하다니, 억울하지만 어쩔 수 없었다.

*

자초지종은 이랬다. K씨의 부인 L씨는 당초 오후에 첫 타임으로 백내장 수술이 예정돼 있었다. 그런데 수술 전에 받은 혈액 검사 결과 매독 양성 반응이 나온 게 문제가 됐다. 부인은 감염 사실조차 모르고 있는 듯했다. 매독이나 에이즈 등의 질환은 전염성이 강하기 때문에 맨 마지막에 수술하는 게 일반적이다. 환자와 의료진 모두의 안전을 위한 것이다. 그건 내가 근무하는 병원만 그런 게 아니다. 감염 예방 차원에서 어느 병원에서나 마찬가지로 적용하는 기준이다.

방귀뀐 놈이 성낸 격이 된 이런 말도 안 되는 상황은 사실 말 한마디로 정리할 수 있는 일이다. K씨한테 수술을 뒤로 미룬 이유를 사실대로 설명하면 된다. "당신 부인이 매독에 걸려서 환자 안전을 위해 어쩔 수 없이 뒤로 미룬 것"이라고. 그러면 시간을 길게 끌 것도 없이 당장 종결될 사안이다. K씨는 급히 머리를 숙이고 그 자리를 피할 것이다. 하지만 그럴 수 없는 일 아닌가? 그렇게 단순한 문제가 아니지 않는가? 부인의 매녹 감염 사실은 오직 부인에게만 알려야 하는 엄중한 개인정보이기 때문이다. 매독은 부인이 걸려 있는 상태지만 감염의 책임이 누구인지는 모르는 일이니 더욱 그렇다.

매독이란 질병은 어떤 것인가? 나무위키에 따르면, 매독의 기원은 정확히 판명되지 않았다. 매독은 성관계에 의해 전염되지만 모체에서 태아에게 전파되는 경우도 있는 성병이다. 1기부터 3기로 나뉘는데, 피부 궤양에서 시작해 피부 발진, 내부 장기 침범, 뇌혈관 침범 등의 증상으로 악화될 수 있다. 과거에는 치료가 쉽지 않은 난치병이었지만 치료약의 개발로 완치 가능한 질환이 됐다. 하지만 많은 사람들에게 여전히 두렵고 수치스런 병으로 각인돼 있다.

그러니 K씨한테도 그렇고 부인한테도 감염 사실을 쉽게 알려주기는 어려운 상황이었던 것이다. 이럴 때 병원은 매우 난감하다. 자칫 부부관계에 큰 영향을 줄 수도 있기 때문이다. 만약 부인의 매독이 남편을 통해 감염된 것이라면 그야말로 크게 부부싸움이 날 것이다. 발병 원인이 부인의 외도 때문이라면 부인의 대처에 따라 비밀이 유지될 수도 있을 것이다. 모르는 게 약이라고 남편이 눈치 채기 전에 치료하면 조용히 끝날 일이다. 부부의 사생활을 알지 못하는 병원의 입장에서는 조심스러울 수밖에 없는 일 아닌가.

✳

부인 L씨는 그날 마지막으로 무사히 백내장 수술을 마쳤다. 병원은 퇴원에 앞서 L씨에게 조용히 매독 감염 사실을 알려줬다. 빠른 치료가 필요하기 때문이다. 당연히 남편 K씨한테는 비밀로 했다. 나중에 병동에 확인해보니 의사가 L씨에게 매독 감염 사실을 알려주자 화들짝 놀라면서 매우 화난 표정이었다고 한다. 퇴원 당시 K씨는 입을 꾹 다문 채 조용히 병원 문을 나섰다고 한다. 아무튼 지극히 개인적인 성병으로 인해 병원은 한바탕 난리법석을 떨어야 했으니 난센스 치고는 피해가 너무 컸다. 입원 환자들은 수술 전후 예민하고 긴장하기 마련인데 엉뚱한 소음 공해에까지 시달렸으니 스트레스가 많았을 것이다. 퇴원 후 부부 사이가 어떻게 됐는지는 알 길이 없다. 다만 그날 부인의 반응으로 미루어 엄청난 후폭풍이 있지 않았을까 짐작할 뿐이다. 부부간의 갈등은 두 사람이 풀면 된다. 그런데 그날 소동으로 환자들과 병원이 입은 피해는 어디에다 하소연을 해야 할까.

진상과 고상 사이

진상과 고상 사이에는 무엇이 있을까요? 난센스 퀴즈가 아니다. 이 물음에 대한 나의 우문현답(?)은 "아주 작은 차이"가 있다는 것이다. 이 차이에서 생기는 소란은 병원에서는 자주 생기는 일인데, 꼭 병원으로 한정해서 일어나는 일도 아닌 듯하다. 직장에서도, 백화점에서도, 학교에서도 그런 일은 다반사로 일어나는 게 작금의 추세인 것 같다.

진상(進上)의 사전적 의미는 '겉보기에 허름하고 질이 나쁜 물건을 속되게 이르는 말'을 뜻한다. 한자를 그대로 풀이하면 '진귀한 물품이나 지방의 토산물 따위를 임금이나 고관 따위에게 바침'이라는 뜻으로, 이게 본래 많이 쓰이는 의미일 것이다. 그런데 한자어를 진상(眞相)으로 바꾸면, '사물이나 현상의 거짓 없는 모습이나 내용', 즉 '사실'이라는 말과 일맥상통한다. 같은 철자인데도 뜻이 저리 차이 나는 단어도 흔치 않다. 하지만 그런 뜻보다는 요즘에는 '병원이나 상점 등에서 갑자기 고함을 지르거나 강짜를 부리고 떼를 쓰는 불량 고객'이라는 의미로 더 많이 쓰이는 것 같다. 이른바 '블랙컨슈머'를 가리키는 표현으로 말이다.

네이버 블로그에 '별난 선생'으로 글을 올리는 한 대학병원 간호사의 정의는 더 귀에 쏙 들어온다. 그는 진상 환자의 유형을 1. 본인밖에 모르는 환자, 2. 다짜고짜 짜증내고 욕하며 반말하는 환자, 3. 사소한 것까지 다 해달라고 하는 환자 등 세 가지로 분류했다. 물론 이 범주 밖의 진상도 있겠지만 이만 하면 진상 환자에 대한 정의로 충분할 것이다.

'진상 환자'의 반대되는 개념은 '고상 환자'일 것이다. 고상(高尙)이라는 낱말의 의미는 '숭고'하고 '우아'하다는 뜻과 통한다. 기품이 있고 아름답다는 뜻으로도 해석할 수 있다. 고상한 환자는 일부러 자신을 광고하지 않아서 그렇지 실제로는 많을 것이다. 진상 환자는 시끄럽지만 고상한 환자는 반대로 조용한 특징을 갖고 있어서 잘 드러나지 않을 뿐이다. 우리나라의 많은 병원들이 항상 인파로 북적이는데도 그다지 시끄럽지 않은 이유는 고상한 환자들이 많기 때문일 것이다. 다행스런 일이 아닐 수 없다.

그렇다면 겉으로 보기에 하늘과 땅만큼이나 차이 나는 것처럼 보이는 진상 환자와 고상 환자는 어떤 차이가 있을까? 짐작컨대, 차이는 있는데 크지는 않은 것 같다. 인간은 누구나 양면성을 가지고 있다. 선함과 악함을 동시에 가지고 있다는 말이다. 마치 소설 속의 지킬박사와 하이드처럼. 그래서 착한 사람은 늘 착하고, 나쁜 사람은 늘 나쁘다는 이분법적인 구도로 환자를 분류할 수 없고, 그렇게 시도해서도 안 된다. 인간의 양면성은 단순하지 않고 복잡다단해서 더 그렇다. 처한 상황에 따라 발현되는 양태도 손가락의 지문처럼 다 다르다. 그러니 어떤 특정한 일로 소란을 피웠다고 해서 복잡한 인격체인 사람을 단순히 진상과 고상으로 분류하는 것은 사람에 대한 모독이자 모순이 아닐 수 없다. 고상한 환자도 경우에 따라서는 언제든지 진상으로 변할 수 있는 게 복잡한 현대사회의 일상이기에 더욱 그렇다.

　이렇듯 진상 환자와 고상한 환자는 정해져 있는 게 아니다. 누구든 진상 환자가 될 수 있고, 반대로 고상한 환자가 될 수도 있다. 이 둘은 동전의 양면처럼 서로 다르지만 서로 밀접하게 붙어 있는 사회적 존재들이다. 모든 환자는 고상한 환자가 되기를 바랄 것이다. 그게 말처럼 쉽지 않아서 그렇지 처음부터 진상 환자가 되기를 작정하고 병원을 찾는 환자는 없다. 병원에서는 누가 뭐래도 환자가 약자일 수밖에 없는데 의료진이나 직원 눈에 벗어날 일을 할 필요가 있겠는가. 대다수의 환자는 행여나 몸이 아픈 자신에게 불이익이 올까 봐서 이런 저런 눈치를 보면서 병원의 방침과 조치에 따르게 된다. 굳이 쓸데없는 언행으로 주목을 받아서 자신에게 이로울 게 없기 때문이다.

　내가 진상이 되느냐 고상한 환자가 되느냐는 누군가가 임의로 또는 계획적으로 결정하는 게 아니다. 단지 고객이 병원에 들어와서 병원 문을 나서는 순간까지 모든 과정에서 생기거나 사라지기를 반복하는 개개의 현상일 뿐이다. 원인 제공자는 고객 본인이 될 수도 있고 병원 또는 의사와 종사자일 수도 있다. 하지만 병원에서 수십 년 근무한 경험으로는 유감스럽게도 병원보다 고객 본인이 되는 경우가 더 많은 것 같다. '별난 선생'의 지적처럼 '본인밖에 모르는 환자'들이 적지 않기 때문이다. 이들의 특징은 주위를 의식하지 않는다는 점이다. 병원의 모든 서비스는 사람의 손을 필요로 하기에 정해진 자리에서의 기다림은 꼭 필요한 에티켓이다. 순서를 지키는 것도 중요하고 때로는 양보의 미덕을 발휘해야 하는 순간이 생기기도 한다. 일례로, 진료나 검사 대기 중에 실신하는 환자가 있거나 CPR상황(심폐소생술: 심장과 폐의

활동이 멈추었을 때 시행하는 응급처치법)이 발생하면 모든 서비스가 지연되는 건 불가피한 일이다. 이럴 때 기다리지 못하고 불만을 터뜨린다면 그 사람은 진상 환자임이 분명하다. 대다수의 환자들은 안타까운 마음으로 지켜보며 기다리는 미덕을 발휘한다.

하지만 고객이 억울한 상황에서는 '진상' 딱지를 붙이는데 신중해야 한다. L씨의 사례를 소개한다. 이런 상황에선 누가 진상일까? 고객일까, 아니면 직원일까? 누구의 잘못이 더 클까? 5년 전쯤 일인데, 50대 여성 L씨는 청소를 하다 문틈에 손가락을 다쳐서 급히 집 근처 관절전문병원을 찾았다. X-레이를 찍고 운 좋게 오래 기다리지 않고 진료를 잘 마쳤다. 다행히 골절도 없고 붓기도 심하지 않아서 소염제 처방만 받았다. 이제 원무팀 창구에 들러서 진료비를 수납하고 처방전만 받으면 되는데, 아뿔싸! 급히 나오느라 빈손으로 온 것을 뒤늦게 알았다. 진료비는 9만 8천 원 남짓했다. 그는 원무팀 직원한테 양해를 구한 뒤 10분 거리의 집에 걸어가 현금 10만 원을 가져와서 진료비를 결제했다. 7월의 무더운 날씨에 걸음을 재촉해 다녀온 터라 땀도 나고 숨도 차서 잠깐 대기석에 앉아 쉬고 있는데, 자기 이름을 부르는 소리가 들렸다. 귀를 의심하며 무슨 일일까 싶어 창구로 가니 직원이 미안하다면서 추가 검사한 게 있어서 돈을 1만 원을 더 내라고 했다. 거스름돈이 2천 원이라 8천 원이 부족했다. 이럴 줄 알았으면 신용카드를 가져올 걸 후회했지만 마땅한 방법이 없었다. 그는 부족한 8천 원 미납금을 며칠 뒤에 올 때 결제하겠다면서 직원에게 양해를 구했다. 하지만 직원은 거절했고, 그는 다시 집을 다녀와야 하는 상황이 됐다. 자신이 크게 잘못한 것도 아닌데, 따지고 보면 정확한 금액을 알려주지 않은 직원 잘못이 더 큰데 이 찜통더위에 다시 집에 다녀올 생각을 하니 아찔하고 짜증이 솟구쳤다. 그는 화가 치밀었지만 꾹 참고 한 번 더 부탁을 했다. 하지만 직원의 답은 똑같았다. L씨는 얼굴이 확 달아오르고 쳐다보는 시선들이 느껴져서 얼른 자리를 뜨고 싶었지만 그럴 수도 없는 난처한 상황이 됐다. 지금 같으면 스마트폰으로 송금하면 간단히 끝날 일인데, 당시에는 그랬다. 이러지도 저러지도 못하는 상황이 돼버린 것이다. L씨는 참으려고 입술을 깨물었지만 창구 직원의 잦은 독촉에 그만 터지고 말았다. 병원 1층 로비는 순식간에 난장판이 됐다. L씨가 고래고래 소리를 지르면서 직원과 병원을 싸잡아 욕을 했기 때문이다. 뒤늦게 행정 책임자인 N씨가 나와서 싹싹 빈 후에야 상황은 정리됐다. N씨는 분풀이하듯 쏟아내는 L씨의 욕설 퍼레이드를 몽땅 받아내는 수모를 겪어야 했다. N씨는 나이 60 가까운 인생을 살면서 가장 힘든 순간 중 하나였다고 회상했다. 이런 경우 L씨의 행태는 분명 선을 넘었다. 하지만 진상 환자 딱지를 붙여도 될까 하는 의문이 든다. 혹시 융통성 없이 환자에게 끝까지 8천 원 미납금을 요구한 직원이 더 진상에 가깝다는 생각이 들지 않는가? 평범한 고객인 L씨를 진상 환자로 유도했으니 말이다. 그때 L씨가 바로 독자 여러분이었다면 어떤 방법으로 그 순간을 극복했겠는가? 독자의 생각과 판단이 궁금하다.

진상을 피하는 슬기로운 방법 몇 가지만 소개한다. 나는 병원에 갈 때는 치과가 아니어도 양치를 깨끗이 한다. 의사나 간호사와 대화 시 행여나 구취가 날까 봐서다. 구취가 나는 사람과 오래 대화하기를 원하는 의사는 없다. 나는 때때로 예약을 하지 못한 채 병원에 갔을 때는 오전이든 오후든 마지막에 진료하는 게 당연하다고 여기고 느긋하게 기다린다. 예약을 못했을 경우 그에 따르는 불편과 서러움은 생각보다 훨씬 크다. 반드시 예약하고 병원을 이용해야 한다는 얘기이다. 나는 증상과 먹고 있는 약, 지병과 수술 경험 유무, 궁금하거나 의문나는 사항을 메모해서 의사에게 알려주고 짧게 질문한다. 우리나라 진료 관행상 나한테 주어진 시간은 길지 않기에 의사로부터 꼭 필요한 정보를 듣고 확인하기 위함이다.

이 세상에 진상 고객이 정해져 있고, 고상한 고객이 따로 있을까? 아니다. 서로 다른 존재가 아니고 분명한 동일체이다. 누구나 진상이기도 하고 고상한 환자이기도 하다. 설화나 영화, 만화 속이 아니라면 있을 수 없는 설정일 뿐이다. 그럼에도 분명한 것은 지금 이 순간에도 어느 병원에서는 진상 고객이 맹위를 떨치고 있을 것이고, 누군가는 그 상황을 종료하기 위해 희생을 감수하는 상황이 반복되고 있을 것이다. 다행인 것은 그런 일은 적고 병원 곳곳에서는 미소와 웃음을 주고받는 흐뭇한 광경이 훨씬 많다는 것이다. 대개 고객인 내가 '진상'과 '고상' 사이에서 어느 쪽이 될 것인가는 나의 판단과 선택에 달려 있다. 설사 벌어진 상황이 납득하기 어렵고 억울할지라도—상대방의 고의는 아닐 거라고 통 크게 이해하면서—치솟는 분을 삭이고 참고 넘어간다면, 그 순간 진상을 면하고 고상한 환자로 처지가 바뀔 수 있다. 독자 여러분은 어느 쪽이 되고 싶은가?

금손과 막손, 그리고 약손

    사람의 손 모양은 거기서 거기인데 그 역할과 기능은 천양지차다. 손이 만들어내는 결과물에 따라 그 사람의 인생이 결정된다고 해도 지나친 말이 아니다. 어느 손인가에 따라 예술가와 장인이 되기도 하고, 그저 그런 장삼이사가 되기도 한다. 사람의 생명을 다루는 외과의 사의 손도 다르지 않다. 어떤 손은 죽어가는 사람도 살리고, 어떤 손은 죽을 수 없는 사람을 죽이기도 한다. 환자를 죽이고자 수술하는 의사 는 세상에 존재하지 않을 것이다. 살리고자 하는 수술이고 지금의 상 태보다 더 나은 결과를 만들어내기 위한 수술이지만, 어떤 의사가 하 느냐에 따라, 아니 어떤 손이 하느냐에 따라 수술 받는 사람의 운명이 갈린다. 그러니 누구라도 내 몸에 칼을 대야 하는 순간이 온다면 의사 를 선택하는 데 신중을 기해야 한다. 그 의사의 손에 따라 나의 남은 인생이 크게 달라질 수도 있기 때문이다.

    의료계에서는 수술 잘하는 의사의 손을 가리켜 '금손'이라 하고, 반대의 경우는 '막손'이라는 별칭을 붙인다. 금손은 고수의 손, 달인의 손, 대가의 손, 미다스의 손을 이르는 것이고, 막손은 곰손, 똥손, 흙손 등 부족함을 나타내는 표현일 것이다. 이 글을 쓰기에 앞서 두 용어는 의료계에서 널리 통용되는 용어는 아니라는 점과 나의 주관적인 견해가 개입된, 한마디로 독자의 흥미를 끌기 위한 차원도 있음을 미리 밝혀둔다.

금손과 막손의 경계가 뚜렷한 것은 아니다. 그리고 그것을 나누는 기준이 있는 것도 아니어서 어느 분야에서든 실력이 조금 부족하다고 해서 함부로 막손으로 폄하해서는 안 된다. 어쩌면 손기술 외에 다른 부분도 많이 고려해야 하는 의료 분야보다는, 손기술 자체가 매우 중요한 네일 아티스트, 플로리스트, 제빵사, 메이크업 아티스트, 헤어 아티스트 등의 직업인 평가에 적용하면 더 어울릴 것 같다. 세상을 이분법으로 나누는 시각에 부정적인 내가 이율배반적으로 지금 그 행위를 하고 있어서 얼굴이 화끈거리지만 아주 의미 없는 일이라고 생각하지는 않는다.

예술가의 손이 단지 타고난 재능이나 기술이 전부가 아니고 그의 지식과 인생 경험의 집합체이듯, 외과의사의 손 또한 단순히 손기술만이 아니다. 그 바탕에는 축적된 의학지식과 풍부한 임상경험이 자리한다. 사람에 따라 차이가 있겠지만 외과의사로서 명성을 얻기까지는 오랜 시간의 공부와 경험이 필요함은 두말할 필요가 없다. 대개는 대학 때 공부 잘하고 초짜 의사 때 수술 경험이 많았던 의사의 실력이 뛰어나기 마련이다. 의술이 도제식교육—스승과 제자가 오랜 시간 함께 하면서 스승의 전문지식과 기술을 전수해주는 방식—성격이 크다 보니 좋은 스승을 만나는 것도 수술 잘하는 의사로 성장하는 데 큰 영향을 준다.

그렇다면 의사의 수술 실력은 타고나는 것일까? 나는 태어날 때부터 금손 없고, 끝끝내 막손도 없다고 생각한다. 일례로, Y의사는 H

병원에서 직원들 사이에 환자의 수술 예후가 좋지 않아서 '막손'이라는 오명을 얻었다. 비슷한 경력의 다른 의사에 비해 수술 결과가 좋지 않은 사례가 빈발해 환자와 자주 분쟁이 생겼기 때문이다. 결국 Y의사는 환자가 살아가는 데 큰 불편을 주는 의료사고를 냈고, H병원을 떠나야 했다. 사고를 당한 환자는 Y의사가 떠난 H병원을 상대로 문제를 제기해 위로와 배상을 받았으나 나쁜 결과를 돌이킬 수는 없었다. 몇 년 후 나는 Y의사가 새로 취업한 병원에서도 사고뭉치(?)인지 궁금했다. 그 병원의 행정책임자에게 전화를 걸어 그의 근황을 확인했다. 놀랍게도 그는 '막손'의 오명을 썼던 5년 전의 그 의사가 아니었다. 수술 건수도 많을 뿐만 아니라 환자들의 만족도도 매우 높았다. 무엇보다도 수술 후 환자들의 불만 제기가 거의 없고, 고맙다는 칭찬을 많이 듣는다고 했다. 한 마디로 합병증이나 재발률이 낮다는 얘기다. 아마도 한 사람의 인생에 돌이킬 수 없는 손해를 끼친 큰 실수가 그에게 약이 되어 분발한 결과가 아닐까 하는 생각이 들었다.

초등학교 때 공부 잘하다가 고등학교 때 뒤로 밀려서 대학입시에 실패하는 사람이 있는가 하면, 어릴 때는 보잘것없다가 고등학교 때 뒷심을 발휘해 명문대에 진학하는 사람들이 적지 않다. 외과의사들의 수술 실력도 크게 다르지 않은 것 같다. 떡잎부터 다른 수재형도 있지만, 끊임없는 노력으로 나중에 고수가 되는 대기만성형 외과의사도 적지 않다는 얘기다.

심장병 수술 전문의로 이름이 높았던 대학병원의 P교수도 처음 일했던 병원에서는 촉망받는 외과의가 아니었다고 한다. 직원들 사이에서는 장래가 어두울 것으로 분류된 그저 그런 의사였다는 것이다.

하지만 그는 대학병원 교수로 옮겨서 심장 수술 분야에서 두드러진 성과를 올리는 명의로 거듭났다. 지금은 전국에 여러 개의 병원을 운영하는 큰 의료법인으로 성장한 C병원 그룹의 L이사장도 대학병원 레지던트 시절에는 사고를 잘 치는 골칫덩이 전공의 중 한 사람이었다. 하지만 그는 서울의대 출신들로 가득한 진료과에서 지방대 출신이라는 핸디캡을 딛고 언더독의 투혼으로 노력한 결과, 해당 분야에서 고수의 경지에 올라섰다.

Y나 P, L의사 외에도 시작은 막손이었을지 모르나 각고의 노력 끝에 금손이 된 사례는 주변에 많다. 반대로 처음에는 금손의 재질을 보였다가 자만과 태만에 빠져 막손으로 전락한 의사도 없지 않을 것이다. 손기술의 차이는 예술 분야에서 명작과 졸작의 차이만큼이나 외과 수술 영역에서 판이한 결과를 가져오게 된다.

안과에서 가장 흔한 수술 가운데 하나는 백내장수술이다. 양 눈에 백내장이 생겼어도 한꺼번에 수술하는 경우는 매우 드물고, 1주일 이상 간격을 두고 한 눈씩 하는 게 일반적이다. 이때 숙련된 의사는 수술이 준비된 상태에서 메스를 잡은 지 5~10분이면 끝나지만, 경험이 적은 초짜 의사나 술기가 떨어지는 의사는 30분을 넘기는 경우도 있다. 수술하는 동안 의사는 스페큘럼(speculum)이라고 하는 개검기(開瞼器)로 눈꺼풀을 강제로 벌려놓는다. 눈이 깜박이면 수술에 큰 장애가 되기 때문이다. 이때 벌려진 눈을 가만히 두면 안구의 표면이 마르기 때문에 수술을 보조하는 간호사가 주기적으로 물을 뿌려주는데, 수술 시간이 오래 걸리면 안구는 퉁퉁 붓게 마련이다. 당연히 환자는 수술포를 덮어쓴 채 긴 시간 불편을 감내해야 하고, 수술 후 회복에 더 많은 시간이 걸리게 된다. 합병증도 상대적으로 많을 수밖에 없을 것이다. 하지만 환자들은 모른다. 수술 부위가 제때 낫지 않거나 감염 등 다른 합병증이 생겨야 그때 비로소 뭔가 잘못된 것을 인식하게 된다.

어떤 수술이든지 수술이 끝나면 환자와 가족은 의사에게 동일한 질문을 던진다. "선생님, ○○○님 수술 잘되셨나요?" 대답은 한결같다. "아! 네! 잘됐습니다." 이미 돌아올 대답은 정해져 있고, 보호자도 알고 있으면서도 세상의 모든 환자 보호자는 묻고 또 묻는다. 위안을 받기 위해서다. 그런데 정말로 궁금하기는 하다. 초조한 눈길로 환자의 상태를 확인하려는 보호자와 가족에게 방금 전 자신이 하고 나온 수술이 잘못된 것 같다고 말할 수 있는 간 큰 의사가 세상에 정말 있을까? 아무리 좋은 병원이라고 해도 금손 의사만 있는 건 아니다. 손기술이 떨어지는 의사도 섞여 있기 마련이다. 대개는 수술 경험이 적은 신출내기 전문의들 가운데 막손이 많을 것이라 짐작하지만 반드시 그런 것만도 아니다. 경험이 많지 않은데도 손이 빠르고 수술 결과가 좋은 신의 손 같은 외과의사도 있고, 경험이 풍부한데도 손이 느리고 수술 예후가 좋지 않은 의사들도 있다. 대학병원의 어느 교수가 수술을 잘하는지는 수술과정을 옆에서 지켜보는 전공의나 간호사들이 제일 잘 알 것 같지만 꼭 그렇지 만도 않다.

몇 해 전 지인 K가 서울의 유명 대학병원에서 경추디스크 수술을 받기로 했다. 나는 해당 병원 홍보팀 직원의 추천을 받아 수술할 교수를 소개했다. 그곳에 근무하는 직원이 최고라고 추천한 교수였다. 그런데 나중에 보니 K씨를 수술한 교수는 다른 사람이었다. K씨한테 확인했더니, 워낙 중요한 수술이고 긴장돼서 수술할 의사에 대해 여기저기 알아봤다고 한다. 다행히 그 병원의 전공의와 연결이 돼서 물었더니 다른 교수를 추천해서 바꿨다는 것이었다. K씨의 수술 결과는 좋았고, 지금 일상생활을 영위하는데 불편이 없다. K씨의 행위는 내 입장에서는 기분 상할 수도 있는 일이지만 나는 충분히 이해했다. 행여 자신에게 장애나 심지어 생명이 걸릴 수도 있는 큰 수술인데, 이중 삼중으로 알아보고 확인하는 것을 어찌 나쁘다 할 수 있겠는가.

의사는 얼마나 해야 수술의 고수가 될까? 의사마다 능력이 다르고 질병과 수술의 종류에 따라 다르겠지만 대체로 1천 건은 넘어야 자신감을 갖게 된다고 한다. 그리고 1천 5백~2천 건쯤 해야 자타가 인정하는 고수의 경지에 이를 수 있다고 한다. 물론, 심장개복수술처럼 수술시간이 오래 걸리는 분야는 다른 기준이 필요할 것이다. 의사는 누구나 환자를 통해 배우고 성장한다. 초보 딱지 막 뗀 운전자가 위험하듯이, 경험은 적은데 자신감 넘치는 의사도 위험하기는 마찬가지일 것이다. 만약에 내가 그렇게 미숙한 의사한테 몸을 맡겨야 하는 순간이 온다면 어떨까? 생각만 해도 몸에 소름이 돋지 않을 수 없다.

내가 수술이 필요한 큰 병에 걸렸다면 나는 어떤 의사를 선택하는 게 좋을까? 망설일 필요 없이 나는 경험이 많은 고수의 경지에 오른 외과의사를 선택한다. 그 의사의 인격이나 품성은 다음 문제이다. 환자라면 누구라도 나와 비슷한 입장일 것이다. 하지만 병원에는 달인의 경지에 오른 외과의사만 있는 게 아니다. 달인이 되기 위해 노력하는 과정에 있는, 아직은 달인이 되기에는 갈 길이 먼 병아리 의사도 많은 게 엄연한 현실이다. 제 아무리 훌륭한 프로축구팀이라고 해도 선수 전원이 똑같이 잘하지는 않듯이 말이다. 그러니 수술을 받아야 하는 처지에 있는 환자라면 온갖 정성을 다해 최고의 외과의사를 찾는 노력을 기울여야 한다. 의료계에 아는 지인이 있다면 K씨의 경우처럼 도움을 받을 수 있다. 하지만 그게 전부는 아니고 확실히 믿을 수 있는 방법도 아니다. 왜냐하면 병원에 근무하는 의료인이나 직원이라고 하더라도 어떤 의사가 수술을 잘하는지 정확히 알기는 쉽지 않기 때문이다. 십중팔구, 수술실 간호사는 수술을 빈틈없이 빨리 끝내는 의사를 최고로 칠 거고, 병동에서는 합병증 없는 의사를, 외래에서는 재발이 없는 의사를 최고로 꼽을 것이기 때문이다. 객관적으로 확실한 최고의 기준은 어디에도 없다는 얘기다. 그렇다고 국가가 인정하는 정확한 데이터가 있는 것도 아니다. 그러니 시간이 급한 환자 입장에서는 애가 타지 않을 수 없다.

그렇다면 어떻게 하는 것이 현명한 방법일까? 다행히 많은 병원들—특히 대학병원들은 교수들의 학력과 경력, 논문 발표 실적을 홈페이지에 게시한다—은 소속 교수들에 대한 다양한 이력과 실적을 홈페이지에 공개한다. 다른 방법이 여의치 않을 경우에는 이 자료만 꼼꼼히 확인해도 좋은 의사를 선별하는 데 도움이 된다. 경험 많은 의사와 그렇지 않은 의사를 가려내는 일도 어느 정도 가능하다. 거의 모든 병원들이 의료진을 소개할 때 경력이 많은 순서대로 배열하기 때문이다. 수술 건수가 많은 것만이 능사는 아니지만 중요한 기준임은 두말할 필요가 없다.

우리나라만큼 SNS가 활성화된 나라도 드물 것이다. 신문, 방송 등 언론과 포털, 카카오, 밴드, 유튜브 등을 통해 의사의 이력을 꼼꼼히 확인하는 것도 필요하다. 잘 모르면 조심하는 게 좋다. 돌다리도 두들겨 보고 건너서 손해 볼 것은 없다. 잘 모르면 부정하지 말고 확인하고 또 확인하는 수고가 필요하다. 의료계에 있는 지인을 잘 활용하는 것도 나쁜 선택을 줄일 수 있는 방법이다. 잘 알지도 못하면서 다른 사람의 말을, 다른 치료법을 무조건 무시하거나 욕하거나 깎아내리는 것은 무지의 소산이다. 마지막으로 꼭 필요한 요소는 환자인 나와 의사와의 교감이다. 의사가 나의 호소와 나의 증상에 귀기울여주고 얼마나 관심을 가져주는지도 중요한 선택의 기준이다.

귀한 손으로는 금손도 있지만 '약손'도 빼놓을 수 없다. 내 기억 속의 최고 약손은 오래 전 돌아가신 할머니의 손이 아니었나 싶다. 우리 장손 아픈 배 얼른 낫게 해달라고 중얼거리시면서 내 배를 쓰다듬어 주시던 그 따뜻한 손. 어느 소화약보다도 더 특효였던 거칠지만 한없이 부드러웠던 그 손을 잊을 수가 없다. 아마도 피붙이를 향한 가없는 사랑이 담긴 손길이었기에 아픈 배가 언제 그랬냐는 듯 말끔히 낫는 기적이 일어났던 것은 아니었을지. 그 옛날 추억 속의 할머니 손이 새삼 그리워진다. 그러면서 금손을 가진 의사가 내 할머니의 섬세하고 따뜻한 약손까지 겸비한다면 금상첨화일 텐데 하는 생각이 들었다. 내가 잘 몰라서 그렇지 그런 의사는 아마도 세상에 많을 것이다.

명의(名醫)와 명사(名士)

'명의(名醫)'와 '명사(名士)'.

어떤 의사는 명의이면서 명사이기도 하고, 어떤 의사는 명의이기만 하고, 또 다른 어떤 의사는 명사이기만 할 수도 있다. 명의는 한 눈 팔지 않고 임상에 집중해서 지식과 의술이 높은 경지에 이른 소수의 의사한테 합당한 존칭으로 교육이나 연구에도 관심을 쏟을 것이다. 명의인 동시에 명사이기도 한 의사는 무척이나 바쁠 것이다. 명의도 되기 어렵지만 명사 또한 쉽게 되는 게 아니기 때문이다. 그는 신료실과 연구실, 강의실뿐만 아니라 방송국, 강연회, 출판회 등 다녀야 할 곳이 많다. 명사로 불리는 의사는 대개 은퇴해서도 왕성한 사회활동을 하는 유명인들이 해당된다. 물론 이 세 가지 분류에 모두 해당되지 않는 평범한―자기 본업에 충실한―의사들이 세상에는 훨씬 많을 것이지만 말이다.

명의와 명사, 두 낱말은 칭찬과 존경의 의미가 담겨 있다는 공통점이 있다. 하지만 두 낱말 모두 한 의사에게 그런 존칭을 붙일 수 있을지는 정의하기도 어렵고 그 경계를 구분하기도 쉽지 않다. 어떤 의사는 명의 하나에만 충실하고자 노력하고, 어떤 의사는 명의와 명사 두 개 다에 집착하는 의사도 있다. 어떤 의사는 평생을 진료실과 연구실,

강의실에 집중하는 반면, 어떤 의사는 TV와 유튜브, 강연 등 외부활동에 더 많은 시간과 열정을 바친다. 굳이 분류하자면, 전자는 명의에 가깝고, 후자는 명사에 더 가깝다. 인성과 재능이 출중해서 두 가지 다 잘할 수 있다면 그런 의사한테는 명의와 명사라는 두 호칭 모두가 잘 어울리지만 그런 의사가 존재하기는 쉽지 않을 거라는 게 나의 생각이다. 아무튼, 병원계에 25년 넘게 있었다고는 하나 어깨 너머 지식에 불과한 내 깜냥으로는 명의든 명사든 두 낱말을 정의하고 명쾌하게 구분하는 게 쉽지 않다. 다만 내가 직접 보고 경험한 사례는 독자들에게도 유익한 정보일 것 같아서 간단치 않은 주제인데도 소재로 삼았다.

＊

나의 어머니(1938년생)는 얼마 전에 담도에 쌓인 담석을 제거하는 시술을 받았다. 이번이 12번째이다. 처음에는 2~3년 간격이었는데 지금은 7개월에서 1년 정도로 간격이 줄었다. 주치의 소견으로는 어머니의 담도(담즙이 흐르는 길)가 곧지 않고 굽어 있어서 담석이 잘 쌓이는 게 원인이라고 한다. 담석이 쌓이면 염증을 유발하게 되고, 그게 심해지면 소화불량 증세와 함께 명치 뒤편 복부에 극심한 통증을 유발하게 된다. 다행히 6.25전쟁 직후 의무병으로 복무하셨던 아버지는 어머니의 발병을 기막히게 감지해서 필자에게 SOS를 친다. 지금까지 늘 그랬다. 그 덕분에 어머니는 여러 차례 입원 시술을 받는 어려움에도 불구하고 건강을 유지하신다.

어머니가 지금까지 여러 번의 담석제거시술을 받고도 건강에 문제가 없는 데는 인천 부평에 있는 종합병원의 내과 전문의 L박사의 도움이 컸다. 아니 단순한 도움이라기보다는 환자를 향한 지극한 인술

덕분이라는 표현이 더 적절하다. 그는 어머니가 초진 환자였고, 그날이 퇴근한 토요일 오후였는데도 다시 출근하는 수고를 아끼지 않았다. 나의 경험상 그런 일은 좀처럼 흔한 일은 아니다. 그리고 지체 없이 어머니의 담석제거시술을 집도했다. 보통의 병원, 보통의 의사였다면 상상하기 어려운 일이다. 그날 오후에 L박사가 다른 일정이 있어서 인천에 없었다면 어머니는 생명이 위험했을 것이다. 그렇게 빨리 시술했는데도 어머니는 이틀 후 중환자실로 옮겨졌다. 담도 염증은 잡았으나 병원에 워낙 늦는 바람에 간에 5곳이나 농양이 생겼고, 그중에 1곳의 상태가 너무 심해 패혈증 증세를 보였기 때문이다. 밤 12시쯤 어머니가 위독하다는 연락을 받고 중환자실에 도착했을 때 어머니는 이미 의식이 없는 상태였다. 나는 중환자실 아래층 기도실에 가서 엉엉 울면서 기도했다. 제발 어머니를 살려달라고 하나님께 애원했다. 그날은 비가 엄청나게 쏟아져서 더 기억이 생생하다. 그리고 사흘째 되는 날 어머니는 사경을 간신히 넘어서 기적처럼 의식이 돌아오셨다.

그날 조금 더 늦게 시술했다면 어찌됐을까를 생각하면 지금도 아찔하다. 순간의 선택이 어머니를 살렸기 때문이다. 10년 전쯤으로 기억하는데, 토요일 오후 2시쯤 아버지한테 급한 전화가 왔다. 어머니가 일주일 전부터 배가 아프다고 했는데, 오늘 아침에는 일어나지도 못하고 끙끙 앓는데 상태가 너무 심각하다는 거였다. 예사 질병 같지가 않다는 게 아버지의 판단이었다. 나는 고통으로 실신 직전인 어머니를 차에 태우고 출발은 했는데, 어느 병원으로 가야 할지를 결정하지 못했다. 아파트 앞 교차로에서 좌회전을 하면 종합병원, 우회전을 하면 대학병원으로 가는 길이었다. 종합병원은 5분 거리이고 대학병원은

20분 거리쯤 됐다. 신호가 바뀌기 전 1분도 안 되는 짧은 시간 안에 중환자인 어머니를 맡길 병원을 선택해야 하는 긴박한 순간이었다. 마음은 급한데 생각할 시간은 없고 눈앞이 캄캄했다. 어머니가 잘못 될까봐 덜컥 겁이 났다. 나는 처음에 대학병원을 생각했다가 급하게 핸들을 돌려 종합병원으로 내달렸다. 당시 생각으로는 대학병원으로 가면 주말이라 교수 진료를 월요일까지 기다려야 할 것 같아서였다. 그때 만약에 대학병원으로 차를 몰았다면 어머니는 어떻게 되셨을까? 분명한 건 내가 아무리 발을 동동 구르고 서둘렀어도 그 종합병원만큼 빠르게 수술실에 들어가지는 못하셨을 거라는 사실이다.

몸이 아픈 환자에게 명의란 어떤 의사를 의미할까? 내가 환자라면 망설임 없이 '내 병을 고쳐주는 사람'이라고 말할 것이다. 사전을 찾아보니 의사는 '일정한 자격을 가지고 병을 고치는 것을 직업으로 하는 사람'이라고 적혀 있다. 의사라면 첫째도 둘째도 아픈 사람의 병을 고쳐주는 게 소명인 사람들이다. 나의 어머니한테 최고의 명의는 생명을 구해준 L박사이다. 그는 지금까지 12번의 시술 중 코로나전담병원 지정으로 입원 자체가 불가능했던 한 번을 빼고 11번의 시술을 한 번의 사고도 없이 말끔하게 집도했다. 10년 가까운 그 과정에서 어머니는 때를 가려서 아프지 않으셨고, 예고하고 병원을 찾으신 적이 없었다. 군대에서 불침번을 서는 병사도 아니건만, L박사는 환자의 상태가 위중하면 밤과 낮, 주말을 가리지 않았다. 나의 어머니한테만 그렇게 했을 리는 만무하다. 명의가 따로 있는 게 아니다. 환자를 가리지 않고 환자가 필요로 할 때 깜깜한 밤하늘의 혜성처럼 나타나서 고통을 없애주고 병을 잘 고쳐주면 그 사람이 바로 명의 아니겠는가.

5년 전쯤 20대 중반의 여성 직장인 P씨는 평소 허리가 자주 아파서 지인의 소개를 받아 관절척추전문 L병원을 찾았다. MRI 검사에서 허리디스크 소견이 나오자 의사는 수술을 권했다. P씨는 망설이다 집 근처 H병원에 가서 검사했는데 같은 진단이 나왔다. 그는 불안한 마음으로 A대학병원의 N교수를 찾아갔다. 검사 결과는 똑같은데 N교수의 진단과 판단은 달랐다. 아직 나이도 젊고 수술할 정도는 아니니 허리근육 강화운동이나 스트레칭, 요가 등을 열심히 해서 허리를 튼튼하게 만들라고 조언했다. N교수의 처방대로 허리 강화운동에 집중한 결과, P씨는 지금 허리 통증 없이 IT기업에 잘 다니고 있다. 이런 경우 세 명의 의사 중에 누가 제일 좋은 의사인가? 누가 진정으로 환자를 위한 최상의 진료를 한 것인가? 의사가 아무리 지식이 풍부하고 술기가 뛰어나도 환자를 위한 최적의 진료를 행하지 않는다면 언감생심 명의라고 부르기는 어려울 것이다.

　　명의는 멀리 있는 존재가 아니다. 속설에 '가까이에 명의 두고 먼 길 가다 길에서 죽는다'는 말이 있는데 허투루 흘려 들을 게 아니다. 실제로 많은 암 환자들이 서울에 있는 메이저 대학병원에서 수술받기 위해 차례를 기다리다 잘못되는 경우도 있는 게 엄연한 현실이다. 하지만 명의는 지방의 병원에도 많고, 자세히 살펴보면 집 가까운 곳의 병원에도 있다. 암 환자한테 조기 수술은 수술 후 결과에 미치는 영향이 지대하다. 명의한테 수술을 기다리다 오히려 명을 재촉하는 일은 없었으면 좋겠다. 그런 일이 디지털 정보화시대에도 일어난다는 건 너무 어이없고 허탈하고 안타까운 일 아니겠는가.

　　디지털 정보화 시대의 명의는 병원의 진료실에만 있는 게 아니다.

책에도 있고 TV 화면에도 있고 유튜브, 포털, 카카오톡, 밴드에도 있다. 이들 자칭 세칭 명의들은 다양한 기기와 매체에 시간과 장소를 가리지 않고 나타난다. 이른바 명의와 명사의 타이틀을 동시에 보유(?)한 '연예인 닥터'들의 시대가 열린 것이다. 이들은 연예인 못지않은 인기를 누리기도 한다. 언뜻 보면 구분하기도 쉽지 않다. 그 사람의 직업이 의사인지 방송인인지 헷갈릴 정도이다. 주업이 방송인이고 부업이 의사인 것 같기도 하다. 종편이 등장한 후 의학·건강 프로그램이 늘면서 이런 현상은 더 심해졌다. 다양한 의료 정보를 더 많은 국민들에게 더 자주, 더 쉽게 전해줄 수 있으니 긍정적인 측면이 없는 건 아니다. 그가 누구이든 간에 의사로서도 훌륭하고 방송인으로도 뛰어나다면 국민 입장에서는 나쁠 게 없다. 그러나 진료에 충실한 대다수의 의사들은 의사의 길 하나에 충실하기에도 시간이 너무 부족하고 충분히 바쁘다며 손 사례를 친다. 참으로 다행스런 일이다.

　의사가 비디오 오디오에 모두 능하고 진료와 수술까지 잘하면 금상첨화이다. 그런 특출난 명의가 없지는 않을 것이다. 하지만 TV프로그램이나 유튜브에서 유명한 것과 의료 현장에서 뛰어난 것과는 별개의 문제다. 영상 매체에 단골 출연해서 연예인 못지않은 인기를 누리는 스타 의사들은 자신의 병·의원 경영에 유리한 측면이 있을 것이다. 대중들은 TV스타와 실력을 동일시하는 경향이 없지 않기 때문이다. 출연이 어려운 TV에 얼굴 많이 나오는 의사한테 호감이 가고 신뢰가 가는 것은 인지상정 아니겠는가. 그러나 안타깝게도 명불허전이라는 말이 무색하게 용모와 말만 번지르르한 이름만 팔린 '허명' 아니 '허당', 아니 '허풍쟁이' 의사들이 많은 게 엄연한 현실이다. 몇 년 전에 의료사고로 사망한 가수 신해철도 방송에 자주 출연한 의사가 수술했지만 목숨을 잃었다. 탤런트 의사가 꼭 명의는 아니라는 얘기다. 명의가 되는 과정은 쉽지 않다. 의과대학 6년의 지난한 과정을 거쳐 인턴 1년과 전공의 4년, 전임의 1~2년, 남자의 경우 군대까지 합하면 족히 12~15년은 걸리는 긴 세월이다. 이 지독한 수련에 앞서 의과대학에 입학하는 것은 또 얼마나 어려운 일인가. 그 긴 세월 동안 부단히 공부하고 수많은 응급환자들을 치료하고, 경험 많은 선배 교수들의 수술을 보조하면서 각고의 노력을 해야 비로소 고수의 자리에 올라가게 된다. 명의는 거기서 한 발 더 나가서 평범한 의사들이 가기 어려운 고지까지 밟아야 비로소 주어지는 일종의 훈장 같은 존칭인 것이다. 그 험난한 여정에 세칭 탤런트 의사가 도달한다는 게 어디 쉬운 일이겠는가. 낙타가 바늘구멍 들어가는 게 가당치도 않듯이 불가능에 가깝다는 말이다.

이제 우리나라의 의료기술은 선진국에 뒤지지 않고 일부 분야는 앞서가고 있어서 병 치료를 위해 해외로 나가는 경우는 거의 사라졌다. 국내에서도 멀리 목포나 부산에서 굳이 KTX 타고 서울 와서 몇 달씩 기다릴 필요는 없어졌다. 우리나라는 의료기관의 분포에서는 지방이 여전히 열악하지만 질적인 측면에서의 의료의 표준화와 평준화의 수준은 대단히 높다고 할 수 있다. 지방에도 뛰어난 실력을 갖춘 명의들이 수두룩하다는 얘기이다.

의사는 모름지기 지식과 의술로 평가받아야 한다. 거기에다 환자의 아픔을 공감하는 따뜻한 감성까지 지녔다면 더 좋다. 서울과 지방 가릴 것 없이 오늘도 생사가 오가는 의료 현장에서 하나의 생명을 건지기 위해 사투를 벌이는 의사들이 많다. 그들에게 명의라는 호칭을 붙이는 데 인색하지 않았으면 좋겠다. 그들과는 달리 화려한 입담 하나로 자신이 마치 명의라도 되는 양 행세하는 의료인이 많은 것은 바람직한 일은 아니다. 그렇다고 TV와 유튜브 등을 통해 환자들에게 소중한 건강정보를 제공하는 일을 함부로 비난하거나 폄하해서도 안 된다. 디지털 정보화시대에는 그런 역할을 잘하는 의사도 반드시 필요하기 때문이다. 목디스크 환자들에게 소문난 서울대병원 재활의학과 정선근 교수의 유튜브 채널이나 의학전문기자 출신인 홍혜걸 박사의 '비온 뒤' 같은 채널은 건강정보의 보고로 손색이 없다.

내가 생각하는 명의, 아니 좋은 의사의 정의는 단순하다. 질병으로 고통 받는 사람을 잘 진단하고 잘 치료하고 잘 수술하는 의사면 족하다. 아픈 사람의 병을 고쳐주는 게 의사의 존재 이유 아닌가. 의사가 그들의 소명인 아픈 사람의 병을 고쳐주면 자연히 사회에도 기여하는 것이니 본업에 충실한 것만으로도 그 얼마나 보람된 인생인가. 전 세계 인류에게 빛을 남겨주고 떠난 슈바이처나 남수단 톤즈에서 자기 몸 돌보지 않고 인술을 펴다 많지 않은 나이에 세상을 뜬 이태석 신부님 같은 존재는 그 이름만으로도 얼마나 빛이 나는가.

풍부한 의학 지식과 뛰어난 의술을 가지고 있다면 일단 좋은 의사가 될 자격은 갖추었다고 할 수 있다. 거기에 더해 히포크라테스 선서를 가슴에 품고 환자에게 따뜻한 감성으로 감동까지 주는 의사라면 더할 나위 없이 좋을 것이다. 요즘 세상에 소의, 중의, 대의를 언급하며 의사의 사명을 부풀려 강조하는 것은 꼰대소리 듣기 십상이다. 그런 실현 불가능에 가까운 대의명분은 삶의 질을 중시하는 '워라밸 시대'의 의사들한테는 어울리지도 않는다. 현실을 몰라도 한참 모르는 뜬구름 잡는 소리일 수도 있다. 명의에 대한 정의도 이제는 시대에 맞게 달라져야 한다는 얘기이다. 척추측만증 명의로 유명한 이춘성 강남베드로병원 척추센터 원장(전 서울아산병원 정형외과 주임교수)은 저서《독수리의 눈, 사자의 마음, 그리고 여자의 손》에서 스타 의식에 사로잡힌 의사를 꼬집으며, '인파출명 저파비(人怕出名 渚怕肥)'라는 한자성어를 인용했다. '사람은 이름이 나는 것을 두려워해야 하고, 돼지는 살찌는 것을 두려워해야 한다'는 뜻이다. 사람은 이름이 나면 갖가지 구설수에 오르기 쉽고, 돼지는 살이 오르면 도살될 수밖에 없는 운명이 되니 너무 우쭐대지 말고 겸손하게 살아야 한다는 경구이다. 지나치면 모자람만 못하다는 말과도 서로 통한다. 명의가 되기도 어려운데 명사까지 되려는 의사들이 새겨들을 만하다.

의사도 의심해라

혹 떼려다 불구될라

세상 살다 보면 별거 아니라고 쉽게 생각해 무심코 일을 저질렀다가 큰 코 다치는 일이 적지 않다. 대개 발생 당시에는 큰 일 같아도 시간이 지나면 별 문제 없이 넘어가는 게 세상사다. 그러나 그런 일이 병원에서 벌어지면 환자의 생명을 위협하거나 심각한 장애를 유발할 수도 있다. 사람의 목숨이 왔다갔다하는 의료현장에서는 외부에 알려지지 않은 크고 작은 사건 사고들이 일어나곤 한다. 우리나라 병원은 보건복지부가 주관하는 의료기관인증제도, 각종 적정성 평가 등 환자 안전을 위한 다양한 제도를 시행하고 있어서 의료사고 개연성은 놀라울 정도로 낮아졌지만 여전히 일어나고 있다. 때로는 환자와 보호자를 분노케 하는 황당한 일이 벌어지기도 한다.

대학병원 원무팀에서 일했던 K씨는 고질적인 어깨 통증으로 고생하다 고민 끝에 자신이 근무하는 병원에서 수술을 받았다. 다행히 수술이 잘돼서 예전처럼 큰 불편 없이 어깨를 사용할 수 있게 됐다. 거기에서 끝났으면 좋았을 것을. 그에겐 오랜 세월 숨겨온 신체상의 비밀이 있었다. 무릎 위 허벅지 뒤쪽에 계란 반개를 엎어 놓은 크기의 혹이 있었던 것. 평시에는 옷을 입고 있으니 큰 불편이 없었지만 노출의 계절 여름이 오면 K씨는 큰 고민이 아닐 수 없었다. 그 혹 때문에 해수욕장을 가거나 수영장을 가는 일은 아예 꿈도 꾸지 않았다. 더운 여름 날 남들처럼 시원하게 옷을 벗고 물속에 풍덩 뛰어들고 싶은 마음이 굴뚝같았지만 언제나 마음뿐이었다. 그래서 기회가 되면 수술하기로 마음먹고 있던 참이었는데, 마침 어깨 수술을 마친 집도의 G교수가 그 혹을 발견했다. G교수는 "별 문제 없을 것 같은데 수술하는 김에 떼어내는 게 어떻겠느냐"고 의향을 물었다. K씨는 평생의 소원이었는데 이게 웬 행운인가 싶어 바로 응했다. 의사가 문제 없을 것 같다니 걱정할 게 없었다. G교수는 혹에 대한 사전 검사도 하지 않고 메스를 대버렸다. K씨의 불행은 그렇게 어이없이 시작됐다.

부분마취여서 K씨는 수술이 끝나고 잠시 휴식한 뒤 몸을 움직일 수 있었다. 화장실을 가기 위해 침대에서 일어나 한 걸음 발걸음을 떼었다. 그런데 이게 웬일인가. 수술 받은 오른쪽 다리의 발끝이 축 늘어져 말을 듣지 않았다. 발가락을 움직거려 보려 했으나 마음뿐이었다. "어..., 어..., 이럴 리가 없는데, 이럴 리가 없는데..."를 연발하며 제대로 걸어보려고 안간힘을 썼지만 허사였다. G교수가 잘라낸 혹 속에 다리로 내려가는 신경이 이어져 있었던 것이다. 그런 줄도 모르고 싹둑 혹을 잘라버렸으니. 하늘이 노랬다. G교수는 시간이 지나면 신경이 돌아올 테니 몇 주 기다려보자고 했다. 한 달이 지나도 차도가 없자 조금 더 기다려보자고 했다. 그렇게 일 년이 흘렀다. 그제야 K씨는 영영 신경이 돌아올 것 같지 않은 불안감에 뒤늦게 서울대병원의 문을 두드렸다. 검사 결과는 잔혹했다. 세월이 너무 흘러 끊어진 신경이 죽어서 가망이 없다는 답신이 돌아왔다. 그는 지금 특수 제작한 신발을 신고 다닌다. 그야말로 충분히 예방할 수 있었던 인재(人災)로 그는 졸지에 장애인이 됐고, 즐기던 스포츠도 중단해야 했다.

사고가 난 지 20년 정도 흐른 지금은 그 상황에 적응도 했고, 보조신발의 도움으로 약간 절뚝거리며 걸어다닌다. K씨는 일상생활에 큰 불편은 느끼지 못하지만 지금도 그때를 회상하면 한숨이 절로 나고 화가 치밀어 오른다.

아이러니한 것은 K씨는 그렇게 명백한 의료사고임에도 한 푼의 금전적 보상도 받지 못했다. 다른 병원에서 생긴 사고였다면 손해배상을 적지 않게 받을 수 있는 명백한 의료사고였지만 자신이 근무하는 병원에서 생긴 일이고, 평소 친한 의사가 잘해주려다 친 사고다 보니 그럴 수도 없었다.

이 사고는 충분히 예방할 수 있었고, 설령 사고가 났더라도 신속히 대처했으면 최악의 상황은 면할 수 있었다. 사고는 피할 수 없었더라도 불구가 되는 최악의 상황은 막을 수 있었다는 얘기다. 혹을 떼기 전에 사전검사만 했어도 피할 수 있었고, 설령 수술을 잘못했어도 곧장 해당 분야 전문의에게 진료를 보고 신경을 이어주는 수술을 했다면 결과는 달라졌을 것이다. 사고 가해자와 피해자 모두가 대학병원에서 잔뼈가 굵은 나름 병원 전문가였는데도 '혹시나'에 기대서 사후조치에 어두웠다. 아마도 타인한테 그런 일이 생겼다면 얼른 해당분야 전문의한테 가보라고 조언했을 것이다. 충분한 의학적 지식과 경험을 가지고 있었음에도 정작 본인들한테 생긴 엄청난 사고 앞에서는 어처구니없는 선택을 하고만 것이다. 쉬운 길이 있음에도 머뭇거리고 가지 않은 결과는 참담했다. "설마, 멀지 않아 괜찮아지겠지" 하는 안일한 기대와 헛된 믿음으로 치료 가능한 시간을 낭비해 버린 것이다. 누구 탓을 하겠는가.

아프면
소문내라

제 4 장

병과 친구 되기

국물이 끝내줘요!

바지춤을 올리세요

긁어 부스럼 만들지 말라

욕실은 낙상 지뢰밭

뒷주머니에 지갑 넣지 마세요

화장실에서는 해우에 집중하세요

S라인 몸매, 여성만의 전유물은 아니랍니다

오줌발이 쎄다구요

아직도 서서 소변을 보신다구요

주말은 몸 청소하는 날

'몸이 천냥이면 눈이 구백냥'이라구요

귀찮은 다래끼는 왜 생길까요?

눈을 고문하지 마세요

비문증을 아시나요?

국물이 끝내줘요!

국물이 끝내줘요! 국물이 맛있을 때 한국인이 흔히 내뱉는 감탄사다. 한때 TV에서 꽤 유명했던 라면 광고 카피이기도 하다. 같은 의미로 "국물이 죽여줘요!"라는 말도 있다. 말 그대로 맛이 입에 착 붙는다는 최고의 찬사일 것이다. 끝내준다는 표현은 아주 좋다는 의미이지만 종결의 의미도 담고 있다. 말이 씨가 된다고 했던가, '국물 너무 좋아하면 일찍 죽을 수도 있는데' 하는 방정맞은 생각이 들기도 한다. 그런 의미로 쓰인 말이 아닌데 그럴 수도 있겠구나 하는 부질없는 생각이 드는 것이다.

틀린 생각일까. 아니다. 국물 사랑이 지나치면 명을 재촉할 수 있다. 그만큼 국물의 명암은 분명하다. 건강을 고려하면 식단에서 빼거나 줄여야 하는 게 당연하지만 맛을 생각하면 어림없는 일이다. 우려스러운 것은 외식이 일상화한 생활환경에서 음식 프랜차이즈업체들이 우후죽순 늘어나면서 국물 음식들이 점점 더 맵고 짜게 변하고 있다는 사실이다.

나이 든 사람들은 맵고 짠 음식의 유해성을 경험적으로 알고 가려먹으려 한다. 하지만 젊은이들은 건강한 몸을 과신해서인지, 아니면 아직은 몸에서 싫다는 신호를 보내지 않아서인지 자극성 강한 음식의 중독성에 쉽게 빠진다. 우리 국민이 서양인에 비해 위장 질환이 많다고 하는데 이와 무관치 않을 것이다. 맛을 고려하면 포기하려야 할 수 없고, 건강을 생각하면 줄이거나 포기해야 마땅한 국물 음식. 하지만 한국인의 식생활에서 떼려야 뗄 수 없는 기본 음식. 어떻게 하면 맛도 즐기고 건강도 지킬 수 있을까. 결코 해답을 구하기가 쉽지 않은 명제이고 개인마다 판단 기준도 다르겠지만, 그 위험성은 알아야 하기에 감히 논란을 제기해 보고자 한다.

*

얼큰한 동태탕, 매콤한 매운탕, 개운한 조개탕, 구수한 된장국, 시원한 북어국, 담백한 황태국, 달달한 미역국. 이중 하나를 고르라면 누구라도 선뜻 정하는 게 쉽지 않을 것이다. 하나하나가 생각만 해도 입에 군침이 도는 인기 국물 메뉴들 아닌가. 설렁탕, 갈비탕, 해물탕, 해장국은 또 어떤가. 국, 탕, 찌개는 약간의 차이는 있지만 국물 요리라는 공통점을 갖고 있다. 이들 음식은 우리 민족의 식문화에서 빼놓을 수 없는 소중한 자산이다. 뜨끈뜨끈한 국물만 있는 게 아니다. 여름철 냉국은 더위를 식혀주는 데 안성맞춤이다. 냉면, 콩국수, 막국수, 미역오이냉국은 별미 중 별미다. 겨울에 먹는 동치미도 차가운 국물음식에서 빼놓을 수 없는 단골메뉴이다. 그중에서도 뼈와 고기를 오랜 시간 끓여 우려낸 육수에다 동치미를 배합해 감칠맛을 극대화한 냉면 육수의 오묘한 맛은 예술에 가깝다. 한국인의 국물 사랑이 이토록 극진한데 건강에 해로우니 끊으라고 한다고 끊어지겠는가. 짐작컨대 어림 반 푼어치도 없는 말이다.

오랜 세월 한국인의 식문화를 지배해 온 국물 음식. 조상 대대로 물려받은 우리 고유의 식문화이니 당대는 물론이고 자손대대로 계승 발전시켜야 나가야 할까, 아니면 건강에 해로운 점이 있으니 늦기 전에 손절하거나 과감히 줄여야 할까. 분명한 것은 식품학과 의과학의 발달로 국물이 인체에 미치는 장단점과 폐해가 드러난 이상 지금처럼 수수방관해서는 아니 된다는 것이다. 절연까지는 힘들어도—아니 그럴 필요도 없고—지나친 섭취를 자제하고 염도를 줄이는 노력은 기울여야 할 것이다. 당연한 얘기지만 고객의 입맛에 생사가 걸린 식당에서는 쉽지 않은 일이다. 맛과 염도는 떼려야 뗄 수 없는 상관관계를 맺고 있기 때문이다. 주방장 입장에서는 앓느니 차라리 죽는 편이 낫다고 할 것이다. 이렇게 입장차가 크니 외식 쪽은 국민적 공감대를 바탕으로 정부나 민간단체가 캠페인 등을 통해 서서히 개선해 나가는 노력이 필요할 것이다. 그러니 가족의 건강을 위해 먼저 가정에서부터 국물 섭취 문화의 변화를 시도해 보는 것은 어떨지 제안하는 것이다.

그렇다면 가정에서는 국물 없는 식단이 가능할까. 역시 불가능한 일이라고 나는 생각한다. 아니 나부터 반대하는 입장이기도 하다. 국물 없는 식단으로 남은 생을 살라고 하면 차라리 국물을 사랑하고 조금 일찍 죽는 생을 택하는 편이 나을 것이다. 국물을 끊으면 조금 더 산다 한들 먹고 마시는 낙(樂)을 포기해야 한다면 무슨 의미가 있겠는가. 패트릭 헨리(미국의 독립운동가)가 "자유가 아니면 죽음을 달라"고 외쳤듯이, 나는 강력히 국물 없는 식단을 피하고 싶다.

국물의 폐해를 알리고자 글을 쓰고 있으면서도 국물을 추방하는 데는 반대하고 있으니 이 얼마나 이율배반적인가. 이런 생각이 나 한 사람뿐이겠는가. 아마도 한국인이라면 크게 다르지 않을 것이다. 이렇듯 국물을 우리 식문화에서 완전히 추방하는 일은 불가능에 가깝고, 또 반드시 그래야만 하는 것도 아니다. 우리와 식문화가 크게 다른 서양에도 국물과 비슷한 형태인 스프가 있고, 일본과 중국에도 국과 비슷한 형태의 음식이 적지 않으니 국물 음식은 우리민족만의 전유물도 아니다.

따라서 국물 음식이 몸에 해로운 단점이 있다 하여 식단에서 추방할 일은 아니며, 입맛을 돋우는 장점은 살리되 짜고 매워서 몸에 악영향을 주는 단점은 개선방향을 찾는 노력이 필요하다. 정부는 우리 국민의 건강증진을 위해 다양한 이벤트나 캠페인을 통해 지속적으로 국물의 해악을 알려야 할 것이다. 개인은 개인대로 국물의 해악을 인식하고 섭취를 줄이는 방향으로 노력을 기울일 것을 권한다.

나는 국이 없는 식단을 마주하면 일단 즐거움이 반감된다. 식사를 즐기기보다는 때우고 보자는 생각이 먼저 든다. 실제로 국이 없는 식사는 뭔가 빠진 듯 허전하고 부드러운 목 넘김이 쉽지 않으니 전체적인 식감이 뻑뻑할 수밖에 없다. 그만큼 국물은 식단에 중요한 존재이다. 국이 빠지면 그야말로 찐빵에 앙꼬가 없는 것과 다를 바 없다. 그러니 한국인에게 국물 음식 섭취를 중단하라는 것은 언감생심 꿈도 꾸지 못할 일이다. 정권 차원에서 국민 건강 증진을 위해 추진하려고 한다면 명운을 걸어야 할지도 모른다. 그만큼 어렵다는 얘기다.

한국인은 누구라도 단 하루도 국이 없는 식단을 접하기가 쉽지 않다. 단체급식을 하는 어디를 가 봐도 국물 음식은 약방의 감초처럼 꼭 있다. 국이 없으면 탕이라도 있고, 탕이 없으면 찌개류라도 있게 마련이다. 국은 입맛이 별로인 사람한테는 구세주나 다름없다. 입안이 텁텁하고 꺼칠해서 입맛이 없어도 맛난 국물의 도움을 받으면 밥 한 공기 때우기는 식은 죽 먹기다. 입맛이 없어 끼니때가 돌아오는 게 무서운 사람들한테는 국물만큼 반가운 존재가 없을 것이다.

＊

한국인의 과다한 염분 섭취는 어제 오늘의 얘기가 아니다. 이유는 우리의 식문화 자체가 서양과 다르고, 일 년 열두 달 날씨가 온화해서 먹거리 마련이 상대적으로 수월한 기후 조건의 동남아와도 다르다는 데 있다. 반찬거리가 떨어지는 겨울을 나기 위해 오래 먹을 수 있는 우리만의 절임류 음식이 발달하다 보니 자연히 염도가 높아질 수밖에 없었던 것이다. 국물 음식을 포함해서 염도 높은 음식이 많은 데는 기후 조건의 영향도 적지 않은 것이다.

한때는 국물 한 방울도 아까운 시절이 있었다. 입고 싶은 것 못 입고 먹고 싶은 것 못 먹었던 우리 부모님 세대에게 국물을 함부로 버리는 것은 혼날 일이었다. 어쩌면 국물 문화의 시작은 먹을 것이 적었던 선조들의 지혜의 산물일지도 모른다. 물과 소금만 있으면 작은 먹거리를 갖고도 여러 명이 배를 불릴 수 있는 유일한 방법 아닌가. 우리나라 국민이 서양 사람들에 비해 상대적으로 위장질환이 많은데, 국물 애용 영향도 적지 않을 것이다.

국물의 성분을 분석하면 나트륨의 바다라고 해도 과언이 아니다. 식품의약품안전처에서 조사한 짠맛 미각 검사에 따르면, 우리나라 국민 10명 중 7~8명은 짠맛에 길들여져 있다고 한다. 아마도 여럿의 공범이 있겠지만 그 주범으로 국물을 빼놓을 수 없다. 우리나라 음식에서 국물 요리가 차지하는 비중이 워낙 높기 때문이다. 이런 식문화는 세월이 가도 크게 변치 않을 것이다. 추운 겨울날 뜨끈한 국물은 언 몸을 일시에 녹여주는 특효약이고, 무더운 여름날 시원한 콩국수는 더위를 한 순간에 날려버리는 청량제인데 이 좋은 식단을 어떻게 포기한단 말인가.

국물 음식 중에서 해물탕, 설렁탕, 갈비탕 등 '삼총사' 국물 음식은 공교롭게도 총소리가 끝에 붙었다. 이들 국물 음식은 맛으로도 일품이지만 염도에서도 둘째가라면 서러워할 염분 대장들이다. 우스갯소리인데, 이름에 '탕'이 붙은 건 지나치게 좋아하면 목숨을 앗아갈 수도 있다는 경고의 뜻을 담고 있는 건 아닐지. 가랑비에 옷 젖는다고 하지 않는가. 탕을 사랑하는 식문화에 젖어 있으면 자신도 모르는 새에 우리 몸이 나트륨에 절여져 건강에 치명상을 입게 될 것이 분명하다. 우리나라 국민의 40%가 하루 한두 끼는 주식으로 국물이 들어간 음식을 먹는다고 하니 그럴 만도 하다. 국민적인 사랑을 받는 라면의 경우 먹고 나서 남은 국물이 아까워 밥을 말아 먹기 일쑤인데, 이는 국물에 녹아든 나트륨을 통째로 몸 안에 들이붓는 셈이나 다름없는 것이다.

＊

우리 몸에 해로운 나트륨이 가장 많이 들어간 음식은 어느 것일까? 식품의약품안전처가 조사한 자료에 따르면, 나트륨이 많이 들어간 음식 Top 10은 짬뽕—우동—간장게장—열무냉면—김치우동—소고기육개장—짬뽕밥—울면—기스면—삼선우동 순이다. 공교롭게도 10개 중 간장게장 1개를 제외한 9개가 국물을 소재로 한 음식들이다.

10개 중 6개가 중국음식으로 분류될 수 있는 음식이라도 점도 특이하다. 이들 음식은 단 한 끼만으로도 세계보건기구(WHO)의 나트륨 1일 권장량 2,000mg을 훨씬 초과하는 짠 음식들이다. 1등인 짬뽕은 권장량의 두 배인 4,000mg, 10등인 삼선우동(2,722mg)도 하루 기준치를 훨씬 넘는 수치다. 랭킹에는 빠져 있지만 우리 국민의 사랑을 받는 라면도 나트륨 함유량이 많은 대표적 음식이라 할 수 있다. 이외에도 김치, 젓갈 등 한국인의 사랑을 받는 음식의 상당수는 예외 없이 나트륨 범벅으로 염분 과다섭취의 공범들이라 할 수 있다.

고전에서는 행복한 인생으로 '인생삼락(人生三樂)'―부모가 살아계시고 형제가 무고한 것, 하늘과 사람에 부끄러움이 없는 것, 천하의 영재를 얻어 교육하는 것―을 얘기하는데, 시대가 바뀐 지금의 관점에선 선뜻 동의하기 어렵다. 아니 어림없는 이야기라는 표현이 더 적절할 것이다. 세 가지 명제가 인생을 보람되게 하는 데는 보탬이 되겠지만 현대인이 추구하는 즐거움과는 거리가 있어도 한참 있어 보이기 때문이다. 세 가지 낙에 먹는 즐거움 하나를 더해서 '인생사락(人生四樂)'을 얘기하면 모를까. 그래야 비로소 행복한 인생을 누렸다고 말할 수 있지 않을까. 요즘 공중파, 종편은 물론이고 유튜브까지 온통 '먹방'으로 도배를 하고 있는 것을 보면 더 실감난다. 자연 다큐멘터리 <동물의 왕국>을 보면 아프리카 세렝게티 평원에서 동물들은 오로지 먹는 즐거움을 위해 목숨까지 던지지 않던가.

매콤한 국물, 깔끔한 국물, 따끈한 국물, 걸쭉한 국물, 맑은 국물, 진한 국물, 개운한 국물, 심심한 국물, 단지 국물인데 맛을 표현하는 말은 수십 가지가 넘는다. 음식의 맛은 국물에 달렸다고 해도 과언이 아니다. 짠맛 단맛 신맛 쓴맛과는 다른 독특한 맛을 표현할 때 감칠맛이라고 하는데, 국물의 맛을 진단할 때 자주 등장하곤 한다. 맛 중의 맛, 최고의 맛을 표현하는 의미도 담고 있다고 할 수 있다. 인생에 정답이 없듯이 음식을 섭취하고 점수를 매기는데도 정해진 답이 있을 리 없다. 분명한 것은 국물을 지나치게 사랑하면 건강을 잃을 수 있다는 사실이다. '지나치면 모자람만 못하다'는 말 그대로 국물 섭취는 적정량을 넘지 않는 게 건강을 지키는 길임을 명심하자.

바지 춤을 올리세요

나이는 몸으로 온다. 물론 얼굴로도 온다. 얼굴로 오는 나이는 피하기 어렵다. 약간의 차이는 있을지언정 대동소이하다. 내 얼굴의 나이가 궁금하면 초등학교 동창 얼굴을 보면 알 수 있다. 그들을 만나면 정도의 차이는 있지만 얼굴의 주름도 그렇고 피부의 윤기도 그렇고 고만고만하다. 상대적으로 조금 젊게 보이는 친구들이 간혹 있어서 추켜세우고 부러워하고 수다를 떨지만 자세히 살펴보면 도긴 개긴 도토리 키재기다. 그래서 보톡스와 필러를 맞고 주름을 이리 저리 잡아당겨서 조금이라도 젊게 보이려고 발버둥을 친다. 하지만 아무리 공을 들여도 가는 세월, 오는 백발과 주름을 막을 장사는 없다.

얼굴로 오는 나이도 숨길 수 없지만 몸으로 오는 나이는 더 더욱 숨기기 어렵다. 남자 골프대회이든 여자 골프대회이든 정규 투어대회와 시니어투어 대회의 우승자를 비교해 보면 연륜의 차이를 확연히 알 수 있다. TV 중계방송을 보면 남녀 구별 없이 신구세대간 몸의 태가 확연히 다르고 옷을 입은 핏의 차이를 느낄 수 있다. 반드시 그런 것은 아니지만 여성은 뒤태를 보면 알 수 있고, 남성은 옆태를 보면 어렵지 않게 짐작할 수 있다. 여성은 허리 라인에서 신예와 노장의 차이가 두드러진다. 비슷한 얘기이긴 하지만 남성은 뱃살의 두께에서 확연히 차이가 난다.

　여성과 달리 남성은 옆태만으로도 쉽게 청년과 장년을 구별할 수 있는데, 가장 쉬운 방법은 벨트(허리띠)라인 확인이다. 20~30대 젊은 층의 벨트를 맨 모습은 바지의 허리 라인이 '한 일(一)'자로 팽팽하다. 당연히 단정하고 깔끔하다. 다소 뱃살이 있더라도 앞뒤 벨트라인은 크게 차이가 없다. 반면에 50줄을 넘긴 장노년층 가운데 열에 대여섯은 벨트의 뒤 선은 등 쪽으로 치켜 올라가 있고 앞 선은 아랫배까지 쳐져 있다. 대개는 배가 나올수록 앞 선과 뒤 선을 잇는 대각선의 경사각이 커진다. 벨트의 중앙에 달린 버클이 정면을 바라봐야 하는데 아래를 바라보는 것이다. 자세히 보면 볼수록 볼품이 없다.

　남성의 연령대는 굳이 얼굴을 보지 않고 20~30m 정도 떨어진 곳에서도 유추가 가능하다. 앞모습보다는 옆모습을 보고 판단하는 게 맞출 확률이 더 높다. 바지의 벨트라인이 앞뒤 균형이 딱 맞고 기장이 짧다면 십중팔구 20대 아니면 30대이다. 40대도 얼추 2030세대와 맞추기 위해 노력한 흔적을 찾아볼 수 있다. 하지만 50을 넘긴 장년층부터는 차이가 뚜렷하다. 바지의 기장이 이유 없이 길기도 하지만, 가장 큰 차이는 벨트 라인이 확연히 다르다는 것이다. 남자는 외양에서부터 세월의 무게를 이겨내지 못하고 무너져 내리는가 보다.

＊

　남녀를 불문하고 나이 50을 넘기면 얼굴 주름살이 깊어지고 눈에도 노안이 와서 작은 글씨 보기가 어려워진다. 이런 현상은 누구에게나 찾아오는 세월의 선물이어서 그 누구도 피해 갈 수가 없다. 해가 뜨고 지듯이 자연의 현상으로 받아들이면 그만이다. 서양의 어떤 여배우는 주름을 인생의 훈장이라 결코 지우고 싶지 않다고 하지 않던가. 문제는 남성의 경우 작은 노력으로도 충분히 나아질 수 있는데, 노년으로 서둘러 추락하는 장년층이 많다는 사실이다. 바지의 벨트라인을 고치는 것만으로도 구닥다리 아저씨에서 센스만점 신사로 거듭날 수 있는데도 말이다. 어쩌면 많은 남성들은 남의 시선은 개의치 않고 '이 정도면 근사하지 뭐' 하고 착각하면서 자위할지도 모른다. 안쓰럽고 안타까운 일이다. 전신거울을 애용하는 젊은 세대는 자신의 몸을 다듬고 옷의 핏감을 살리는 데 상당한 시간을 할애한다. 그러니 멋지고 세련될 수밖에. 청년과 장년은 이제 생각의 차이뿐만 아니라 옷맵시에서도 점점 그 차이가 커져가고 있다.

다행히도 이런 상황이 모든 사람에게 해당되는 것은 아니다. 자신의 몸을 어떻게 관리하고 단련하느냐에 따라 연령대 구분이 쉽지 않은 경우도 많다. 실제로 얼굴을 가리면 나이를 구분하기 어려울 정도로 몸을 잘 관리한 '청춘 장년'을 쉽게 볼 수 있다. TV에서든 거리에서든 몸으로 오는 나이를 거꾸로 먹은 듯한 '몸짱 노년'을 어렵지 않게 볼 수 있다. 사람에 따라 천차만별이긴 하지만, 60을 넘어서도 30대 못지않은 짱짱한 몸매를 유지하는 사람이 있는가 하면, 60대인데도 80노인을 연상케 하는 망가진 장년도 있다. 몸을 부단히 움직이면서 관리하는 사람과 걷기 운동마저 싫어하는 귀차니스트의 몸매는 세월이 더해 갈수록 다를 수밖에 없다.

＊

여러분의 벨트라인은 지금 어떤 상태인가. 편하다는 이유로 헐렁하게 매서 배 아랫단까지 흘러내려와 있지는 않은가. 혹시 그렇다면 다

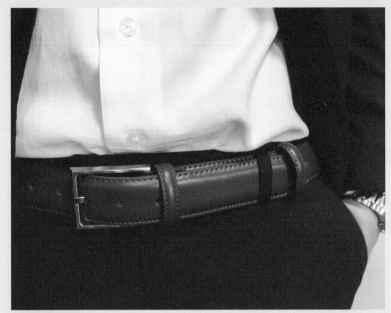

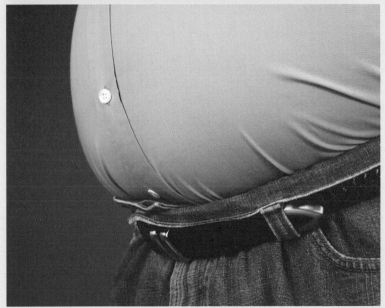

바지 춤을 올리세요

른 사람이 보기 전에 얼른 추켜올리기를 바란다. 얼굴의 나이보다 조금이라도 더 젊은 몸의 나이를 갖고 싶다면 다른 것은 차치하더라도 바지의 벨트라인은 앞뒤 평행을 맞추어야 한다. 그게 배둘레헴—복부 비만이 심한 남성을 지칭한 것으로 팔레스타인에 있는 도시인 베들레헴에서 비유적으로 따온 말—의 신체적인 구조상 어렵다면 맞추는 노력이라도 해야 한다. 허리둘레와 수명은 반비례한다는 연구결과는 이미 오래 전에 확인된 이야기다. 비만, 특히 복부 비만으로 인한 올챙이배(똥배)는 건강의 적신호이니 경계해야 한다. 미관상으로도 낙제임은 부연할 필요도 없다.

벨트의 앞뒤 균형을 맞추는 것이 말처럼 쉬운 것은 아니다. 불룩 튀어나온 배 때문에 벨트가 아래로 저절로 흘러내려갈 것이기 때문이다. 올리면 내려가고 올리면 내려가고 도로 아미타불이 될 수 있다. 불룩한 배에 억지로 벨트를 올려 매면 한때 유행했던 '배바지'—바지를 배꼽까지 끌어올려 입는 것—패션을 연상케 해 다소 우스꽝스럽게 보일 수도 있다. 걸음을 옮길 때마다 올챙이배가 들썩거릴 테니 보는 입장에서나 보이는 입장에서나 무안할 수도 있다. 그래도 시도해야 한다. 불룩한 배를 집어넣는 도전에 나서 성공한 이는 의외로 많다.

무심코 지나쳐 버리기 쉬운 바지 벨트라인 이야기를 이렇게 장황하게 늘어놓은 이유는 단순하고 명료하다. 이런 현상이 우리나라 남성, 특히 50대 이상 장년층한테서 유독 심하게 나타나고 있다고 느낀 까닭이다. TV뉴스나 유튜브로 지구촌 사람들의 일상을 시시각각으로 확인할 수 있는 세상 아닌가. 거기에 비친 우리나라 장년층은 분명 다른 나라 동년배와는 확연히 다른 바지의 허리라인을 보여준다. 여러분의 생각은 어떠한가? 나 혼자만의 생각은 아닐 것이다.

그런 이유로는 백인이나 흑인에 비해 키가 작은(특히 하체가 짧은) 동양인의 신체적인 구조상 불가피한 측면도 있을 것이다. 우리나라 인구의 약 15%를 차지하는 베이비부머—6.25전쟁 후 1955~1963년에 매년 100만 명 안팎 태어나 경제의 초고속성장을 주도하고 지금은 은퇴를 맞고 있는 세대—의 노령화에 따른 장노년층의 급속한 증가와 풍족한 식생활에 따른 비만인구 증가 등의 영향도 무시 못할 것이다. 어려운 시절을 숨 가쁘게 넘겨오면서 일과 가족을 위해 헌신한 그들이 자신의 패션은 등한시한 까닭일 수도 있다.

이런 상황은 미관상으로도 좋지 않지만 곧 다가올 노년을 대비해야 할 5060세대의 활력 있는 삶과 건강 유지 차원에서도 바람직하지 않다. 단정하고 바른 옷차림과 절제된 동작은 그 사람의 자신감과 품격을 좌우한다. 통이 넉넉한 바지에 느슨한 벨트는 80 넘어 노년이 되면 하기 싫어도 해야 한다. 타이트한 옷차림은 건강에 나쁜 영향을 줄 수도 있기 때문이다. 헐렁한 옷차림은 기력이 쇠한 노인한테는 권장사항일 수도 있다. 하지만 5060세대는 아직 인생의 황혼기가 아니다. 백세시대의 절반을 살았으니 인생시계로 따지면 정오를 넘어서 오후로 가는 길목에 들어선 데 불과하다. 80을 넘어서도 몸과 마음에 활력이 넘치는 로맨스그레이—머리가 희끗희끗한 매력 있는 초로(初老)의 신사—가 넘쳐나는 세상이다. 느슨한 벨트 착용은 멀리서 보면 적어도 자신의 나이를 5~10년은 더 들어보이게 할지도 모른다. 나이를 불문하고 모든 남성이 피해야 하는 나쁜 습관이다.

　　노년의 멋진 패션을 위해 벨트라인의 중요성은 열 번 강조해도 지나치지 않는다. 영화 '밀정'에서 꾸부정한 허리에 올챙이배 아래까지 내려온 벨트를 매고 초라하게 서 있는 배우 이정재의 분장을 보고 쓴웃음을 지은 기억이 난다. 누구도 그런 노년의 모습을 그리지는 않을 것이다. 하지만 편안함, 익숙함에 길들여지면 벨트라인은 자신도 모르는 사이에 아래로 더 아래로 내려갈 것이 분명하다. 이제부터는 외출하기 전 전신거울에 자신의 옆모습을 비춰보자. 나의 벨트라인은 앞뒤 평행을 유지하고 있는지 확인해보자. 세련되고 멋진 장년 남성은 바지 벨트라인만 보아도 알 수 있다.

긁어 부스럼 만들지 말라

'가려울 때 긁지 마라. 긁으면 탈난다.' 어렸을 때 부모님이 귀에 따갑게 해주시던 말이다. 그런데 이게 말처럼 쉽지 않다. 가려울 때 긁지 않고 참기는 설사 환자가 변을 참는 것만큼이나 어렵다. 못 견디게 가려울 땐 참는 데도 한계가 있다. 그럴 때는 일단 그 순간을 모면해야 한다. 손가락이나 손바닥으로 가려운 부위를 톡톡 두드리거나 문지르는 것도 한 방법이다. 최악의 사태는 막아야 하기 때문이다.

가려울 때 긁는 것은 불난 집에 부채질하는 격이다. 그러니 절대 피해야 한다. 참다 참다 못 참겠으면 일시적 효과일 수도 있지만 '찬물 샤워'를 권장한다. 찬물을 가려운 부위에 1~3분 분사하면 가려운 증세가 줄어든다. 처음에는 미지근한 물로 시작해 서서히 찬 강도를 높여가며 냉찜질을 한 후 보습제를 발라주면 증상 완화에 도움이 된다. 가려운 증상은 신체의 변화나 주변 환경의 영향을 많이 받는다. 갑자기 가려움증이 심해졌다면 망설이지 말고 피부과를 찾아야 한다. 시기를 놓쳐 증상이 심해서 전문의를 찾아가면 치료기간이 몇 배 길어질 수도 있다.

가려움은 왜 생기는 걸까. 가려움증은 병이라기보다는 말 그대로 증상에 불과하지만 사서 고생하는 일이 다반사다. 가려울 때 긁으면 엔도르핀이 분비된다고 한다. 엔도르핀(endorphin)은 endo(안, 내부)+morphin의 합성어인데, 이름 그대로 몸에서 분비되는 아편이란 의미를 갖고 있다. 심한 운동을 하거나 매운 음식을 먹을 때, 또는 통증, 흥분 등 강한 자극을 받으면 뇌에서 분비되어 고통을 줄여주는 작용을 한다. 사랑하는 사람과의 스킨십, 응원하는 팀의 승리, 큰 칭찬 등도 천연 엔도르핀 역할을 한다고 한다.

*

긁지 말아야 한다는 사실을 뻔히 알면서도 이를 지키지 못해 끔찍한 일을 겪는 경우가 흔하다. '긁어 부스럼을 만든다'는 말이 있는데 천번만번 지당한 말이다. 가려움증의 원인은 다양하다. 피부질환에 따른 가려움증이 가장 흔한데 전신질환이나 정신과 질환의 영향으로 생기기도 한다. 가려움증은 신체 부위를 가리지 않는다. 머리부터 발끝까지 가려움증을 피해갈 부위는 없다. 눈과 두피, 겨드랑이, 팔과 허벅지, 정강이, 항문, 외음부 주위 등 거의 전신이 해당된다.

계절적으로는 대기가 건조한 겨울에 특히 심하다. 젊은 사람보다는 노인들한테 흔하게 나타난다. 70세 이상 노인의 50% 이상에서 가려움증이 발생한다는 연구결과가 있을 정도다. 특히 겨울에 노인들에게 심한 이유는 피부 노화가 진행되면서 피부에서 수분이 줄고 피지분비가 줄어 몸이 건조해지기 때문이다.

가려움증을 예방하려면 자신에게 가려움증을 유발하는 요인을 찾아내 멀리해야 한다. 겨울에 증상이 심한 사람은 건조함이 큰 원인이므로 평소 물을 충분히 마시고 보습제를 자주 충분히 발라주는 게 좋다. 겨울에 잦은 샤워나 목욕은 피해야 한다. 화학섬유에 민감한 사람은 자연소재 옷을 입는 게 좋다.

가려움 증상을 악화시키는 가장 큰 주범은 손이다. 가려운 부위에 손을 대지 않을 수 있다면 대개는 조기치료가 가능하다. 가려움증은 손을 대서 커지는 경우가 대부분이고 스스로 덧나는 경우는 드물기 때문이다. 손 못지않은 가려움증 유발요인으로 이태리타월을 빼놓을 수 없다. 한국인 특유의 목욕 문화가 증상 악화에 한 몫 단단히 한다. 그중에서도 이태리타월은 손과 함께 '공동정범'이다. 가급적이면 피하라고 권하고 싶다. 습관이 몸에 배서 꼭 해야 시원하다면 부드럽게 사용해야 한다.

세상 만물 가운데 손으로 몸의 때를 미는 존재는 인간이 유일할 것이다. 동물들은 몸이 근질근질할 경우 바위나 나무에 몸을 비비기는 하나 그것이 때를 미는 행위는 아니다. 인간도 문명시대 이전에는 인위적으로 때를 밀지는 않았다고 한다. 때를 밀기 시작하면서 가려움증이 더 심해지지 않았을까 하는 생각이 들기도 한다.

손은 만물의 근원인 동시에 만병의 근원이기도 하다. 가려운 곳은 손대지 않는 것이 최상의 치료법이다. 알면서도 지키기 어렵다. 그만큼 참기 어려운 것이 가려움증이다.

그렇다면 가려움 증세가 나타나면 어떻게 대처해야 할까? 첫째는 긁지 말아야 한다. 가려울 때 긁는 것은 벌이 가득한 벌집을 건드리는 것과 다름없다. 긁는 순간 피부는 마치 때를 기다리기라도 한 듯 벌겋게 부풀어 오른다. 심할 경우 피가 나기도 한다. 일순간에 피부는 난장판이 된다. 한 순간의 시원한 대가치고는 가혹한 결과다. 가장 현명한 방법은 적합한 약을 복용하거나 피부 연고를 바르는 것이다. 주변에 약이 없다면 응급조치로 증상을 완화시켜야 한다. 찬물 샤워 외에 가려운 부위에 얼음을 대거나 냉찜질을 해주면 증상 완화에 도움이 된다. 보습제를 가려운 부위에 충분히 발라주는 것도 잊지 말아야 한다. 이런 일차적 대응에도 불구하고 차도가 없으면 병·의원을 찾아가 치료를 받아야 한다. 참고 견디는 방법은 십중팔구 증상을 악화시키므로 피해야 한다.

가려움증은 피부가 건조해 발생하는 경우가 흔하므로 실내 온습도를 적절히 유지하는 게 중요하다. 실내온도는 섭씨 20도 안팎을 유지하고 습도는 가습기를 통해 적절한 상태를 유지해야 한다. 가습기가 없을 경우에는 빨래를 실내에 널거나 수건을 3분의 2 정도 흠뻑 적신 후—물이 바닥에 떨어지는 것을 방지하기 위해—거꾸로 매달아 놓는 것도 한 방법이다. 매운 음식이 가려움증을 유발하는 경우도 있으니 예민하게 반응하는 사람은 조심해야 한다. 평소 긁는 습관이 있다면 이를 고치는 노력도 필요하다. 거듭 강조하지만, 가려움 증상에 손을 대는 것은—손으로 긁는 것은—최악의 대처법이다. 긁어 부스럼을 만드는 우는 절대 범하지 말아야한다.

욕실은 낙상 지뢰밭

　　욕실은 일상에서 가장 중요한 공간 중 하나다. 누구라도 하루에 한번 이상은 이용한다. 그렇다면 어느 가정에나 있고 중요한 시설인 욕실은 과연 안전하게 설계되고 설치되었는가. 나는 이 가정에 동의하지 않는다. 욕실은 이용하는 사람의 취향에 따라 다양하게 꾸며질 수 있다. 문제는 사적인 공간이라 디자인도 중요하지만 안전과 편의가 우선일진대 그렇지 않다는 것이다. 벽과 천장은 습기에 강한 재질을 사용하면 되고, '같은 값이면 다홍치마'라고 디자인까지 예쁘면 금상첨화일 것이다. 문제는 바닥인데, 물 빠짐을 위해 약간의 경사가 있는데다 대부분 시간 젖어 있어서 미끄럽기까지 하다는 점이다. 물때가 끼어 있거나 비눗기가 남아 있다면 더 미끄러울 수 있다. 이해하기 어려운 것은 욕실이 집안에서 낙상위험이 제일 큰 곳임에도 미끄럼 방지기능을 가진 타일을 깔지 않은 곳이 수두룩하다는 사실이다. 욕실에서 샤워하다 비누칠을 하거나 오일류를 쓰게 되면 바닥은 더 미끄러울 수밖에 없는데도 욕실 타일 가운데는 표면이 매끄럽게 처리된 제품이 무수히 많다. 마치 정형외과의사들을 위해 일부러 그러는 게 아닐까 오해를 살 정도이다.

　　욕실은 나만의 비밀 공간이기도 하지만, 휴식의 공간이요, 정화의 공간이요, 청결의 공간이요, 깨달음의 공간이다. 쉼이 있는 공간이기에 더욱 안전해야 한다. 그럼에도 거주자의 무심함과 타일 제조업자와 건축업자, 시공업자의 무성의가 겹쳐서 낙상 안전 사각지대, 아니 위험지대로 방치돼 있다.

*

2020년 9월 16일 대만의 배우 겸 가수 황홍승이 36세의 젊은 나이에 갑작스럽게 세상을 떠났다. 대만 경찰은 황홍승의 사인이 욕실에서 미끄러져 벽 또는 바닥에 머리를 부딪쳤고 급성 심근경색이 일어나 사망한 것으로 추정했다. 아버지가 아들과 연락이 닿지 않자 아들의 집을 방문해서 발견했는데, 그때는 이미 숨을 거둔 상태였다고 한다. 이 얼마나 억울하고 어처구니없는 죽음인가. 또 아버지의 놀라움과 슬픔은 어떠했을까. 그렇다면 이런 일은 일어나기 힘든 일일까. 천만의 말씀이다. 아마 지금 이 순간에도 세상 어느 곳에선가는 일어나고 있을지도 모른다.

*

병원계에 종사한 지 25년이 넘다 보니 응급환자가 생길 경우 도움을 청하는 전화를 종종 받는다. 병원을 알아봐 달라고 하거나 의사를 소개해 달라는 전화부터 가족이 갑자기 쓰러져 의식이 없는데 응급처치 방법을 알려 달라는 전화까지 다양하다. 2021년 5월쯤인가 경기도 위례신도시 단독주택 단지에 사는 지인한테 다급한 전화가 왔다. 이웃에 사는 50대 여자가 욕실에서 쓰러져 의식이 없는데 병원 응급실마다 빈 병실이 없어 가족들이 발을 동동 구르고 있다는 것이었다. (당시는 코로나 팬데믹이 지속되는 상황이어서 병원마다 응급실 부족 상태가 심각했다.) 그래서 빨리 1339로 전화해서 도움을 받으라고 조언했다. 다행히 환자는 병원으로 가는 도중 긴급 출동한 119 소방대원들의 CPR(Cardio Pulmonary Resuscitation, 심폐소생술) 덕에 의식을 되찾았고 이송한 병원에서 적절한 치료 후 무사히 퇴원했다고 한다. 직장인 J씨(68, 여)는 10여 년 전 아침에 출근하던 중 자동차가 빙판길에 미끄러져 도로 옆 도랑으로 뒤집히는 큰 교통사고를 당했다. 어깨가 골절되고 이마를 200바늘 이상 꿰매는 중상을 입어 장애 등급까지 받았다. 그는 직장에 복귀해서 성실함을 인정받아 정년 후에도 계속 일하는 행운의 주인공이다. 예기치 않은 불행은 욕실에서 터졌다. 샤워를 하고 나오다 그만 미끄러운 바닥으로 넘어지면서 오른손목이 골절되는 사고를 당한 것이다. 그가 병원에서 근무하는 곳은 린넨실로 의료진의 유니폼과 환자복, 병실의 담요 등 침상소모품을 관리하는 일이었다. 한마디로 손을 많이 써야 하고 힘도 드는 업무인데 낙상 부상 재활에 오랜 시간이 필요해 결국 직장 복귀를 포기해야 했다.

욕실 낙상사고는 대개 엉덩이 쪽 관절을 가리키는 고관절 골절이나 손목 골절을 일으키는 경우가 많다. 어린이나 젊은 사람들은 운동신경이 있고 뼈와 근육이 튼튼해 크게 다치는 경우가 드물지만, 노인한테는 치명적이다. 고관절 골절의 경우 치료 자체가 쉽지 않고 심하면 생명을 잃는 경우가 다반사다. 오죽하면 '노인의 엉덩이뼈 골절은 황천행 지름길'이라는 속설까지 생겼을까.

.   ＊

낙상은 장수의 천적이다. 낙상은 해가 갈수록 늘어나는 추세다. 노인에게서 발생율이 높은데, 의료기술의 발달로 수명이 늘어나면서 노인 인구 비율이 급속히 증가한 때문이기도 하다. 낙상 사고는 때와 장소를 가리지 않는다. 욕실뿐만이 아니고 계단, 도로, 침대, 문턱 등 어디에서나 일어날 수 있다. 응급실을 찾은 환자들을 대상으로 조사한 결과, 낙상이 가장 많이 발생하는 곳은 집(38.9%)이며, 도로(25.8%), 상업시설(10.0%) 등의 순이었다(2006~2015 질병관리청). 낙상은 경사가 지고 물기 또는 기름기가 있거나 턱이 있는 곳에서 주로 발생하므로 이런 곳을 이동할 때는 조심해야 한다. 누구라도 빙판 진 곳이나 경사가 심한 곳에서는 주의를 기울이므로 낙상하더라도 부상의 정도가 약할 수 있다. 문제는 익숙한 곳에서의 예기치 못하는 사고다. 매일 이용하는 욕실이나 주방, 거실에 미끄러운 물기나 세제 류가 남아 있다면 위험천만한 일이다. 맥 놓고 걷다가 갑자기 미끄러지면 넘어지거나 자빠질 수밖에 없다. 당연히 집안에서는 욕실이 1순위 위험지대일 수밖에 없다.

남녀 발생비율로 보면 낙상은 여자가 남자보다 많이 발생(여자노인 19.4%, 남자노인 11.2%)한다. 골절 또한 여자가 남자보다 2배 정도 많다고 한다. 상대적으로 여성이 남성에 비해 골다공증 비율이 높아서 뼈가 약해 그런 것 같다. 그럼에도 사망 비율로 따지면 남자가 여자보다 50% 가까이 높다고 한다(출처 : 질병관리청 국가건강정보포털).

낙상은 죽음으로 가는 길목이나 다름없다는 말이 있다. 통계청의 사망원인 통계에 따르면 자살과 교통사고에 이어 3위를 차지하고 있다. 추락과 낙상으로 인해 다쳐서 입원한 환자가 연간 120만 명에 달하는데 그중 3만 명이 사망한다고 한다. WHO(2016)에 따르면 세계적으로도 낙상은 사고나 부상으로 인한 사망원인 중 두 번째로 높다.

해마다 42만 4천 명이 낙상으로 목숨을 잃고 있다. 우리나라도 질병이나 외적 요인의 사망자수는 의료기술 발달 등의 영향으로 해마다 감소하는 추세인 데 반해 같은 기간 낙상 사망자수는 오히려 증가 추세를 보이고 있다. 연간 1백만 명 이상 출생한 베이비부머(1957~1963년 출생자를 가리키는 말)들이 60대로 접어들면서 노인 인구가 급속히 늘어나는 현상과 무관치 않아 보인다. 낙상으로 인한 사망은 60세 이상에서 100명 중 1~2명꼴인데, 주된 사망원인은 뇌출혈이나 고관절 또는 넓적다리 골절, 허리뼈 골절 등으로 인한 것이다. 응급실에 내원한 낙상 환자 5명 중 1명은 미끄러운 바닥과 관련이 있다고 한다.

욕실은 낙상 지뢰밭

*

낙상사고를 없애는 것은 쉽지 않은 일이다. 하지만 위험요소를 찾아내 제거하고 예방지식을 알고 있으면 크게 줄일 수 있다. 욕실 바닥은 대부분 세라믹 자기질 타일이라는 재질이 깔려 있다. 이 재료는 수명이 길고 깨끗한 장점이 있는 반면에 물에 젖으면 미끄러운 단점이 있어서 낙상사고의 주된 원인이 되고 있다. 단독주택이 대세인 유럽은 화장실과 욕실이 구분된 건식 구조가 많으나 아파트가 대세인 우리나라는 화장실과 욕실이 별도의 구분 없이 한 공간에 있어 바닥이 마를 새 없다. 젖어 있는 시간이 많은 욕실에 슬리퍼를 신고 들어가다 보니 아이들은 급히 들어가다가 넘어지거나 미끄러지고 노인들은 다리에 힘이 없어서 미끄러지는 사고 많이 생긴다. 겨울철 빙판 사고율보다 욕실 낙상사고율이 더 높다는 통계도 있다.

낙상의 위험요소는 사람이 움직이는 곳이면 어디에나 있기에 장소를 특정해서 조심할 수는 없는 일이다. 경사진 곳이나 빙판길 등 눈에 보이는 위험요소는 미리 대비하기에 덜 위험하다. 하지만 자동차 오일이 떨어져 있을 수 있는 주차장 바닥이나 골프장에 많은 침목이 깔린 계단은 겨울철이나 비 온 뒤 방심하고 걷다가 큰 변을 당할 수 있는 낙상 위험지대이다. 당연히 조심 또 조심해야 한다. 온 가족이 수시로 들락거리는 욕실은 어느 장소보다도 이용 빈도가 높은 만큼 안전장치를 설치해야 하고 이용 시 각별히 조심해야 한다.

만약에 집안 욕실의 타일이 미끄러운 재질이라면 늦기 전에 예방조치를 해야 한다. 설비업체를 불러서 제대로 된 미끄럼방지 바닥 타일을 까는 게 여건상 어렵다면 굳이 고집할 필요도 없다. 요즘엔 설비업체를 부르지 않아도 인터넷으로 주문해서 간편하게 시공할 수 있는 초간편 미끄럼방지 타일이나 테이프가 많이 있다. 마트나 다이소에 가면 널려 있다. 관심을 기울이지 않아서 그렇지. 설치하는 방법도 어렵지 않으니 당장 도전해 볼 일이다. 욕조 안도 매끄러운 재질이 대부분인데, 바닥만큼은 오톨도톨하게 표면 처리된 제품을 썼으면 한다. 사용 중인 욕조가 매끄러운 바닥이라면 미끄럼방지 테이프라도 붙이자. 미관도 중요하지만 큰 사고는 면해야 할 것 아닌가. 변기와 욕조 옆에는 노인들이 일어서거나 앉을 때 잡을 수 있는 안전손잡이를 설치하는 게 필요하다. 집안에 있는 문턱은 화재방지를 위한 것이 아니라면 옛날집의 유물이니 박물관으로 보내는 게 정답이다. 특별히 필요에 의한 게 아니라면 없애는 게 좋을 듯하다. 차제에 욕실 바닥은 미끄러운 재질의 건축자재를 사용하지 못하도록 국회에서 법으로 규정했으면 한다. 아니면 미끄럼 방지용 카펫이나 패드, 테이프 등 다양한 낙상 안전제품을 반드시 설치하도록 안전 기준을 강화해야 한다.

어린이, 노인 등 이용자가 누구일지라도 안전한 욕실은 없을까. 지금도 늦지 않았다. 만약 욕실이 위험 상태 그대로라면 미루지 말고 지금 당장 고치자. 그것만이 나와 내 가족의 안전을 보장하고 수명을 연장하는 길이다. 설마 하고 미루다가 큰 화를 당할 수도 있으니 속히 개선할 것을 당부하고 싶다. 소 잃고 외양간 고치면 이미 때를 놓치는 것이다.

뒷주머니에 지갑 넣지 마세요

"이유 없이 엉덩이뼈가 아프다구요." "그럴 리가요. 분명 이유가 있을 겁니다."

그렇다. 노화 증상이나 사고가 없었는데 엉덩이뼈가 아프다면 분명 이유가 있을 것이다. 병원에 근무하는 50대 중반 P씨는 술자리를 좋아한다. 그런데 어느 날부터인가 술자리를 갖는 게 꺼려졌다. 1시간쯤 다리를 포개고 앉아 있으면 다리보다 엉덩이가 아파서다. 몸을 이리 저리 틀어보아도 시간이 지날수록 통증은 더 심해졌다. 의자에서는 통증이 덜한데 온돌방에서 증세가 더했다. 50대 이상에서 이런 증상으로 고통을 호소하는 사람은 주변에 흔하다. 아마도 잘못된 생활습관으로 인한 이상근증후군(piriformis syndrome)일 가능성이 높다. 이상근은 엉덩이 근육 중 하나로 고관절에 붙어서 엉덩이를 회전하거나 다리 움직임을 돕는 역할을 한다. 이 근육에 문제가 생겨서 근육 아래를 지나가는 [1]좌골신경을 압박해서 생기는 질환이 이상근증후군이다. 이런 증세가 생기는 원인은 무엇일까? 평상시 잘못된 생활습관에서 비롯된 '일상생활습관병' 중 하나일 가능성이 높다.

바쁜 현대인, 특히 남성 직장인들에게 지갑은

[1]:
좌골신경은 우리 몸에서 가장 길고 굵은 단일 신경이다. 허리 아래쪽 엉덩이에서 시작해서 허벅지 뒤쪽을 지나 종아리를 거쳐 발끝까지 이른다. 이 부위에 통증이 느껴지면 좌골신경통을 의심해봐야 한다.

필수소지품이다. 여성들은 액세서리와 화장품 등을 넣기 위해 가방을 드는 게 일상적이지만, 남성들한테는 귀찮은 일—최근에는 가방 메는 남성도 늘어나는 추세이긴 하다—이기 때문이다. 가방을 메기는 귀찮고 지갑은 있어야 하고, 그런데 앞주머니에 넣으면 불룩 튀어나와 바지 핏이 죽으니 자연스레 뒷주머니에 넣고 다니는 사람이 많아지게 된 것이다.

사무직 종사자들은 하루 3분의 1은 의자에 앉아서 생활한다. 만약에 뒷주머니에 지갑을 넣고 다니는 직장인이라면 하루 8시간 정도를 한쪽 엉덩이가 위로 올라간 뒤틀린 자세를 유지하는 셈이다. 이런 시간이 길어지면 어떻게 될까. 우리 몸은 이 불균형을 바로잡기 위한 보상작용으로 척추를 반대로 휘게 만든다. 척추가 휘면 목에도 영향을 줘 몸의 중심 균형이 무너지는 결과를 초래한다. 지갑 하나로 인해 우리 몸의 중심을 이루는 골반과 척추, 목이 다 틀어지는 어마 무시한 (?) 상황을 맞을 수도 있다. 이런 불균형이 오랜 시간 지속되면 원상태로 돌리는 일이 쉽지 않을 수도 있다. 이상근증후군의 대표적인 증상은 오래 앉아 있으면 엉덩이와 허벅지가 저릿저릿하거나 뻐근하고 쑤신다. 때로는 바늘로 찌르는 듯한 통증을 느끼기도 한다. 엉덩이 근육인 이상근이 좌골신경을 압박해서 생긴 증상이다. 바지 뒷주머니에 지갑을 넣고 다니는 사람들한테 잘 걸릴 수 있어 '뒷주머니 증후군', '두꺼운 지갑 증후군'으로 불리기도 한다.

원인과 증상을 알았으니 해답을 찾아서 실천하는 게 치료의 지름길이다. 치료의 시작은 잘못된 생활습관을 바꾸는 데서 출발해야 한다. 하지만 증상만으로는 허리디스크 등 다른 질환과 구분하는 게 쉽지 않다. 잘못된 자가진단은 치료의 첫 단추를 잘못 끼우는 것이다. 자칫 증세를 악화시킬 수도 있으니 병원을 찾아가 정확한 원인을 파악하는 것이 우선이다.

P씨는 엉덩이 통증이 심해지자 고민이 커졌다. 정형외과로 가야 할지 한의원으로 가서 침을 맞아야 할지 판단이 서지 않았다. P씨가 치료의 물꼬를 튼 것은 엉뚱하게도 술자리였다. 술자리에 동석한 지인이 혹시 뒷주머니에 지갑을 넣고 다니지 않느냐고 물었다. 성인이 된 후 줄곧 그렇다고 하자 그럼 한번 지갑을 자켓 등 상의에 넣거나 가방 등 다른 곳으로 옮겨보라고 권했다. P씨는 반신반의하면서 '밑져야 본전'이라는 생각으로 곧바로 실천했다. 결과는 놀라웠다. 불과 며칠 만에 증상이 나아지더니 한 달쯤 지나자 통증이 말끔히 사라졌다. 약이나 병원 치료를 받은 것도 아니고 단지 습관을 바꾼 것뿐인데 기적 같은 효험이 나타난 것이다. P씨는 그 후론 절대 뒷주머니를 사용하지 않는다고 한다.

*

바지 뒷주머니에 지갑이나 핸드폰을 넣고 다니는 습관은 엉덩이와 허리를 망가뜨리는 자해행위나 다름없다. 건강에도 치명적이지만 분실 위험 또한 크니 당장 바꿀 것을 권한다. 이렇게 생활습관을 바꾸는 것만으로 통증이 치료되면 다행이지만 그렇지 않을 수도 있다. 개선되지 않으면 늦기 전에 병원을 찾아가 치료를 받아야 한다. 증상이 오래됐거나 다른 원인 때문이라면 생활습관 개선만으로 호전되지 않을 수도 있기 때문이다. 예방법은 평소에 스쿼트, 런지 등 꾸준한 운동으로 엉덩이 주변의 근육을 단단하게 만들어주는 것이다. 누운 상태에서 한쪽 다리를 가슴 앞쪽으로 끌어당기는 스트레칭을 하는 것도 엉덩이 근육 이완이나 강화에 도움이 된다. 잘못된 생활습관을 바꾸는 노력도 필요하다. 평상시 다리를 꼬고 서 있거나 다리를 포개고 앉는 '양반다리' 습관은 삼가야 한다. 의자나 바닥에 앉아 있을 때는 아랫배에 힘을 주고 바른 자세를 유지해야 한다. 걸을 때도 발에 힘을 빼고 뒤꿈치가 땅에 먼저 닿도록 해야 한다. 절주와 금연, 걷기와 운동을 병행하면 더할 나위 없이 좋을 것이다. 남성의 경우 무더운 여름철에는 재킷을 입지 않아서 부득이 지갑을 뒷주머니에 넣어야 하는 상황이 생길 수도 있다. 그럴 때는 앉을 때 지갑을 호주머니 바깥 쪽으로 밀어서 엉덩이가 틀어지지 않도록 신경을 써야 한다.

건설 현장의 기능인이나 장인, 예술인 등 작업의 편의를 위해 뒷주머니가 꼭 필요한 경우도 있을 것이다. 허나 단지 멋 내기를 위한 디자인을 고려해서 만들어진 뒷주머니라면 그 용도에 국한해서 쓰는 게 좋을 듯싶다. 정형외과 전문의들은 "뒷주머니에 지갑을 넣고 30분간 운전하는 것만으로도 척추나 엉덩이에 통증을 유발할 수 있다"고 경고한다. 장거리 운전 시에는 반드시 뒷주머니를 비워야 한다는 것이다. 무심코 하는 잘못된 습관이 건강에 독이 될 수 있음을 명심하자. '무심코 던진 돌맹이가 개구리한테는 치명적'이듯 무심코 몸에 밴 잘못된 습관이 골반과 허리 건강을 망가트릴 수도 있다는 사실, 꼭 잊지 말자.

화장실에서는
해우(解憂)에 집중하세요

화장실 갈 때는 꼭 빈손으로...
변보다 변 당할 수도 있습니다

    내 기억 속 화장실은 무서운 곳인데다 멀기까지 했다. 나는 초등학교 5학년 때까지 서울에 계신 부모님과 떨어져 고향에서 할아버지 할머니와 살았다. 부모님은 서울에서 단칸 셋방을 전전하시던 터라 나이 어린 막내 여동생만 직접 키우셨고, 나와 동생 둘은 시골—서해안 고속도로 발안IC 인근—에서 살아야 했다. 그 시절 우리 동네 집들은 대문을 열고 들어가면 왼편에 사랑방, 오른편에 외양간이 있고, 안마당을 지나면 마루와 안방, 건넌방이 있고, 그 뒤편에 뒤뜰과 담장이 있는 구조였다. 그 당시 경기지방 농촌의 집들은 대동소이했다. 화장실은 본채와 떨어져 대문 밖 마당 한편의 잿간에 붙어 있었다. 내 기억으로는 중학교 2학년 때쯤(1974년) 고향 마을에 전기가 들어왔으니 그 이전에는 해가 지면 온 세상이 깜깜절벽이었다. 달빛이 밝은 날은 그나마 밤길이 덜 무서웠지만, 칠흑같이 어둔 밤에는 손전등 없이 대문 밖을 나서기가 두려웠고 나설 때는 배짱이 필요했다. 밤과 낮의 차이가 무색해진 지금과는 달리 그때는 그랬다.

*

    전기가 없으니 TV가 없는 것은 당연한 일. 넷플릭스 드라마 <오징어게임>에 나오는 달고나, 무궁화꽃이 피었습니다, 구슬치기 같은 놀이들이 그나마 오락거리였던 그 시절, 시골에서 밤에 화장실 가는 일은 초등학생한테는 공포의 시간이었다. 밤에 화장실 가는 일이 생기지 않도록 신경을 쓰지만 그게 어디 마음먹은 대로 되는 일인가. 게다가 선천적으로 장이 약한 나에게 밤에 화장실 가는 일은 드물지 않은 일이었다. 바둑으로 따지면 딱 외통수에 걸리는 꼴인데, 할머니의 짓궂은 농담까지 곁들여지면 몸에 소름이 돋을 정도로 무서워 발걸음이 한 발짝도 떨어지질 않았다. 차라리 그냥 방에서 요강에 일을 보고 싶을 정도로 화장실 가는 게 무서웠다. 내가 이러지도 저러지도 못하고 쩔쩔매면 할머니는 더 신이 나서 사내놈이 겁이 많아서 뒷간(화장실)도 못 간다며 대놓고 놀리셨다. 그러는 할머니가 미웠지만 사정하는 수밖에 달리 방법이 없었다. 발을 동동 구르며 같이 가 달라고 징징댈 수밖에. 그러면 할머니는 못 이기는 척 손을 내밀어 나와 동행해주셨다. 그 따스한 구원의 손길을 잊을 수가 없다. 그때 화장실 밖에서 할머니가 나에게 하시던 단골멘트가 지금도 아련히 들리는 듯하다. "덕영아, 조심해라~잉. 잠깐 정신 줄 놓으면 귀신이 니 고추 따갈지도 모르닝께." 분명 할머니가 나를 놀리려고 지어낸 얘기였지만, 꼬맹이 시절 사방이 깜깜한 재래식(푸세식) 화장실에서 벌벌 떨며 일을 보던 소년한테는 엄포가 아니었다. 그 말을 듣고도 오래 앉아 있을 간 큰 아이가 몇이나 되겠는가. 밑도 제대로 못 닦고 후다닥 도망치듯 화장실을 나올 수밖에. 지금 생각해보면 밖에서 오래 기다리기 싫으신 할머니가 꾀를 내서 하신 말씀이었을 텐데 그땐 속지 않을 도리가 없었다. 아무튼 할머니 덕에 나는 지금도 화장실에 오래 앉아 있는 것을 싫어한다. 그 때문인지 60이 넘도록 치질 등 항문 질환과는 담을 쌓고 지내고 있으니 이 얼마나 다행스런 일인가.

＊

　인간의 생활과 매우 밀접한 관계를 맺고 있음에도 불구하고 인류 문화발달사에서 화장실의 발전 속도는 더뎠다. 스페인의 무적함대를 격파한 영국의 엘리자베스 1세 여왕 시대인 1596년에 이르러서야 물통에서 물을 흘려보내는 방식으로 분뇨를 쓸어내리는 화장실이 등장했다. 이것이 수세식 화장실의 기원이라고 한다. 그 후 18세기 후반 산업혁명으로 기계설비에 의한 생산기술이 획기적으로 발전하면서 화장실도 놀라운 변화를 가져온다. 1847년 영국에서 하수구를 통해 분뇨를 방류하는 법령을 발표하면서 초창기 현대식 화장실이 등장하게 된 것이다. 그 후 발달을 거듭한 화장실은 변기에 디지털 기술이 접목되면서 버튼 하나로 용변에서 청결까지 원스톱으로 끝내주는 기술혁명을 이루었다.

　개화기 우리나라를 방문했던 서양의 선교사들이 개와 소, 말 등의 배설물이 즐비한 한양 거리를 보고 그 불결함에 질겁했다는데 어불성설이다. 그보다 불과 수십 년 전 그들 선조들의 생활상도 크게 다르지 않았다. 프랑스의 자랑이자 세계적 명소인 베르사이유궁전은 18세기까지도 화장실이 없었다. 왕을 알현하기 위한 방문객들은 요강을 준비하거나 기저귀를 차야 했다. 그곳에서 일하는 사람들은 물론이고 방문한 공작, 후작 등 귀족의 부인들도 궁전 복도의 후미진 곳에서 일을 보는 사태가 벌어지기도 했다고 한다. 그러니 그 냄새와 불편함이 어떠했을까? 오죽하면 여성들의 사랑을 받는 하이힐의 유래가 거리에 널린 오물을 피하기 위한 아이디어의 산물이라 하지 않는가.

　내가 굳이 옛 추억 속의 화장실 얘기를 장황하게 풀어낸 것은 세상이 변하면서 그 위상과 용도가 달라진 화장실의 역사를 얘기하고자 함이 아니다. 진짜 목적은 화장실을 슬기롭게 이용해서 귀찮은 항문병 발생을 줄이는 데 조금이나마 기여하고자 함이다. 소설 《파리의 노트르담》과 《레미제라블》로 유명한 프랑스 대문호 빅토르위고는 "화장실의 역사가 곧 인간의 역사"라고 했다. 인간의 일상생활에서 화장실이 차지하는 중요함은 두말할 필요가 없을 것이다. 인간의 생존을 위한 필수요소 가운데 입고 먹고 자는 행위 못지않게 중요한 것이 싸는 (배설) 것이고, 그 행위를 하는 곳이 화장실이기 때문이다. 빅토르위고가 얘기했듯이 화장실 발달의 역사가 인류문화에 끼친 영향은 지대하다. 아이러니컬한 것은 1백 년 전의 우리 선조들은 상상할 수 없을 만큼 화장실이 깨끗하고 위생적으로 변했는데도 불구하고 줄어야 마땅한 항문 질환은 오히려 늘어났다는 사실이다.

✳

배설은 살아 숨 쉬는 모든 생물의 중요한 일과 중 하나다. 지구상에 존재하는 숨을 쉬고 양분을 섭취하는 모든 생물은 필연적으로 내보내는 행위를 해야 한다. 먹어서 비축하는 게 중요하듯 배설해서 비우는 것도 못지않게 중요하다. 배설은 섭취 못지않게 그 생명이 살아 있음을 증명하는 행위이다. 그럴 수 없다면 그 존재는 이미 죽은 상태나 다름없다. 화장실은 사람이 살아가는데 3가지 기본 요소인 의식주 (衣食住)에서 맨 마지막 '주'에 포함되는 부속물이지만 그 중요성은 두말할 필요가 없다.

화장실(化粧室)의 사전적 의미는 용변을 보는 장소를 통틀어 일컫는 말이다. 하지만 한자 단어를 그대로 풀이하면 화장하는 곳이다.

얼굴에 하는 화장—실제로는 '파우더룸'이라는 명칭을 주로 사용한다
—을 이르는 말이고 실제 그런 행위를 하기도 한다. 하지만 주 용도는
대소변을 보고 몸을 씻는 행위를 하는 곳이다. 누구나 익히 아는 사실
인데 이를 제대로 지키지 않는 사람들이 꽤 많다. 과거에는 화장실이
용변을 해결하는 하나의 역할에 그쳤다. 시설이 허름하고 악취와 벌레
가 들끓는 등 위생상태가 불량해서 오래 앉아 있으라고 해도 긴 시간
있기가 어려웠다. 당연히 화장실 이용 시간은 짧았을 것이다. 근대에
들어서면서 개량을 거듭한 지금의 화장실은 상전벽해란 말이 무색할
정도로 깨끗하고 쾌적한 공간으로 바뀌었다. 가기가 꺼려지던 기피 공
간이 휴식과 힐링의 공간으로 재탄생한 것이다. 얼마나 편리하면 서양
인들은 'Restroom'이라는 이름을 붙였을까.

　화장실이 본래의 목적과 기능인 배설과 몸을 씻는 공간에 머물지
않고 독서와 휴식, 더 나아가 명상과 힐링의 공간으로 변화한 건 인류
문화의 커다란 진화이고 큰 축복이 아닐 수 없다. 문제는 화장실에 머
무는 시간이 길어지면서 엉뚱한 질환도 함께 늘어났다는 사실이다. 용
변 보는 시간이 길어지면서 치질과 변비 등 항문병이 급속히 증가한
것이다. 화장실의 혁명적 진화가 불러온 이 두 가지 질환은 현대인에게
는 불편하고 끔찍한 불청객이 아닐 수 없다.

　시간에 쫓기는 많은 현대인들은 화장실에서도 쉬지 않는다. 용변
을 보는 틈새 시간을 이용해서 신문을 보거나 핸드폰으로 문자를 보
내고 영화를 보고 게임에 빠지기도 한다. 아늑한 화장실에 앉아서 신
문을 보거나 스마트폰을 검색하다 보면 시간 가는 줄 모르기 마련. 그
누구의 간섭도 받지 않는 자유롭고 한가한 공간이다 보니 신선의 놀이

터나 다름없다. 사람들이 흔히 말하는 치질은 치핵, 치루, 치열, 항문 농양 등을 통칭하는 말인데, 모두가 항문 주위에서 발생하니까 항문병[1]이라 이름 붙여도 무방할 것이다. 50대 이상 남성의 절반이 해당될 정도로 발생빈도가 높은 질환이다. 질병관리청 자료에 따르면, 연령별 치질 환자 발생률은 남녀 구분 없이 15세 이후 점차 증가하여 45~49세에 정점을 찍은 후 완만하게 곡선을 그리며 줄어든다.

1:
항문에 생기는 병을 통칭하는 말로 항문의 혈관조직에 문제가 생긴 치핵, 항문 입구가 찢어지면서 발생하는 치열, 항문이 곪는 치루, 항문 주위가 가려운 항문소양증, 항문 주변의 염증인 항문염 등이 있다.

*

증권사에 근무하는 A씨는 화장실을 갈 때면 늘 신문을 챙겼다. 처음에는 바쁜 시간을 쪼개 신문을 보기 위해서였는데 시간이 지나면서 신문 없이는 화장실을 가는 게 꺼려질 정도가 됐다. 자기도 모르는 사이에 습관으로 굳어진 것이다. 신문 보는 재미에 빠져 시간 가는 줄 모르다 보니 어떤 때는 30분이 넘도록 변기에 앉아 있기도 했다. 볼 일을 다보고도 항문에 힘을 주었다가 풀었다를 반복해서 그런 것인지 어느 날 항문에 불편한 증상이 찾아왔다. 불안한 마음에 가까운 동네 외과를 방문했더니 치질이 생겼다는 것이다. 배변 시간이 길어지면 항문에 압력을 가해 치질 유발 가능성이 높아질 수밖에 없다. 20년 이상 몸에 밴 화장실 이용 습관이 그에게 고약한 선물을 안겨준 것이다.

A씨는 망설이다 결국 수술대에 올랐고, 이내 건강을 회복했지만 수술 후 겪었던 고통을 생각하면 지금도 아찔하다. 치질 수술 후의 고통은 입소문을 통해 많이 알려져 있는데, 분명한 것은 다른 신체 부위의 수술과는 달리 회복시간이 길게 걸린다는 사실이다. 통증도 상대

적으로 심해서 처음 1~2주 동안은 마치 상처에 고춧가루를 뿌린 것 같은 통증을 느낀다고 한다. 다른 신체 부위 수술의 경우 상처를 봉합하면 1주 이내에 상처가 아물면서 서서히 낫는 게 수순이지만 치질은 그렇지 않다. 수술 부위인 항문을 통해 변을 봐야 하기 때문에 상처가 아무는 데 긴 시간이 걸린다. 수술부위의 크기와 사람에 따라 다소 차이가 있지만 대개 6주 정도의 시간이 필요하다. A씨는 수술 후 화장실 이용 습관을 확 바꿨다. 휴대폰과 신문 없이 빈손으로 들어가서 5분을 넘지 않도록 신경을 썼다. 다행히 재발하지 않고 항문 건강을 되찾아서 지금은 편안한 마음으로 화장실을 이용한다.

＊

항문병이 늘어나는 이유는 워낙 다양해서 화장실 이용시간이 긴 탓으로만 돌릴 수는 없다. 식생활의 서구화와 스트레스의 증가, 오랜 시간 서 있는 근무환경의 변화, 항문의 청결도 등 여러 가지 요인이 복합적으로 작용한 결과일 수도 있다. 치질은 백내장과 함께 우리나라 사람들이 가장 많이 받는 수술 1, 2위를 다툴 정도로 흔한 질환이다. 항문 질환은 생기면 고역이다. 누구한테 대놓고 상담하기가 꺼려지는 질환이기 때문이다. 특히 여성들이 숨기다가 병을 키우는 경우가 많다. 그러니 예방이 최선이다. 항문질환은 겨울에 증상이 심해진다. 다른 혈관계 질환과 마찬가지로 추위에 민감하다. 기온이 낮으면 항문 주위의 모세혈관이 좁아져서 혈액 순환 장애가 발생하기 때문이다. 음주 또한 치핵 악화의 주범이라 할 만하다. 알코올이 항문의 혈관을 확장시켜서 항문조직이 부풀어 오르면 증상이 악화될 수밖에 없다.

전문의들은 대표적 항문질환인 치핵은 눈에 오는 백내장처럼 일종의 노화현상 가운데 하나이므로 절대 혼자 고민하고 숨기지 말라고 조언한다. 나이가 들면서 더 심해질 수 있으니 항문에 불편한 증상이 느껴진다면 망설이지 말고 병의원을 찾을 것을 권한다. 네 다리를 사용하는 동물들과 달리 사람은 직립보행을 하고 앉아서 생활하는 시간이 많아서 항문주변 혈관이 밑으로 내려오는 것은 당연한 현상이라는 것이다. 절대 부끄러워하거나 숨길 일이 아니라는 것이다.

항문질환을 근본적으로 예방하기는 쉽지 않지만 배변습관과 생활습관을 바꾸는 것만으로도 큰 효과를 볼 수 있다. 그중에서도 배변 시에 화장실에 오래 앉아 있거나 과도하게 힘을 주는 것은 항문병을 부르는 어리석은 행위이므로 피해야 한다. 항문병 예방을 위해서도 그렇지만 필요 이상의 힘을 줄 경우 혈압을 증가시켜서 심근경색 등 심혈관계 이상이나 뇌질환을 유발할 수도 있기 때문이다. 실제로 화장실에서 위급한 상황에 빠지는 사례가 적지 않으니 주의할 일이다. 오래 전 기억이지만 지금도 또렷한데, 대학시절 나의 절친 C는 졸업을 앞두고 수원에 있는 경기도립병원에 간염으로 입원했다가 화장실에서 쓰러져 결국 일어나지 못하고 젊은 나이에 세상을 등져야 했다. 적당한 운동과 충분한 수분 섭취, 규칙적인 배변습관을 갖는 것은 몸 건강을 위해서도 중요하지만 항문 건강에도 이로우니 적극 실천할 것을 권한다.

＊

화장실을 절에서는 해우소라고 이름 붙였다. 근심을 해소하는 공간이라는 뜻이란다. 수도하는 스님들이 붙여서 그런지 아름다움과는 거리가 있는 곳임에도 이름이 예쁘고 인생철학까지 담은 듯하다. 길을 가다가 갑자기 설사 증세가 찾아오면 화장실이 얼마나 소중한 공간인지 실감한다. 급할 때 화장실은 근심의 해소 정도가 아니라 세상의 모든 고통을 한순간에 내려놓는 해방과 구원의 공간이 되기도 한다.

원시시대 사람들은 화장실이라는 공간이 필요치 않았다. 다른 동물들과 마찬가지로 자연상태에서 해결했으니 말이다. 지금처럼 주거시설이 외부의 적을 완벽히 차단해주는 구조가 아니었을 테니 잠들었을 때와 배설의 시간이 자신과 가족의 방어에 가장 취약한 순간이었을 것이다. 그러니 배설 시간이 짧을 수밖에. 언제 어디서 적이 나타나거나 맹수가 나타나 목숨을 노릴지 모를 상황에서 일을 보는 시간이 길었을 리는 만무하다. "장은 묵히면 묵힐수록 그 맛이 깊어지지만 치질은 묵히면 묵힐수록 치료가 어려워진다"는 우스갯소리가 있는데 흘려들을 얘기는 아니다. 피해야 할 불청객이지만 이미 찾아왔다면 피하지 말고 맞이하자. 어느 날 항문에서 피가 나오거나 통증 등의 이상신호가 감지되면 머뭇거리지 말고 곧바로 병의원을 찾아가자. 그 길이 말 못할 고통의 시간을 줄이고 삶의 질을 높이는 치료의 지름길이다.

배설은 살아 숨 쉬는 모든 생물의 중요한 일과 중 하나다. 먹어서 비축하는 게 중요하듯 배설해서 비우는 것도 못지않게 중요하다. 둘 중 하나라도 원활하지 않으면 생명을 유지할 수가 없기 때문이다. 그 옛날부터 지금까지 변함없는 사실은 화장실을 가는 목적은 몸에서 쓰고 남은 찌꺼기를 몸 밖으로 내보내는 것이다. 그러니 다른 일은 다른 곳에서 하고 화장실에서는 해우(解憂)에 집중하자. 화장실 갈 때는 잊지 말고 꼭 빈손으로 가자. 그 길이 모두가 피하고 싶어 하는 항문 건강을 지키는 첫걸음임을 잊지 말자.

S라인 몸매,
여성만의 전유물은 아니랍니다

남성 복부비만, 그 위험선을 넘다

남성 S라인 몸매는 북한에서는 자주 보기 힘든 광경일지도 모른다. 적게 먹고 많이 움직이다 보니 배가 나온 사람이 많지 않다. TV뉴스를 통해 접하는 평양의 남성들을 보면 노소 불문하고 날씬하거나 마른 체형이 많다. 아프리카 빈민국(貧民國)이나 저성장 국가의 공통점은 비만 인구가 적다는 점이다. 반면 우리의 거리 풍경은 정반대이다. 배와 엉덩이가 불룩 튀어나온 S라인 몸매의 남성들이 흔하다. 좀 더 실감나게 보고 싶으면 대중목욕탕에 가면 된다. 식생활은 크게 향상된 반면, 운동은 감소한 영향일 것이다.

여성들은 갈 수 없는 금녀의 구역, 목욕탕 남탕의 풍경을 들여다보자. 홀딱 벗은 몸으로 당당하게 탕 밖 대기실을 휘젓고 다니는 모습을 상상해보라. 여성들과 달리 남성들은 자기 몸을 가리는 사람을 찾아보기 어렵다. 자신의 몸매와 관계없이 열에 아홉은, 아니 열에 열은 완전 나체로 씩씩하게 걸어 다닌다. 쭉 빠진 근육질의 남성이든 빈약한 남성이든 벌거벗은 그대로의 몸으로 탕 안팎을 활보한다. 미루어 짐작컨대 여탕의 풍경은 다르리라.(?) 탈의실에서 욕실 안으로 이동하는 짧은 거리도 수건으로 앞을 가리고 조심스럽게 이동할 것이다. 아무튼 남탕에서는 수건으로 아랫도리를 가리는 남성은 찾아보기 어렵다.

사람의 나이는 대개 얼굴을 보고 짐작할 수 있다. 그 작은 공간의 원안에 사람은 나무의 나이테 못지않은 선명한 연륜을 새겨 넣었다. 사람에 따라 약간의 차이는 있을지언정 세월의 흔적을 없애는 것은 불가능하다. 하지만 사람의 나이를 꼭 얼굴로만 판단하는 것은 아니다. 몸의 태로도 어렵지 않게 나이를 추산할 수 있다. 일단 30대, 아니 40대까지만 해도 관리를 잘하면 20대 못지않은 몸태를 유지한다. 하지만 50줄을 넘기면 사정이 다르다. 설사 운동으로 잘 단련한다고 해도 중력의 무게를 버텨내기가 쉽지 않다. 하물며 하루하루 바쁜 일상에 쫓기며 운동과는 담을 쌓은 채 술, 고기와 친하게 지내는 대다수의 직장인들은 굳이 말할 것도 없다.

다시 남탕의 풍경으로 돌아가 보자. 분명 여탕 안의 풍경이 아닐진대, 콜라병 몸매의 주인공들이 수두룩하다. 자세히 관찰해보면 마치 S라인 경연장 같다. 인공(?)으로 만든 보디빌더 경연장과는 전혀 다른 자연 그대로의 모습이다. 신체 발육이 양호한 쭉 빠진 몸매가 대세인 20, 30대와는 달리 40, 50대의 남성 상당수는 출중(?)한 S라인을 유감없이 뽐낸다. 옆에서 보면 더 확연히 드러난다. 아랫배는 불룩 튀어나오고 큰 엉덩이는 뒤로 쑥 빠져서 S라인이 도드라진다. 위와 아래가 완만하게 곡선을 이루는 아름다운 여성의 S라인과는 달라도 너무 다른 급커브의 S라인이다.

목욕탕에서 남성의 나이대를 추정하려면 서 있는 옆모습을 보면 된다. 살집이 어느 정도 있는가에 따라 다소 차이가 있지만, 앞이 절벽 같은 1자형에 가까우면 40대를 넘지 않는다. 신기하게도 20, 30대는 살집이 있어도 1자형에 가까운 몸태이다. 물론 드물게 그렇지 않은 젊은이도 있기는 하지만. 앞과 뒤가 불룩해서 S라인이 두드러지면 40대 이상으로 봐도 무방하다. 40대는 몸매에 관한 한 과도기다. 인생의 절정기, 완숙기라고도 할 수 있는 불혹의 나이지만 처져서 망가져 가는 몸태는 숨기기 어려워진다. 40대는 여러 가지 측면에서 인생의 변곡점인 듯하다.

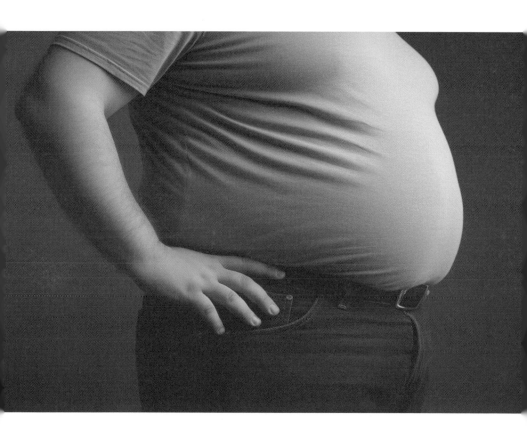

S라인 몸매, 여성만의 전유물은 아니랍니다

우리 신체 중 콕 하나 집어서 눈을 살펴보자. 40대 초반은 사물을 보는데 그럭저럭 큰 불편을 느끼지 않는다. 하지만 40 중반을 넘어서면 사정이 달라진다. 먼 곳을 잘 보는 사람일수록 그렇지 않은 사람보다 더 빨리 가까운 곳 글씨를 보는 게 힘들어진다. 50줄을 넘기면 원시는 물론이고 근시인 사람들도 서서히 신문이나 핸드폰을 보는 데 불편함을 느끼기 시작한다. 평소 안경을 쓰는 근시는 50을 넘어도 안경을 벗으면 가까운 데 글씨를 잘 본다. 물체의 상이 앞에 맺히는 근시의 특성 때문에 신문 보는 데 큰 불편을 느끼지 못한다. 하지만 60을 넘기면 가까운 거리 글자를 보는 데 어려움을 겪게 된다. 물체를 보는 조절력을 담당하는 수정체 주변의 근육이 퇴화하기 때문이다. 뱃살의 진행속도와 눈의 노화 속도 모두 20대 이후 천천히 내리막길을 걷다가 40대에 들어서면 가속도가 붙는 공통점이 있다. 차이점은 눈의 노화 속도는 사람의 노력으로 막기 어렵지만, 뱃살이 붙는 속도는 노력의 정도에 따라 어느 정도는 다르다.

배가 불룩 튀어나왔든, 볼록 튀어나왔든 건강 성적표는 둘 다 낙제점이다. 살찐 비만이든 마른 비만이든 수명에 나쁜 영향을 준다. 일명 '똥배'라고 하는 내장(복부) 비만은 나이가 들면서 심해지기에 '나잇살'로 치부하면 안 된다. 건강의 적신호는 물론이요, 미관상으로도 좋지 않다. 내장 비만은 장기 사이에 지방이 끼는 데 그치지 않고 고혈압, 고지혈증, 당뇨병, 뇌졸중, 심근경색 등과 같은 고위험 질환의 발생 위험을 높인다. 내장 비만을 빼는 것은 쉽지 않은 일이지만 불가능한 일은 아니다. 내장 비만을 줄이기 위해서는, 첫째, 잘못된 식습관을 고쳐야 한다. 한국인의 주식인 밥과 밀가루를 재료로 한 면과 빵, 과자류

등은 비만을 부르는 탄수화물 덩어리다. 그렇다고 섭취를 중단할 수는 없는 일이고 줄이는 노력이 필요하다. 반대로 닭가슴살, 생선, 콩, 두부, 계란 등 단백질 식품은 섭취를 늘려야 한다. 둘째, 유산소운동이 반드시 필요하다. 걷기와 달리기, 등산, 수영, 자전거 타기 등은 내장 지방을 태우는 데 도움이 된다. 셋째, 이른 저녁 식사 후, 아침 식사 전까지 12시간 이상 공복을 유지하는 간헐적 단식도 지방 분해에 도움을 준다고 한다.

또 저녁 9시 이후 야식이나 음주는 '어쩌다'는 어쩔 수 없지만 '늘상'이라면 줄이거나 피해야 한다. 내장 비만은 물론이고 건강에도 치명적이기 때문이다. 단식이 좋다 해서 무리하면 건강에 독이 되니 전문의의 도움을 받아 단계적, 과학적, 규칙적으로 하는 게 중요하다.

젊음은 아름답다. 소설가이자 수필가인 민태원은 수필 ≪청춘예찬≫에서 젊음을 이렇게 찬미했다. "인생의 황금시대인 청춘기의 몸과 피부는 피어나기 전의 유소년이나 시들어가는 노년에게서는 구할 수 없는 그들만이 누릴 수 있는 특권"이라고. 누구에게나 주어진 청춘이지만 누구도 거스를 수는 없는 게 세월이다. 몸이 늙어가는 것은 꽃이 싹을 틔워서 꽃을 피우고 열매를 맺고 결국은 지고 마는 자연의 이치와 같다. 누구든 세월을 거슬러 바라만 보아도 아름다운 청춘으로 돌아가지 못한다. 하지만 세월을 견딘 노송(老松)이 애송이 나무에 비할 바 없이 아름답듯이, 사람도 잘 가꾼 노년은 청년 못지않게 아름다울 수 있다는 사실, 꼭 잊지 말았으면 한다.

오줌발이 쎄다구요

‘오줌발’이 쎄다구요. 전립선 건강 일단 합격! 그래도 자만은 금물!

대한민국 남자 대다수는 콤플렉스가 있다. 아니 지구상의 많은 남자들이 가진 콤플렉스일지도 모른다. 나의 소중한 기관이 남의 것보다 작은 것 같다는 ‘왜소 콤플렉스’가 그중 하나이고, 다른 하나는 소변 줄기의 세기가 약한 일명 ‘오줌발 콤플렉스’이다. 선천적인 측면이 강하고 질병도 아닌 전자는 여기에서는 더 이상 언급하지 않겠다. 때로 남자를 주눅 들게 만드는 후자는 대놓고 얘기하기가 꺼려지는 주제이긴 하지만 남자라면 모두가 관심을 가지는 분야인 만큼 자세히 알아보자.

여자들은 모른다. 남자라면 어린 아이도 아는 일인데, 남자 화장실에서는 소변을 볼 때 소변줄기 힘이 약해서 찔끔대거나 오래도록 서 있는 남자들을 심심치 않게 볼 수 있다. 전립선이 비대해져서 소변 길인 요도를 압박해 나타나는 현상인데, 50대 이상의 남자한테서는 흔한 현상이다. 밀폐된 공간에서 혼자 따로 볼일을 보는 여성들과 달리 남성들은 터진 공간에서 나란히 서서 소변을 보게 된다. 이때 소변 줄기가 힘이 약해 세차게 뻗지 못하고 졸졸졸 떨어지면 여간 자존심 상하는 게 아니다. 소변 줄기가 힘이 뻗쳐서 좔좔좔 소리를 내면 은근히 어깨에 힘이 들어갈 정도다. 고전 야화에 나오는 정력남 변강쇠의 상징이 세찬 오줌발인 것을 보면 오래전 부터 오줌발은 남성성의 상징이었는지도 모른다.

비뇨기과학 측면에서 오줌발이 세다는 것은 전립선이 건강하다는 증거로 봐도 무방하다. 사람이나 동물한테 먹고 배설하는 기능의 중요성은 두말할 필요가 없다. 둘 중 하나라도 제 기능을 발휘하지 못하면 이 세상에 존재할 수가 없다. 그러니 남성의 배설기관 중 일부인 전립선의 건강은 성적인 측면뿐만 아니라 원활한 배설을 위해서도 중요하다.

전립선비대증은 50대 남성의 절반, 70대 남성의 70% 이상이 겪을 정도로 흔한 남성만의 퇴행성 질환이다. 말 그대로 전립선이 커지는 질환이다. 안과에서 백내장만큼이나 흔한 질환인데, 숨기거나 참고 지내서 그런지 수술 건수는 백내장수술에 비하면 현저히 적다. 남성의 노년기 행복지수에 큰 영향을 주기에 전립선의 건강은 아무리 강조해도 지나치지 않다. 문제는 많은 남성들이 오줌발 센 것을 정력과 연관시켜 예민하게 반응하면서도 정작 전립선 건강에는 무지하거나 무디다는 데 있다. 두말할 필요 없이 청년들은 소변 줄기가 강하고 반대로 노년의 남성들은 대개가 약하다.

그럴 수밖에 없는 것이 전립선이 커져서 생기는 전립선비대증은 질병이라기보다는 일종의 노화증상이기 때문이다. 자동차를 오래 타서 중고차가 되면 부품의 노후화로 여기저기 고장 나듯이 나이가 들면 인체 기관들도 기능이 약해지는 건 자연스런 현상이다. 그러니 자동차에 비유하면 뽑은 지 몇 년 안 된 신차격인 청년은 소변 줄기가 세찬 게 당연하다. 10년쯤 탄 중고차에 비유할 만한 50대 이상의 노년은 소변

줄기가 약할 수밖에 없다. 그러니 조금도 부끄러워할 일이 아니다. 그저 자연스런 인체의 노화현상으로 보면 되는 것이다. 다만 그 정도가 심해지면 적절한 치료를 받아야 한다.

남성에게만 존재하는 전립선은 방광에 연결된 요도를 감싸고 있는 부분이다. 크기는 약 3×3×5cm, 무게는 11~20g 정도인 밤톨 모양의 작은 기관이다. 방광 바로 밑에 위치해 요도를 감싸고 있어서 여기가 비대해지면 소변 길을 좁게 압박해서 배뇨장애를 일으키는 주범이다. 전립선비대증은 노화로 인한 남성호르몬 불균형으로 발생하는데, 커지면 정상 부피의 10배인 200g까지 비대해지기도 한다.

전립선은 위치나 크기로 보아 맹장(막창자)처럼 불필요한 기관으로 보이지만, 맡은 역할이 만만치 않다. 전립선에서 만들어진 전립선액은 정소에서 만들어진 정자에 영양을 공급하고 정액이 굳지 않게 해 정자가 활발하게 운동하는 것을 돕는다. 인류의 종족 번식과 유지를 위해 반드시 있어야만 하는 기관인 것이다. 남성의 정액에서 나는 독특한 '밤꽃' 같은 냄새는 전립선액에서 나는 냄새이다.

전립선 건강과 관련해서는 잘못 알려진 정보가 적지 않다. 10대, 20대 중에도 오줌발이 시원찮은 청년이 없는 건 아니다. 이를 두고 지나친 자위 때문에 그런 게 아닐까 고민하는 경우가 적지 않은데 쓸데없는 걱정이다. 다만 신경이 예민한 사람은 방광이 차기도 전에 소변을 볼 경우 방광 용량이 작아져서 빈뇨의 원인이 되기도 하니 주의할 일이다. 소변을 너무 오래 참는 것도 문제지만 지나치게 자주 보는 것도 배뇨 관리에 악영향을 주므로 피해야 한다. 방광은 오줌을 일정시간 저장하는 일종의 저수지라 할 수 있는데, 소변이 차기도 전에 수문을 자주 열면 저장용량이 작아져 저수지 역할을 제대로 수행하기 어렵게 된다. 핸드폰 배터리 충전 원리와 비슷하다. 배터리를 다 쓴 다음에 충전해야 배터리 수명이 길어지고 기능을 충분히 발휘할 수 있는 것과 같은 이치다. 그렇다고 지나치게 오래 참는 것도 좋은 것은 아니다. '지나치면 모자람만 못하다'는 말은 여기에도 딱 들어맞는다. '병 만나기는 쉬워도 병 고치기는 힘들다'는 말이 있다. 병에 걸리기는 쉬워도 일단 걸린 병을 고쳐서 건강을 회복하기는 어렵다는 뜻이다. 다른 병도 그렇지만 고질병으로 발전하면 고치기가 쉽지 않으니 주의할 일이다.

자전거를 타는 게 전립선 건강에 악영향을 준다는 주장도 있는데 사실일까? 설은 분분하지만 아직까지 이를 증명할 만한 확실한 연구 결과물은 없다. 이 설은 미국 보스턴의대 비뇨기과 교수인 어윈 골드스타인박사가 주장해서 널리 알려졌으나 인과관계가 명확하게 밝혀지지는 않았다. 전문가들의 견해를 압축하면 일장일단이 있다. 단점은 자전거의 안장이 회음부를 압박해서 전립선이 커지는 데 영향을 준다는 것인데, 가능성 정도의 가설일 뿐이지 증명된 사실은 없다. 다만 비뇨기학 전문의들은 전립선비대증 수술을 받은 환자의 자전거 타기는 권하지 않는다. 자전거가 수술로 약해진 전립선 부위에 나쁜 영향을 줄 수 있기 때문이다.

일부 전문가들은 자전거를 타는 게 혈액의 산소운반 능력을 개선하여 건강에도 좋고 성기능을 향상시킨다는 주장을 편다. 자전거 타기 긍정론자이든 부정론자이든 공통적인 조언은 자전거 안장에 오래도록 앉아 있는 것은 문제가 있다고 말한다. 자전거 타기를 즐기되 남성들은 10분 또는 30분 간격으로 페달을 밟고 일어서서 회음부가 장

시간 압력을 받는 것을 피하는 게 좋다는 것이다. 회음부가 접촉하는 부위에 구멍을 낸 남성용 자전거 안장을 사용하는 것도 전립선 건강을 위해서 권장할 만하다.

전립선과 관련해서 남성들을 괴롭히는 요인으로는 날씨와 음주를 빼놓을 수 없다.

개인차가 있긴 하지만 50대 이상의 남자들은 날씨가 춥거나 술을 마시면 화장실 가는 빈도가 잦아진다. 전립선 근육은 자신의 의지와는 상관없이 자율신경에 의해 스스로 움직이는데, 날씨가 추워지면 저절로 수축이 된다. 이런 현상이 요도를 압박해서 배뇨증상을 악화시키는 것이다. 과도한 음주와 카페인은 소변량을 늘려서 자주 요의를 유발하므로 주의해야 한다. 과음을 하거나 감기약을 복용한 후에 소변을 보기 어려울 때는 지체 말고 병원으로 가야 한다.

남성들은 소변 보는 간격이 2시간 이내이거나 잔뇨감(소변 후에도 시원하지 않고 소변이 남은 느낌), 야간뇨(잠을 자다 깨서 소변을 보는 행위) 등의 증상이 계속되면 비뇨기과 진료를 받아야 한다. 전립선에 문제가 없는데도 시도 때도 없이 소변을 자주 본다면 호르몬 이상으로 생기는 '요붕증'을 의심해볼 수도 있으니, 전문의 진료를 받는 게 중요하다. 과거에 전립선 수술을 받은 남성들 가운데는 정력 감소 등 부작용을 우려하여 수술을 기피하는 경향이 있는데, 지금은 치료법이 발달해서 부작용이 많이 줄었다. 무엇보다도 전립선비대증은 참거나 피할 수 있는 질환이 아니다. 증상이 악화되면 '급성요폐'로 응급실에 실려갈 수도 있다. '병은 참는 자보다는 참지 못하는 자를 더 두려워한다'는 사실을 잊지 말자.

아직도 서서 소변을 보신다구요 ▬▬

"밖에서라면 몰라도 집에서는 그러면 안 됩니다." 아직도 집에 있는 화장실에서 서서 소변을 보는 남자가 적지 않은 것 같다. 가족의 건강과 위생을 제일로 고려하는 당신이라면 당장 그 버릇(?)을 고치는 것은 어떨지 고민해 볼 것을 권한다.

언제부터인가 남자들도 앉아서 소변을 보는 문화가 생기기 시작했다. 인류가 탄생한 이래 남자가 앉아서 소변을 보는 시대는 근세기 이전에는 없었을 것이다. 남자의 신체구조상 서서 보기에 유리하도록 설계돼 있기 때문이다. 19세기까지만 해도 지금과 같은 수세식 화장실이 일반화되지 않았으니 서서 보는 게 어쩌면 당연했을 것이다. 21세기 들어서야 비로소 남자들도 위생에 대한 중요성이 강조되면서 앉아서 보는 문화가 생겨난 것으로 보인다.

남자가 앉아서 소변을 보는 문화가 생기면서 한때 일부 의사들이 전립선에 안 좋다는 주장을 내놓기도 했으나 지금은 잠잠하다. '구더기 무서워서 장 못 담글까' 하는 속담처럼 불필요한 논쟁이기 때문이다. 만약에 백 번 양보해 남자가 서서 소변을 보는 게 건강에 좋다고 치자. 그렇다고 해서 남자들이 대변을 볼 때 일어서서 소변 따로 보고 다시 앉아서 대변을 볼 수는 없는 일 아닌가. 인류 역사상 그런 남자가 존재하기는 했겠는가. 그러니 그런 논쟁은 하나 마나 한 얘기라는 뜻이다.

하지만 위생적인 측면을 고려하면 앉아서 봐야 하는 이유가 분명하다. 일본의 한 실험에 따르면 서서 소변을 볼 경우 소변 방울이 변기로부터 반경 40cm, 높이로는 30cm까지 튀어 오른다는 결과가 있다. 남자 한 명이 화장실을 사용할 경우 하루 평균 2,500방울의 소변이 변기 바깥으로 튀겨 나간다는 실험 결과도 있다. 화장실에서 악취가 나는 데는 여러 가지 이유가 있겠지만 남자가 서서 일을 본 영향도 적지 않을 것이다. 특히 화장실은 대부분 구조가 밀폐돼 있는데다 변기 가까이에 치약, 칫솔, 비누 등이 있는 세면대가 있어서 위생적으로도 좋을 리 없다.

남자가 좌변기 앞에서 소변을 서서 보는 것은 번거롭기까지 하다. 좌변기의 오염을 줄이려면 소변을 보기 전에 변좌를 들어 올렸다가 소변을 본 후 다시 내려야 하기 때문이다. 설마 집안에서 이 수칙을 지키지 않는 남성은 없을 것이다.

한 조사에 따르면 우리나라는 집에서 절반 가까운 남성이 변기에 앉아서 소변을 보는 것으로 나타났다. 가족을 위한 위생적인 고려와 변기 좌석을 올렸다 내려야 하는 번거로움을 피하기 위함일 것이다. 하지만 외부에서라면 굳이 좌변기를 이용할 필요가 없다. 입식 소변기가 없다면 모를까 따로 있다면 그것을 이용하면 될 일이다. 특히 좌변기만 있는 외부 남성화장실의 경우 서서 일을 본 양심 불량 남자들의 영향으로 변기가 불결한 경우도 있어서 주의가 필요하다.

다른 나라의 남자들은 어떨까? 언론에 소개된 자료에 따르면 독일 남성의 경우 10명 중 6명 이상이 앉아서 소변을 봐서 세계 1위라고 한다. 일본도 앉아서 소변을 보는 남성 비율이 높은 나라로 꼽힌다. 독일에 이어 스웨덴, 덴마크 등 북유럽 쪽 나라 남자들이 앉아서 소변보는 비율이 높게 나왔다. 미국과 멕시코 등 아메리카 쪽은 상대적으로 서서 보는 비율이 높다고 한다. 어떤 방식을 택하든 그게 건강에 크게 영향을 줄 정도는 아닐 것이다. 다만 그것으로 인해 가족 간에 갈등이 생기는 일은 피했으면 한다. 남자가 양보의 미덕을 발휘하면 쉽게 해결될 수 있는 문제이기 때문이다.

헬스조선이 알려주는 소소한 건강상식에 따르면 남자의 아침 첫 소변은 앉아서 보는 것이 건강에 좋다고 한다. 수면 중에는 소변과 대변이 나오지 않도록 관장하는 전립선 근육과 괄약근이 긴장한 상태로 있어서 첫 소변이 잘 안 나올 수 있는데, 변기에 앉으면 근육 이완에 도움을 주어 소변보는 게 수월해지기 때문이란다.

남성들에게 유익한 팁일 것 같아서 하나 더 덧붙인다. 많은 남성들은 소변을 다 본 후에 서둘러 음경을 한두 번 흔들어 털고 팬티에 넣는 데 좋지 않은 방법이다. 소변이 요도에 남아서 잔뇨감으로 불쾌감을 주거나 나중에 흘러나와서 속옷을 적실 수 있기 때문이다. 이때는 서두르지 말고 요도에 남아 있는 소변이 음경 입구로 나올 때까지 2~3초 기다렸다가 털어주는 게 깔끔한 마무리에 도움이 된다.

참고로 공중화장실이나 직장 내 화장실을 이용할 때는 소변기에 최대한 가까이 다가가서 일을 보는 습관을 들이자. 나의 작은 노력이 변기 주변이나 바닥의 청결을 유지하는 데 도움이 되면 그곳을 청소하는 수많은 미화 여사들의 노고를 덜어줄 수 있을 것 같아서다. 보이지 않는 곳에서 실천하는 예절과 배려야말로 진정한 남자의 멋 아니겠는가.

주말은 몸 청소하는 날

    지저분한 남자와 깔끔한 남자의 기준은 무엇일까? 아마 사람들마다 제각각일 것이다. 나는 손, 발톱과 털 관리에 달렸다고 생각한다. 옷차림과 냄새 등 다른 판단요소도 있지만 여기에서는 신체에서 매일매일 자라는 손톱과 발톱, 털에 대해서만 얘기하고자 한다.

    손톱과 발톱을 정기적으로 손질하고 얼굴에 있는 수염과 코털, 귀의 털을 잘 정비하면 외견상 말끔한 신사로 손색이 없다. 아무리 옷매무새가 뛰어나고 향수 냄새가 그윽해도 손톱에 까맣게 때가 끼어 있거나 코털이 자라서 밖으로 삐쳐 나와 있으면 신사로 보이기는커녕 정나미가 떨어질 것이다. 귀의 털이 자라서 시커멓게 밖으로 튀어 나와 있어도 지저분해 보이기는 매일반이다. 눈썹을 제때 자르지 않아서 산신령처럼 길게 기르는 이도 있는데 본인은 어떤 생각인지 알 수 없으나 신사 이미지와는 거리가 멀다.

    사람의 신체 중 중요하지 않은 부위가 없지만 손톱과 발톱은 매우 중요한 기관이다. 코털, 눈썹, 귀의 털, 수염 등 얼굴 여기저기에 난 털들도 제각기 주어진 역할이 있다. 그러니 없어서는 아니 되고 없애서도 아니 되는 소중한 우리 몸의 일부다.

    이들 기관들은 가만히 있는 게 아니라 끊임없이 자란다. 정기적으로 관리하지 않으면 돌보지 않은 화단처럼 잡초 밭이 되기 쉽다. 그러니 차라리 없다면 어떨까. 아니 아예 없으면 불편할 수도 있고 아쉬울 수도 있으니 자라지 않고 그대로라면 또 어떨까. 어느 경우든 사람에게 유익하기보다는 불편한 게 더 많다. 먼저 없다는 가정을 해보자. 손톱이 없으면 사람은 물건을 들고 조작하는 데 불편이 클 것이다. 발톱이 없다면 걷고 달리는 데 장애가 크다. 코털이나 귀의 털은 필요 없어 보이나 외부로부터 먼지나 세균 등 유해물질이 들어오는 것을 막아주는 역할을 한다. 없으면 질병 예방에 구멍이 뚫리는 셈이다. 그러니 존재감은 적어 보여도 꼭 필요한 기관임은 분명하다. 눈썹은 하는 일이 없어 보이지만 머리나 이마에서 흘러내리는 땀방울이나 빗방울이 눈으로 흘러들어가지 않도록 막아주는 제방 역할을 하니 이래저래 없어서는 안 될 중요한 기관임에 틀림없다.

그렇다면 존재는 하되 우리의 키나 몸무게가 큰 변화가 없듯이 자라지 않고 그대로 유지되면 어떨까. 이 또한 사람에게 유익하지 않다. 매일 매일 자라서 관리하는데 상당한 불편을 주긴 하지만 자라지 않는 것보다는 자라는 게 사람에게 이익이다. 이들 기관이 자라지 않으면 어떤 사태가 벌어질까. 우선 손발톱이 다쳐서 부러지거나 머리털이 사고로 잘려나갔을 때를 상상해보자. 얼마나 황당한 일인가. 부러진 손발톱 자리는 훼손된 상태로 비어 있을 것이고, 대머리도 아닌데 머리털이 사고로 잘려나갔다면 미용상 여간 흉하지 않을 것이다. 아예 민머리로 밀어버리거나 가발 또는 인조 머리카락을 붙이는 방법밖에 없을 것이다. 그러니 때로 귀찮고 때로 불필요해 보여도 군말 말고 정성을 다해 이들 기관들을 돌보고 다듬어 주어야 할 것이다.

남성과 여성 구별 없이 가끔씩 겪을 수 있는 낭패 중에 콧속 털에 코딱지가 붙어 있는데 당사자가 이를 모르고 있는 상황이다. 어떤 사람이 강연장이나 토론장에서 열정적으로 얘기하는데, 코털에 코딱지가 붙어서 떨어지지 않고 달랑거리고 있다면 얼마나 우스꽝스러울까. 하지만 그런 난감한 상황이 눈앞에 펼쳐져 있어도 섣불리 개입하기는 쉽지 않다. 상대방이 받을 무안과 낭패 때문이다. 그 상황을 지켜보고 있으면 어떤 기분일까. 내 일이 아니고 타인이 겪는 일이니 못 본체 하면 그만이지만 그다지 유쾌하지는 않을 것이다. 그러니 다소 부담이 가더라도 용기를 내서 조심스럽게 그 사람한테 알려주는 게 그 사람을 위해 좋을 듯하다. 생각해보면 누구나 이런 경험들이 있을 것이다. 타인한테만 그런 일이 생기는 건 아니고 본인이 그런 상황에 처했을 수도 있는데, 지적해주는 사람이 없어서 몰랐다가 나중에 집에서 거울보고 당황했던 기억도 있을 것이다. 때로는 남이 그런 상황에 처했을 때 말해줄까 말까 고민하다 못 본 체하고 넘어갔던 적도 있을 테고.

몇 년 전으로 기억하는데 드라마에서 청순한 이미지의 여주인공이 매우 진지한 상황에서 콧속 털에 작은 코딱지가 대롱대롱 매달려 있는 장면이 그대로 방영된 적이 있다. 아마도 드라마 제작시간에 쫓겨 생긴 해프닝일지도 모르겠다. 심각한 표정의 여주인공 얼굴이 움직일 때마다 작은 코딱지가 콧속에서 흔들리는데 보는 내가 조마조마하고 안타까웠던 기억이 난다. 요즘 TV 화면이 얼마나 크고 선명한가. 그 배우는 아무리 쪽대본에 시간에 쫓긴 촬영과 편집이라 해도 제작진의 부주의가 얼마나 원망스러웠을까. 내가 아는 친한 형은 약간 들창코인데, 자주 코딱지를 달고 다닌다. 그것을 의식해서인지 손으로 코를 파는 경우가 흔한데, 옆에서 보는 나는 불편할 수밖에 없다. 그런 상황이 여러 사람과 식사 중이라면 불결해보여서 당황스러울 수밖에 없는데 눈치도 없이 그 형은 계속 코에서 코딱지를 파내서 곤욕스러웠던 기억이 새롭다.

그런 난처한 상황에 처하지 않으려면 어떻게 해야 할까. 가장 좋은 방법은 콧속의 털이 지나치게 길지 않도록 관리해주는 일이다. 콧속에 코딱지가 생기는 것은 막을 수 없고 막을 필요도 없다. 그것은 건강한 육체에서 자연스레 일어나는 인체의 생리 대사 작용이어서 누구에게나 매일 반복적으로 일어나는 일일 뿐이다. 코딱지는 콧구멍에 있는 콧물과 먼지가 섞여서 말라붙어 생긴 불순물 덩어리여서 세면할 때 코를 풀어 제거하면 될 일이다. 코딱지는 누구에게나 있고 대개는 코의 털보다는 코의 점막에 붙어 있어서 외견상 보이지 않게 마련이다. 그런데 코의 털이 많고 길면 점막에 붙어 있어야 할 코딱지가 (자신의 처지를 망각하거나 길을 잃고) 코털에 붙어서 말라붙는 현상이 더 잦을 수밖에 없다.

나에게 주말은 휴식의 시간이기도 하지만 청소의 시간이기도 하다. 1주일에 주말 하루 집안 청소와 쓰레기 정리는 나의 몫이다. 이는 가족의 구성원으로서 나에게 주어진 책무이자 최소한의 도리이다. 집안 청소 못지않게 습관적으로 꼭 하는 일이 몸 청소다. 도구는 다섯 가지를 사용한다. 코털제거기, 눈썹용 가위, 눈썹용 빗, 손톱깎이, 발톱깎이 등이다. 요즘엔 남자들도 스크류 브러쉬나 눈썹 칼, 브로우 펜슬 등을 이용해 눈썹을 멋있게 단장하기도 한다. 나는 거기까지는 가지 못했다. 그건 훈남들의 몫이고, 남자로서 지나친 치장이라 여긴 까닭이기도 하나 실제는 매일 하는 게 쉽지 않아서다.

주의해야 할 점도 있다. 몸 청소가 중요한 일이긴 하나 지나치면 안 함만 못할 수도 있다. 코털을 너무 짧게 자르면 코 속에서 털이 맡고 있는 기능이 반감돼 감기나 코질환을 유발할 수도 있다. 코털은 코에서 분비되는 습기를 지니고 외부에서 들어오는 먼지 등 침입자를 막아주는 역할을 하는데, 너무 짧게 자르면 이 기능을 수행하기 어려울 것이기 때문이다. 귓속의 털도 나름의 기능을 고려하면 바깥쪽은 불필요하니 바싹 잘라도 문제없지만 눈에 보이지 않는 귓속의 털은 그대로 두는 게 귀 건강에 이롭다. 눈썹은 너무 긴 채로 방치하기보다는 일정 길이로 단정하게 잘라주고 반달 모양의 결대로 빗어주면 산뜻한 용모를 유지하는 데 도움이 될 것이다. '지나치면 모자람만 못하다'는 말 그대로 손발톱과 털 관리는 과하지 않아야 한다. 적기에 적절하게 손질해주는 게 무엇보다 중요하다. 빨리 자라는 게 귀찮아서 지나치게 짧게 자르거나 아예 뽑아서 없애는 것은 하지하책이다. 남성들이여! 더 늦기 전에 지저분한 남자라는 오명은 벗어버리자. 대신 깔끔한 신사로 다시 태어나자. 주말은 몸이 휴식하는 시간이기도 하지만 내 몸을 말끔히 청소하는 날임을 잊지 말자.

'몸이 천 냥이면 눈이 구백냥' 이라구요

　　"눈은 마음의 창이다", "눈은 몸의 등불이니 네 눈이 성하면 온 몸이 밝을 것이요"라는 성경 구절도 있다. "몸이 천 냥이면 눈이 구백 냥"이라는 속담을 모르는 사람은 별로 없다. 눈이라는 기관의 소중함과 눈 건강의 중요성을 이보다 멋지게 압축할 순 없다. 만약 눈이 독립된 개체라면 이 말을 듣고 어깨를 으쓱하고 목에 잔뜩 힘이 들어갈 것이다. 그렇게 중요한 눈이지만 찬찬히 따져보면 참 보잘것없다. 몸에서 눈이 차지하는 비중을 도량형으로 환산하면 어떤 기준을 내세워도 빈약하다. 몸 전체의 100분의 1에도 미치지 못할 것이다. 길이, 부피, 무게 어느 것을 기준으로 해도 마찬가지다. 눈의 시각축(직경) 길이는 성인기준으로 사람에 따라 약간 차이가 있지만 평균 24mm, 폭은 23.6mm, 높이는 23.3mm이며, 부피는 약 6.5ml에 불과하다. 탁구공 정도로 작은 크기인데 온 세상을 담고 있다. 기적처럼 놀라운 기관이다. 괜히 가격이 비싸게 매겨진 게 아니다.

＊

　　속담을 글자 그대로 해석하면 인체의 양대 기관이라 할 심장과 뇌는 명함도 내밀기 어려울 정도로 초라하다. 두 기관을 합쳐봤자 채 1백 냥이 안 된다. 전체 몸값의 10분의 1에도 미치지 못한다는 얘기다.

두 기관의 체면이 말이 아니다. 반면 '눈은 몸의 등불'이라는 성경 구절까지 있는 걸 보면 얼마나 귀한 존재인지 알 만하다. 그렇게 귀중한 눈일진대, 그에 걸맞는 대접을 받을까? 사람들은 추우면 본능적으로 털모자를 쓰고 귀마개나 목도리를 해서 목과 귀, 코와 입을 감싸준다. 그런데 아무리 비바람이 불고 추워도 눈은 그대로 둔다. 때로 보안경을 쓰기도 하나 특별한 경우에 해당한다. 학생은 공부를 핑계로, 공장이나 건설노동자는 일을 구실로 밤낮없이 혹사시키기까지 한다. 힘든 일을 하면 휴식시간을 갖지만 눈은 어지간히 피로하지 않으면 휴식시간을 갖기 어렵다. 심지어는 닦지도 않은 더러운 손으로 사정없이 비비기까지 한다. 홀대도 이런 홀대가 없다.

건강한 사람들이 눈에 본격적으로 관심을 갖게 되는 시기는 40대 중반쯤 돼서다. 그전까지는 이런저런 사연이 있어도 눈 건강에는 큰 이상을 느끼지 못하지만 40줄에 들어서면 양상이 달라진다. 가까운 곳 글씨가 흐릿하게 보이기 시작하고 눈이 자주 건조하고 뻑뻑해진다. 큰 병이 없는 한 먼 데를 보는 데는 큰 변화가 없지만, 가까운 데 작은 글씨가 까만 점으로 보이게 된다. 노안이 온 것이다. 노안은 글자 그대로 나이가 들어서 조절력 감소로 근거리 시력이 저하되는 현상을 말한다. 젊은 날에야 눈이 고장 나더라도 대개는 금방 회복하지만, 나이가 들면 다르다. 한번 나빠진 눈 건강은 회복이 더디고 경우에 따라서는 실명으로 이어질 수도 있다.

무슨 물건이든지 오래 쓰면 반드시 고장 나게 마련이다. 인체 기관도 다르지 않다. 그러나 어떻게 쓰느냐에 따라 수명은 크게 차이가 난다. 곱게 쓰면 오래 가고 험하게 쓰면 빨리 고장 난다. 눈이라는 인체 조직은 각막, 수정체, 홍채, 유리체, 망막 등으로 구성돼 있다. 그중에서도 겉에 해당하는 각막은 외부 자극에 민감하게 반응한다. 눈 속에 있는 망막이나 유리체 등은 외부 자극보다는 고혈압, 당뇨, 고지혈증 등 다른 질환의 영향을 많이 받는다. 눈의 표면인 각막질환은 발견도 쉽고 치료도 쉬워서 크게 문제되는 경우가 드물다. 하지만 신경관련 질환인 녹내장이나 눈 속 질환인 망막 이상은 발견도 쉽지 않고 치료에도 많은 시간과 노력이 필요하다. 젊을 때부터, 건강할 때부터 눈 건강을 챙겨야 하는 이유다.

*

내가 일하는 병원에 중2 남학생이 아빠 손에 끌려 온 적이 있다. 축구 도중 공중 볼을 다투다 상대방의 머리에 눈을 부딪치는 사고를 당했다고 한다. 검사 결과 안와—머리뼈 속 안구가 들어가는 공간—가 골절된 중상 환자였다. 아빠 말로는 사고 후 집 근처 작은 병원—안과가 없는—을 찾았는데, 괜찮을 것 같다는 의사 말에 안심하고 귀가했다고 한다. 며칠이 지난 후 아이가 앞이 안 보인다고 호소하자 내가 일하는 병원을 찾은 것. 전문의 진단은 안타깝게도 안와 골절로 뇌와 눈을 연결하는 신경이 끊어져서 시력을 회복하기 어렵다는 것이었다. 더욱 안타까운 것은 사고 후 48시간 이내 수술을 했다면 시력 회복이 가능했다는 점이다. 이 얼마나 안타까운 일인가. 학생 본인은 물론이고 아빠 가슴이 무너져 내리지 않았을까 싶다. 다른 질병도 마찬가지지만 눈에 생긴 질환은 시간과 밀접한 관계가 있다. 황반변성이나 망막박리 등 눈 속 깊은 곳의 망막 관련 질환은 치료가 빠를수록 예후가 좋다. 한마디로 때를 놓치면 치료가 어렵다는 얘기다.

2020년에 고인이 되신 유명한 분인데, 50대 딸이 미국 LA시에 산다고 했다. 눈앞에 커튼이 쳐진 것 같은 증상이 생겼다가 나아진 것 같은 증상이 반복됐는데, 바빠서 병원 가는 것을 미뤘다고 한다. 결과는 망막박리에 의한 한쪽 눈 실명. 상태가 나빠져 한 달쯤 지나서 병원을 찾았더니 너무 늦어서 손쓰기 어렵다고 했다는 것이다. 그분은 그 얘기를 하시면서 금방 눈시울이 불거졌다. 망막박리는 증상 초기에 병원을 갔다면 수술로 시력을 지킬 수 있는 질환이었는데, 시간을 놓쳐 실명한 안타까운 사연이다.

방송사 기자로 근무하다 퇴직한 친한 선배한테 SOS 전화가 왔다. 부천에 사는 친구 아들인데 갑자기 한쪽 눈이 안 보인다고 했다며 급하게 진료를 잡아달라고 했다. 이미 진료가 끝날 시간이라 대학병원 응급실을 권했지만, 굳이 내가 근무하는 병원으로 오겠다고 해서 이튿날 아침 일찍 예약을 잡아줬다. 검사 결과는 망막박리. 그것도 한 곳이 아니라 여러 곳에 구멍이 나면서 박리된 상태. 급히 수술 날짜를 잡았고, 어렵지 않게 시력을 되찾을 수 있었다.

*

실명은 눈에 관한 사망선고나 다름없다. 망막박리는 눈에 나타난 심근경색에 비유될 만하다. 사느냐 죽느냐가 시간에 좌우되기 때문이다. 그러니 눈에 급격한 이상이 발생하면 자가진단하지 말고 곧바로 병·의원을 가야 한다. 가급적이면 안과를 전문으로 하는 병원이나 대학병원을 찾는 게 보다 빠른 치료의 길이다.

*

살다가 후천적으로 시력을 잃는 것은 상실감이 엄청 크다. 세상의 반을 잃는 것과 다름없을 것이다. 그 이상의 손실이고 아픔일 수도 있다. 일상의 불편함은 헤아리기조차 어렵다. 세상이 절망적일 때 '눈앞이 캄캄하다'고 하지 않는가. 단순한 눈 질환은 합병증만 없으면 대개 시간이 지나면 자연 치유된다. 하지만 3대 실명질환으로 분류되는 녹내장, 당뇨망막병증, 황반변성은 다르다. 세 질환의 공통점은 서서히 시력이 떨어지다가 실명에 이를 수 있다는 점이다. 그래서 녹내장은 '소리 없는 시력 도둑'이라는 별칭까지 달고 있다. 세 질환 모두 2000년 이후 급격히 증가하는 추세여서 특별한 주의가 필요하다.

눈은 몸속에 있으면서 외부로 노출된 감각기관이다. 당연히 몸이 가지고 있는 질병의 영향을 받는다. 고혈압, 당뇨, 고지혈증 등 대사성 질환―운동 부족, 비만, 영양 과잉 등 생활습관이 원인이 되는 병―의 영향이 직접적이고 크다. 특히 당뇨는 망막질환과 연관이 크고 치료 시기를 놓치면 실명 위기를 맞을 수도 있으니 각별히 주의해야 한다.

*

병은 내가 병이 걸린 사실을 아는 게 치료의 시작이다. 문제는 모든 질병이 그렇듯이 증상을 통해 유병 사실을 알게 되었을 때는 때를 놓쳤을 가능성이 높다는 사실이다. 치료가 더디거나 어려울 수도 있다는 얘기다. 국민 5명 중 1명이 앓고 있다는 당뇨 유병자 중 당뇨망막병증 확인을 위해 안저 검사를 받아본 사람은 23.5%에 불과하다고 한다(질병관리본부와 대한안과학회 공동조사 결과). 별다른 증상이 없기 때문이다. 당뇨 인자를 가지고 있는 4명 중 3명은 눈에 이상이 있는지 여부를 확인조차 하지 않고 있는 것이다. 안과 전문의들은 40세 이상 성인이나 당뇨 환자, 당뇨 가족력이 있는 사람은 6개월~1년에 정기적으로 안저 검사를 받을 것을 권유한다. 아직은 완벽한 치료방법이 없어서 조기 발견, 조기 치료만이 병의 진행을 늦추고 현재 수준의 시력을 유지할 수 있는 최선이기 때문이다.

젊음은 강하다. 젊은이의 과신은 말리기도 쉽지 않다. '너도 나이 들어보면 안다'고 부모님이 끊임없이 잔소리(?)를 해도 귓등으로 흘려보낸다. 다른 질환들도 그렇지만 특히 눈 관련 질환은 방심하고 방치하면 되돌리기 어렵다. 따스한 햇볕에 눈이 녹아 사라지듯 한순간에 모든 것을 잃을 수도 있다. '과신'보다는 '염려'가 건강에는 이로운 법이다. 살다 보면 바쁜 일상에 쫓겨서 몸의 이상 신호를 무시하는 경우가 많은데, 이는 위험하고 미련한 일이다. 작은 불길은 잡기 쉽지만 크게 번지면 속수무책이듯, 질병 또한 때를 놓치면 치료가 어렵다는 사실을 잊지 말자. 하물며 눈은 한두 푼도 아니고 900냥짜리 '초고가 명품' 아닌가.

귀찮은 다래끼는 왜 생길까?

눈 다래끼, 나쁜 손버릇부터 고치세요

다래끼는 생기면 불편하다. 단순히 눈꺼풀에 나는 화농성 질환이지만 얼굴 외양에 미치는 영향이 커서 일상생활에 지장을 주기 때문이다. 사람은 하루에도 수천 수만 번 눈을 깜박이는데 그때마다 느껴지는 이물감과 통증 또한 만만치 않아서 아주 귀찮은 질환이다. 다래끼는 재발성이 강해 한번 나면 그 자리에 다시 날 가능성이 높다. 원인은 여러 가지인데 범인은 손일 가능성이 높다. 그러니 예방법도 손에서 찾아야 할 듯. 제일 좋은 예방법은 평소 눈을 청결히 하고 오염된 손으로 눈을 비비거나 만지지 않는 것이다.

눈을 덮고 있는 눈꺼풀에는 여러 개의 샘이 있는데, 이들 샘들은 눈물을 구성하는 성분이나 땀을 분비하는 기능이 있다. 낯선 이름들인데, 마이봄샘, 짜이스샘, 몰샘 등으로 불린다. 이들 분비샘 주변에 생긴 화농성(고름) 염증 질환이 다래끼다. 다래끼라고 해서 모두가 같은 종은 아니다. 눈꺼풀 바깥쪽에 생긴 다래끼는 겉다래끼(일반적인 다래끼), 눈꺼풀 안쪽에 생긴 다래끼는 속다래끼(맥립종), 고름 없이 눈꺼풀 주변 피부가 콩모양으로 딱딱하게 솟아오른 다래끼는 콩다래끼(산립종)라 부른다.

다래끼는 저절로 낫는 경우가 많지만 심하면 피부를 절개하여 고름을 빼내기도 한다. 일단 눈꺼풀 주변이 빨갛게 부어오르면 함부로 손을 대지 말고 가까운 안과에 가서 도움을 받는 게 현명하다. 초기에는 먹는 안약이나 항생제 안연고 등을 바르면 쉽게 가라앉기도 한다. 다래끼가 전염되지 않을까 걱정하기도 하는데 눈병과 달리 전염성은 없으니 안심해도 된다. 콩다래끼는 염증이 없어 통증과 불편은 거의 없지만 혹처럼 낭종을 형성하여 만성화했다면 절개해서 제거해야 한다. 성인인데 동일한 부위에 자꾸 콩다래끼가 재발한다면 피지샘암과 같은 악성 종양일 가능성이 있으므로 반드시 안과를 찾아가 조직검사를 통해 확인해야 한다.

다래끼의 원인은 다양하다. 오염된 손으로 눈을 만지거나 렌즈 착용 또는 눈 화장할 때의 부주의 등도 해당된다. 수면부족이나 과로로 신체의 면역기능이 떨어질 때 발생하기도 한다. 다래끼는 남성보다는 상대적으로 여성한테 더 자주 발생한다고 한다. 남성에 비해 여성이 렌즈 착용이나 눈 화장 등을 위해 눈을 자주 만지기 때문일 것으로 짐작된다. 또 다른 원인으로 모낭충(데모덱스)이 지목되기도 한다. 모낭충은 눈썹에 붙어 사는 기생충인데 현미경으로 들여다보면 징그럽다. 모두 18종이 있는데, 사람 몸에 서식하는 것은 2종이다. 사람의 눈꺼풀이나 코 주위, 귀, 머리 등의 피지선과 모낭에 기생한다. 인간과 동물에 존재하는 종이 서로 달라서 고양이나 개 등 애완동물을 통해서 전염될 가능성은 낮다고 한다. 모낭충은 전세계인구가 감염된 상태라 할 정도로 아주 옛날부터 사람의 몸에 기생해 온 벌레다. 말이 기생충이지 과도한 피지분비를 억제시키고 적당한 산성 상태를 유지시켜 세균 방어에 도움이 되기도 한다. 일부 학자는 사람과 기생관계라고 보기보다는 편리공생관계(한쪽은 이득과 피해가 없고 한쪽은 이득만 보는 경우. 공생과 기생의 중간에 위치한 생태)라고 하기도 한다. 모낭충은 섭씨 50도 정도의 열에도 죽을 만큼 열에 약해서 심할 경우 IPL이라는 장비를 사용해 없앤다.

*

다래끼 예방법은 간단하다. 청결하면 된다. 외출 후 돌아오면 흐르는 물에 반드시 손을 씻어줘야 한다. 눈이 아무리 가려워도 깨끗한 손이 아니면 만지지 말아야 한다. 못 견디게 가려우면 면봉이나 청결한 휴지 등으로 가려운 부위를 꾹꾹 눌러주어서 그 상황을 모면해야 한다. 일단 다래끼가 생겼다면 금주해야 한다. 알코올은 염증을 악화시킬 수 있기 때문이다. 눈을 감고 눈꺼풀 윗부분을 온찜질하면 증상 완화에 도움이 된다. 온찜질은 안구건조증 증상 완화에도 도움을 주니 '꿩 먹고 알 먹고'의 효과를 볼 수 있다.

예기치 않게 재수 없는 일이 생기면 '시집가는 날 등창난다'는 옛말을 떠올리는데, 중요한 약속 잡은 날 갑자기 다래끼가 생기면 여간 속상한 게 아니다. 누구를 탓하랴. 모든 질환이 그렇듯이 다래끼도 선천적, 체질적인 요인도 있지만 후천적인 요인 또한 작지 않으니 매사에 '손 조심'할 일이다.

안과 병·의원 종사자들은 결막염이나 다래끼 등 눈병에 걸리는 경우가 매우 드물다. 예방법을 알고 있고 잘 실천하기 때문이다. 비결은 단 하나, 오염된 손으로 눈을 만지지 않는 것이다. 습관만 들이면 참 쉽다.

눈을 고문하지 마세요

안구건조증은 자신을 보호하기 위한
눈의 자구책일 수도

　　오래 전 일이지만 지금도 또렷이 떠오르는 장면이 있다. 10년 전쯤, 인천에 있는 여러 박물관의 관장님들과 대만을 다녀왔다. 대만의 국부로 추앙받는 장개석 기념관(중정기념관)에 갔을 때의 일이다. 기념관 입구에는 정복의 경계병들이 양편에 서 있었는데 절제된 동작이 인상적이었다. 경계병들은 1시간 단위로 교대한다. 특별히 내 눈길을 끈 것은 경계병들의 눈이었다. 꼿꼿이 선 자세로 미동도 하지 않는 것은 그러려니 했다. 자세히 살펴보니 눈동자가 정면의 한 지점에 고정돼 있었다. 더 놀라운 것은 한시도 한눈을 팔지 않고 눈을 깜박이지도 않았다. 하도 신기해서 한동안 뚫어져라 쳐다봤는데, 한결같았다.

　　인간이 그럴 수 있다는 게 믿기지 않았다. 로봇도 아니고 인간이 저럴 수 있다니. 처음 보는 광경이라 놀라웠지만 이내 가엾다는 생각이 들었다. 새파랗게 젊은 나이에 저렇게 눈을 혹사—안과 전문의에 따르면 눈을 수시로 깜박이지 않으면 각막이 견디지 못해 구멍이 나거나 세균 침입으로 얼마 못 가서 눈이 망가진다고 함—하면 나중에 고생할 게 뻔하다. 도대체 누가 무슨 연유로 경계병들에게 저런 고생을 시킨다는 말인가. 지시를 내리고 훈련을 시킨 책임자의 무지와 무모함에 화가 치밀었다. 지금이 군주가 곧 법인 왕정시대도 아닌데—대만이 그런 나라도 아닌데—어떻게 젊디젊은 청년들의 눈 건강을 해치는 행위를 저리 버젓이 행한단 말인가. 그것도 대만을 찾는 외국인들이 필수 여행코스로 다녀가는 대표 관광지에서. 혹독한 훈련 과정을 거쳤을 그들 경계병들이 불쌍해서 여행 기간 내내 마음이 편치 않았다.

시대가 변했으니 지금은 바뀌었을지 궁금하다. 만약에 지금도 여전히 그렇다면 당장 중단해야 한다. 그런 행위는 눈을 혹사하는 수준을 넘어 고문하는 것과 다를 바 없기 때문이다. 혼자만의 생각인데, 그들 경계병의 근무 관행은 그 이전부터 그랬을 것이다. 우리 일행에게만 그리했을 리는 만무하다. 그런데도 지적하고 시정을 요구하는 사람이 없었다는 게 의아하다. 경계근무라기보다는 눈 고문에 가까운 광경인데 그런 일이 계속돼 왔었다는 사실이 믿기지 않는다. 대만에도 많은 안과의사들이 있을 텐데 문제 제기하는 의사가 없었다는 얘기인지. 세월이 많이 흘렀지만 지금 이 순간에도 좀처럼 이해가 가지 않는다. 이 글을 쓰게 된 이유이기도 하다.

＊

신체 부위 가운데 이상이 생기면 제일 불편한 곳은 어디일까? 사람마다 조금씩 차이는 있겠지만 아마도 눈이 아닐까 싶다. 멀쩡했던 눈이 갑작스런 사고나 병으로 앞을 보지 못하게 된다면 그보다 더한 불편이 있을까. 권투나 레슬링 등 격투기 선수들은 은퇴 후 나이가 지긋해지면 운동 후유증세로 고생한다고 한다. 고개가 끄덕여진다. 강철도 오래 쓰면 닳게 마련인데, 하물며 사람의 몸이 탈나지 않을 수 있겠는가. 적당한 운동과 단련은 건강을 위해 필요하지만 지나치면 모자람만 못할 것이다. 눈은 우리 신체 중 외부에 노출된 유일한 점막질 피부로 된

기관이다. 상대적으로 단단한 피부와 달리 약할 수밖에 없다. 당연히 다른 기관보다 훨씬 더 많은 관심과 세심한 주의를 기울여야 한다.

눈을 고문하는 사례는 장개석 기념관에서만 있는 일일까? 아니다. 그것은 극단적인 사례일 뿐이고, 일상생활에서도 넘쳐 난다. 아이들뿐만 아니라 성인들도 빠지기 쉬운 온라인 게임을 비롯해서 스마트폰, 태블릿PC, 노트북 등 주변에 널려 있다. 여기에는 남녀노소의 차이도 없는 듯하다. 10여 년 전의 지하철 안은 메트로신문 등 무료 타블로이드판 신문을 보는 풍경이 대세였다. 지금은 무료든 유료든 신문을 든 사람을 찾아보기 어렵다. 그 자리를 스마트폰이 차지했다. 음악과 영화 감상에서부터 독서, 쇼핑까지 모든 게 가능하니 그럴 수밖에 없다. 문제는 TV나 신문, 책과 달리 스마트폰은 크기가 작아서 장시간 사용 시 눈에 더 큰 무리를 준다는 점이다.

잦은 전자기기의 사용도 문제지만 잘못된 생활습관으로 눈을 혹사하는 일도 흔하다. 바람이 많이 부는 날이나 햇빛이 강한 날은 선글라스나 보안경 착용이 필요하지만 이를 실천하는 사람이 얼마나 될까? 고글 없이 수영을 하거나 망치질, 톱질, 용접 작업, 잔디를 깎는 일도 눈에 위험을 초래할 수 있다. 씻지 않은 손으로 눈 비비기, 사용 기한 지난 안약 남용, 눈의 경미한 이상 무시, 흡연, 잦은 콘택트렌즈 착용, 오래된 눈 화장품 사용 등 일일이 열거하기 어려울 정도로 많다. 전부 다 눈에 이로울 게 없는 행위들이다. 이렇게 눈을 함부로 취급하는 사례는 일상에서 부지기수로 일어난다.

＊

작용이 있으면 반작용이 있게 마련이다. 눈을 혹사하면 그 대가는 반드시 돌아온다. 대표적인 증상이 안구건조증이다. 안구건조증은 글자 그대로 눈에 수분 또는 지방층이 부족하거나 이상이 생겨 발생하는 불편한 증상이다. 우리 눈은 항상 촉촉한 상태를 유지해야 정상인데 비정상적으로 건조해지면 눈에 피로감과 이물감, 자극감 등 여러 가지 불편을 초래한다. 건조증이 심해지는 데는 눈물의 질도 영향을 준다. 안타까운 사실은 눈물도 늙는다는 것이다. 젊어서는 아침 이슬 방울처럼 눈물의 질이 좋아서 눈이 건조해지는 경우가 드물다. 하지만 노년기에 접어들면 신체의 기능 저하로 눈물의 양도 줄어들고 눈물층의 균형에도 이상이 생겨 눈물의 질이 떨어지게 된다. 눈물을 만들어 내는 '눈물공장'은 안구 측면 상단에 위치한 눈물샘이다. 평생 마르지 않는 이 샘이 유아기와 청소년기에는 활발하게 돌아가지만 나이가 들면 가동력이 떨어져서 눈물이 줄어들게 되는 것이다. 어쩌겠는가. 노화로 인해 눈물공장이 나빠지는 것을 막을 수는 없다. 하지만 디지털 기기의 현명한 사용과 잘못된 생활습관의 교정만으로도 안구건조증의 발병은 충분히 줄일 수 있고 증상도 완화할 수 있다.

안구건조증의 증상은 다양하다. 사람에 따라 느끼는 불편과 고통의 정도도 천차만별이다. 원인이 여러 가지이니 느끼는 불편이 다른 것은 당연하다. '눈에 모래알이 굴러다니는 것 같다', '눈곱이 자주 낀다', '눈이 뻑뻑해서 눈을 제대로 뜨기 어렵다', '시리다', '아침에 눈이 잘 떠지지 않는다', '눈이 벌겋게 충혈된다', '바람을 맞으면 눈물이 줄줄 흐른다' 등등. 이런 증상들이 안구건조증이 맞나 싶을 정도로 각양각색이다. 습도가 높은 여름보다는 겨울에 증상이 심해지는 게 일반적인 현상이다.

안구건조증은 이제 '국민질환'이라고 해도 이상하지 않을 만큼 많은 사람들이 겪는 흔한 질병이다. 스마트폰이 유행하기 전에는 주로 노년층에서 환자가 많았다. 지금은 아이나 청소년 환자들이 노년층 못지않게 많다. 그들에게 1회용 인공눈물은 주머니 속 상비약이 된 지 오래다. 주범은 남녀노소 모두의 사랑을 받는 디지털 기기일 가능성이 높다. 필자의 생각으로는 2040세대에 인기가 높은 라식·라섹 등 시력 교정수술과 10대 아이들에게 인기 높은 드림렌즈 착용의 영향도 무시할 수 없다고 본다. 하루아침에 안경을 벗어던질 만큼 시력은 좋아지지만 안구건조증이라는 부작용이 따라붙는 경우가 흔하기 때문이다.

안구건조증 치료의 핵심은 눈물의 기능 회복이다. 여러 가지 이유로 기능이 떨어진 눈물을 건강한 눈물로 회복시켜 주는 게 치료의 목적이다. 눈물은 물로 보이지만 보통의 물과는 다르다. 편의점에서 살 수 있는 물이 아니다. 세 개의 층으로 구성된 특별한 물이다. 성분의 98%는 물이 차지하지만 나머지 2%는 단백질과 식염, 지방 등으로 구성돼 있다. pH7.4의 염기성으로 약간의 살균작용도 한다. 양 눈의 눈물샘에서 나와서 눈 표면에 잠시 머문 뒤 아래로 흘러 눈물점을 거쳐 눈물주머니로 들어가서 비루관을 통해 코로 내려간다.

눈물의 가장 안쪽층은 점액층으로 눈물이 표면에 고르게 퍼지게 하는 역할을 한다. 수성층, 수분층으로 불리는 중간층은 물이 주성분으로 눈물의 대부분을 차지한다. 눈을 촉촉하게 하고 눈에 있는 이물질을 제거하는 역할을 한다. 지방 성분의 가장 바깥층은 수분의 증발을 막아주는 역할을 한다. 눈꺼풀과 안구 표면의 마찰도 예방해준다. 하루에 나오는 눈물의 양은 약 1ml 정도의 작은 양에 불과하다고 한다. 그 작은 양의 눈물이 우리 눈의 건강을 지켜 주는 윤활제 역할을 하는 고마운 존재인 것이다.

　　가장 손쉽고 많이 쓰는 치료방법은 인공적으로 만든 눈물(인공누액)을 눈 안에 넣는 것이다. 인공누액은 종류가 많아서 증세의 경중에 따라 안과전문의 처방을 받아 사용하는 게 안전하다. 눈물은 적당량 유지가 중요하다. 지나치게 많거나 적으면 문제를 유발한다. 인공누액은 이들 성분이 균형을 유지하는 데 도움을 준다. 방부제가 들어가지 않은 1회용이 많이 사용된다.

　　일상생활에서 바른 습관을 들이는 것도 건조증 예방에 도움이 된다. 실내가 너무 건조하지 않도록 젖은 빨래를 실내에 걸어두는 것도 한 방법이다. 독서나 TV를 시청할 때, 장시간 스마트폰을 사용할 때는 의식적으로 눈을 자주 깜박여주고 가끔씩 먼 곳을 보며 눈을 쉬게 해야 한다. 눈은 자주 깜박여주는 게 좋다. 안과 전문의들은 3초에 한 번씩은 눈을 깜박여 주는 게 좋다고 말한다. 콘택트렌즈는 필요할 때만 쓰고 오염되지 않도록 관리에도 신경을 써야 한다. 인공으로 된 렌즈는 각막 피부에 붙어서 눈에 산소 공급을 차단하고 눈물 순환에도 방해가 되어 건조증세를 악화시킬 수 있기 때문이다. 눈 주위에 따뜻한 온찜질을 해주는 것도 건조증세 완화에 도움을 준다.

　　인공눈물은 의사 처방전 없이도 가까운 약국에서 살 수 있다. 건조증일 것으로 지레 짐작해서 무작정 구입하지 말고 의사 처방을 받아서 구입하는 게 현명하다. 건조증의 상태도 점검하고 훨씬 싸게 살 수 있으니 일거양득이다. 병이나 통에 든 액체 성분의 안약은 개봉 후 한 달이 지나면 버려야 한다. 방부제가 들어가 있기는 하지만 세균 번식

가능성이 있어서 아까워도 버려야 한다. 2개 이상의 안약을 동시에 사용할 경우에는 5분 이상 간격을 두고 넣어야 한다. 일부 안약에는 스테로이드 성분이 들어가 있어서 의외의 부작용을 불러올 수도 있으니 조심해야 한다. 눈은 매우 중요하고 예민한 기관이어서 고장 나기 쉽다. 치료에 때를 놓치면 실명할 수도 있으니 미루는 것은 금물이다. 건조증은 염증과도 관련이 있을 수 있으므로 증상이 심하면 반드시 안과 진료 후 적정한 치료를 받아야 한다.

안구건조증은 증상은 미미하지만 치료가 쉬운 질환은 아니다. 한 번 증상이 생기면 좀처럼 벗어나기가 쉽지 않다. 병·의원을 찾아가 고통을 호소해도 대개는 증상 완화에 초점을 맞추는 경우가 많다. 이를테면 무좀이나 만성 피부병처럼 평생 고약한 친구 관계로 지내야 하는 질환일지도 모른다.

*

눈은 동그랗다. 지구를 닮았다. 직경이 2.4cm에 불과한 작은 크기지만 눈은 우리를 이 아름다운 세상과 연결해주는 통로 역할을 한다. 눈물은 그렇게 소중한 눈의 건강을 지켜 주는 윤활액인 동시에 보호액이자 방어막이다. 눈물이 없으면 눈은 정상적으로 기능할 수 없다. 사막의 오아시스에 물이 없는 것과 다를 바가 없다. 눈을 수술할 때 간호사들이 하는 가장 중요한 행위 중 하나는 안구 표면이 마르지 않도록 주기적으로 안구에 물을 뿌려주는 일이다. 그렇게 하지 않으면 개검기—눈을 수술하거나 검사할 때 눈꺼풀을 지속적으로 벌리는 데 사용하는 기구—로 강제로 벌려놓은 눈 표면이 말라붙어서 안구가 심각한 상해를 입게 된다. 그 시간이 길어지면 눈은 제 기능을 상실하게 될 수도 있다. 눈과 눈물의 관계는 그렇게 중요하다. 안구건조증은 어쩌면 스스로 무장할 힘이 없는 눈이 '나 좀 보호해 줘. 더 이상 괴롭히지 마'라고 하면서 보내는 다급한 구조 요청 신호일지도 모른다. 동시에 더 혹사시키면 버티지 못하고 망가질 수도 있다는 최후의 경고장일 수도 있다. 몸이 보내는 신호를 무시하면 결과는 예측하기 어렵다. 눈이 보내는 구조신호에 늦기 전에 응답하자. 귀 닫지 말고 눈 감지 말고 자세히 살펴보고 치료를 시작하자. 그 길이 소중하고 아름다운 눈의 건강을 지키는 첫 걸음이 될 것이다.

비문증을 아시나요?

갑자기 눈 앞에 날파리가 날아다닌다구요

안과병원에 근무하면서 경험하는 에피소드 중 빼놓을 수 없는 게 있다. 바로 비문증(飛蚊症)이다. 글자 그대로 풀이하면 눈 앞에 모기나 날파리가 날아다니는 것처럼 보이는 증상을 말한다. 처음 증상 호소는 다양하다. "이게 뭐지. 갑자기 헛것이 보이네. 큰일 났다. 눈에 이상이 생긴 것 같다. 어지럽다. 눈앞에 뭔가가 있는 것 같아서 잡으려고 헛손질했다. 신경이 쓰여서 못살겠다. 눈을 감고 있어도 보여서 미칠 지경이다" 등등. 이런 호소들은 엄살이 아니고 투정도 아니다. 누구라도 멀쩡하던 눈에 갑자기 검은 물체가 나타나 떠다니는 게 보인다면 걱정이 클 수밖에. 하지만 크게 염려할 필요는 없다. 노화에 따라 나타날 수 있는 증상일 가능성이 높기 때문이다. 처음에는 일상생활에 지장을 줄 만큼 불편하고 신경 쓰이고 괴롭지만 시간이 지나면 대개는 적응해서 덜 불편해한다.

*

공중파 방송에서 기자로 일했던 C씨는 고혈압 환자다. 가끔 눈 치료를 위해 필자가 일하는 안과병원을 찾는다. 평소 침착하고 이성적인 분인데, 불안해서인지 전화기 속 목소리가 흔들렸다. "박 후배. 눈앞에 뭔가가 휙 지나가는데 검은 점 같기고 하고, 파리 같기도 하고, 눈에 이상이 생긴 것 같은데 빨리 예약 좀 잡아줘. 좋은 의사도 추천해주고…." 증상을 더 들어보니 비문증이 확실했다. 일단 안심시켜 드리고 다음날로 진료예약을 잡았다. 결과는 예상한 대로 비문증. 다행히 망막에 다른 이상은 발견되지 않았다. 돌아가는 선배한테 위로의 한마디를 던졌다. "선배. 다행입니다. 너무 걱정하지 마세요. 잊고 지내시다 보면 적응하실 겁니다. 나이 들어서 온 거니까 그러려니 하시구요."

인천지역 시민단체에서 일하는 L씨는 여장부다. 강연 등에서 사회가 일품이고, 시원시원한 말투가 거침이 없다. 그날은 달랐다. 진료 대기 중인데 걱정스런 눈빛이 역력했다(필자는 비문증일 거라고 짐작하고 있었지만 말을 아꼈다). 결과는 역시 비문증. 의사도 아닌 필자가 이렇게 쉽게 단정하는 이유는 그만큼 비문 증세를 호소하는 사람들이 많기 때문이다. 오랜만에 전화를 해서 도움을 청하는 분들의 상당수는 비문증세 아니면 백내장 증상이라고 해도 과언이 아니다. 그만큼 흔하고 빈발하는 노인성 증상이 비문증이다.

*

비문증은 몸에 특별한 해를 끼치지 않지만 꽤 귀찮은 증상이다. 질병으로 분류되지는 않지만 질병 이상으로 일상생활에 불편을 준다. 비문증은 눈의 중심부를 차지하는 유리체에 혼탁이 와서 시야에 검은 그림자 같은 부유물이 시선을 따라 떠다니는 현상이다. 유리체는 안구 용적의 60~70%를 차지하는데, 성분의 90%는 물이다. 점도는 젤라틴과 비슷한 정도이다. 유리체는 투명도가 관건. 그래야 깨끗한 시력이 가능하기 때문이다. 나이가 들면 젤리 형태가 액화돼서 물처럼 되는데, 여기에 혼탁이 생기면 망막에 그림자를 드리워서 마치 눈앞에 뭔가가 떠다니는 것처럼 보이게 되는 것이다. 40대 이상 성인 10명 중 7명이 경험할 정도로 매우 흔한 증상이다. 특히 50, 60대가 전체 유증상자의 60% 이상을 차지할 정도로 발생빈도가 높다.

뚜렷한 발병 확인은 확실치 않다. 노화, 스트레스, 영양 불균형, 눈 수술 후 부작용 등 여러 가지가 거론된다. 대개는 노화에 따른 현상이지만 근시가 있는 경우 젊어서도 발생할 수 있다. 처음에는 크게 불편함을 느끼지만 이내 적응하게 되고 어느 순간 자연스럽게 없어지기도 한다. 드물지만 망막박리 같은 중증 안과질환과 동시에 생기기도 하므로 먼저 안과 검사를 받아보는 게 안전하다. 자가진단으로 별 거 아니라고 안심했다가 치료 기회를 놓치는 우를 범하지 말아야 한다. 일단 비문증세가 나타났다면 '눈에 관심 좀 가져 달라고 뇌가 보내는 구조신호'라고 여기고 반드시 안과 검사를 받기를 권한다.

비슷한 증상으로 광시증(光視症)이 있는데, 눈을 세게 부딪쳤을 때 번갯불이 튀듯 눈에서 불이 번쩍하는 것처럼 느끼는 증상을 말한다. 광시증이 있거나 비문증세가 심해졌을 경우 약 15%에서 망막열공이 발생한다고 하니 비슷한 증상이 생기면 곧바로 병원을 찾아 진단받을 것을 권한다. 아니면 다행이고, 망막열공이 발생했다면 조기 치료가 관건이기 때문이다. 망막열공은 망막에 구멍이 생긴 것을 말하는 것으로 망막박리(두 개 층으로 망막이 떨어져서 분리되는 증상으로 수술이 늦으면 실명할 수도 있는 안과 중증 질환)로 진행될 수 있기 때문에 각별히 주의해야 한다.

✽

많은 안과 전문의들은 비문증에 대한 해결방법으로 '그냥 잊고 살라'고 조언한다. 물론 사전에 안과병원에서 다른 안과 질병과 연관성이 없음을 꼭 확인한 후에. 내 몸에 새로 생긴 친구인데, 조금 고약한 친구라고 생각하면 된다는 것이다. 이 증세는 신경이 예민한 사람들이 특히 많은 불편과 고통을 호소한다. "왜 하필이면 나한테" 하고 불평하고 재수를 들먹인다. 흔한 노인성 증상인데도 나만은 피해가기를 원한다. '시간이 약'이라는 말이 있는데, 비문 증세 환자한테 전해주고 싶은 말이다.

참고문헌

- 칼세이건 지음, 홍승수 옮김, 「코스모스」, 사이언스북스, 2006.
- 최재천·이은희 지음, 「어린이가 묻고 석학이 답하다」, 창비, 2017.
- 홍윤철 지음, 「질병의 탄생」, 사이, 2014.
- 김성숙 엮음, 「담배여 굿바이」, 동서문화사, 2019.
- E.F.쇼 윌기스 지음, 오공훈 옮김, 「손의 비밀」, 정한책방, 2015.
- 정현채 지음, 「우리는 왜 죽음을 두려워할 필요 없는가」, 비아북, 2018.
- 유시민 지음, 「어떻게 살 것인가」, 도서출판 아름다운 사람들, 2013.
- 사노요코 지음, 이지수 옮김, 「죽는 게 뭐라고」, 마음산책, 2015.
- 이춘성 지음, 「독수리의 눈, 사자의 마음, 그리고 여자의 손」, ㈜샘앤파커스, 2012.
- 스티븐 주안 지음, 홍수정 옮김, 「내 몸을 알고 싶다」, 청림출판, 2011.
- 현수랑·천명선 지음, 「재미있는 인체 이야기」, 가나출판사, 2014.
- 사토 겐타로 지음, 서수지 옮김, 「세계사를 바꾼 10가지 약」, 사람과 나무사이, 2018.
- 이진학·이하범·허원·홍영재 지음, 「제9판 안과학」, 일조각, 2011.
- 서울과학교사모임 지음, 「묻고 답하는 과학 톡톡 카페」, ㈜도서출판 북멘토, 2009.
- 유발하라리 지음, 조현욱 옮김, 「사피엔스」, 김영사, 2015.
- 유발하라리 지음, 김명주 옮김, 「호모데우스」, 김영사, 2017.
- 홍혜걸 지음, 「의사들이 말해주지 않는 건강 이야기」, 비온뒤, 2012.
- 정현재·윤혜연 지음, 「병원 사용설명서」, 비타북스, 2013.
- 마이클 로이젠·메넷 오즈 지음, 유태우 옮김, 「새로 만든 내 몸 사용설명서」, 김영사, 2014.
- 박지욱 지음, 「역사 책에는 없는 20가지 의학 이야기」, 시공사, 2015.
- 대학의학회·대한의사협회 지음, 「우리가족 주치의 굿 닥터스」, ㈜맥스교육, 2014.
- 진주현 지음, 「인류학 박사 진주현의 뼈가 들려 준 이야기」, 푸른숲, 2015.
- 남궁인 지음, 「만약은 없다」, 문학동네, 2016.
- 서민 지음, 「서민교수의 의학세계사」, 생각정원, 2018.
- 다나카 나오키 지음, 송소정 옮김, 「나는 당신이 오래 걸었으면 좋겠습니다」, 포레 스트북스, 2018.

- 조지아 브래그 지음, 이진호 옮김, 「옛 사람의 죽음 사용설명서」, 신인문사, 2014.
- 데이비드 뉴먼 지음, 김성훈 옮김, 「의사들에게는 비밀이 있다」, ㈜알에이치 코리 아, 2013.
- 백태선 지음, 「양·한방 똑똑한 병원 이용」, 전나무숲, 2008.
- 대한의사협회 의료배상공제조합 지음, 「환자가 안전하고 의사가 보람있는 진료」, 대한의사협회 의료배상공제조합, 2019.
- 한길안과병원 의료진 지음, 「내 몸의 9할 눈사용 설명서」, 북마크, 2015.
- 스티븐 호킹 지음, 배지은 옮김, 「호킹의 빅 퀘스천에 대한 간결한 대답」, 까치글 방, 2019.
- 에드워드 윌슨 지음, 이한음 옮김, 「지구의 정복자」, 사이언스 북스, 2013.
- 한만청 지음, 「암과 싸우지 말고 친구가 돼라」, 센추리원, 2012.
- 앨리스 로버츠 지음, 박경한 권기호 김명남 옮김, 「몸의 모든 것을 담은 인체 대백과사전 인체 완전판」, 사이언스북스, 2012.
- 조길호 지음, 「약이 되는 약이야기」, 서해문집, 2014.
- KBS〈생로병사의 비밀〉제작팀 지음, 홍혜걸 엮음, 「책으로 보는 KBS 생로병사의 비밀」, 도서출판 가치창조, 2004.
- 장영희 지음, 「살아온 기적 살아갈 기적」, 샘터, 2009.
- 바버라 에런라이크 지음, 조영 옮김, 「건강의 배신」, 부키(주), 2019.
- 박민수 지음, 「내 몸 경영」, 전나무숲, 2008.
- 김형석 지음, 「백년을 살아보니」, ㈜알피스 페이스, 2016.
- 김난도 지음, 「웅크린 시간도 내 삶이니까」, 문학동네, 2015.
- 리처드 도킨스 지음, 김명주 옮김, 「신, 만들어진 위험」, 김영사, 2021.
- 다카하시 히로시 지음, 이진원 옮김, 「혈관이 수명을 결정짓는다」, 다산출판사, 2015.

질병과 병원에 관한 자료는
질병관리청 국가건강정보포털, 건강보험심사평가원·국민건강보험공단 홈페이지,
서울대학교병원 홈페이지 건강정보 등 다수의 대학병원 홈페이지 자료를 참조했으며,
기타 자료는 전문연구기관 및 언론 보도자료, 네이버 지식백과, 위키 백과 등의 자료를 참고했다.
이 책에 있는 의학정보는 일반적인 사항으로 개개인의 특성을 반영하기는 어려우므로
개개의 질병에 대해서는 가까운 병·의원을 방문하여 상담 받을 것을 권한다.

글을 마치며

글을 쓴다는 것은 상상의 나래를 펴는 것이다. 백지 위에 그림을 그리는 것과 다르지 않다. 무엇을 어떻게 형용할 것인지는 오로지 쓰고 그리는 사람의 몫이다. 이 책을 쓰는 동안 나는 상상의 날개를 펼치고 오랜 시간 병원 안팎에서 보고 느끼고 경험했던 일들을 떠올렸다.

병원은 삶과 죽음이 교차하는 곳이다. 그곳에서는 곧 죽을 것 같은 사람이 기적처럼 살아나기도 하고, 죽을 수 없는 사람이 어이없는 죽음을 맞기도 한다. 그 현장을 지켜보면서 생명의 유한함과 허무함을 느낄 때가 많았다. 아 그때 그랬었더라면 생사가 달라질 수도 있었을 텐데 하는 안타까운 순간도 적지 않았다.

의사와 환자는 서로를 위해 존재한다. 서로를 위해 필요하지만 둘의 관계에서는 늘 긴장과 갈등이 따른다. 평소 존경과 고마움의 대상이 때로는 세상에 없는 원수로 돌변하기도 한다. 의사의 판단과 손길에 내 건강과 목숨이 걸려 있으니 그럴 만도 하다. 사람이 의식이 없는 상태에서 자기 생명을 전적으로 남의 손에 맡겨야 하는 경우가 병원 말고 어디 또 있겠는가.

어느 날 문득 눈으로 보고 가슴으로 느낀 의료현장에서의 일들을 글로 남겨야겠다는 생각이 들었다. 그때부터 병원에서 일어나는 작은 일들도 예삿일로 보이지 않았다. 사소한 감동과 시비부터 기적 같은 생환과 안타까운 죽음에 이르기까지 사건사고가 생길 때마다 대소를 가리지 않고 메모했다.

그렇게 모인 글감들을 하나씩 꺼내서 글로 옮기는 작업을 시작했다. 처음에는 막막했지만 한편의 글을 완성할 때마다 뿌듯했고 자신감이 생겼다. 시작이 힘들고 어려웠지 막상 출발하고 보니 저작 여행은 흥미로웠고 즐거움이 컸다. 좀 더 빨리 시작했으면 좋았을 걸 하는 후회가 밀려올 정도였다. 하지만 기쁨과 행복만 있는 것은 아니었다.

한 편의 글을 저장할 때마다 마음이 편치 않았다. 말과 글은 달라서, 탄생과 동시에 흔적도 없이 사라지는 말과 달리 한번 쓴 글은 그 순간 생명이 붙어서 끈질기게 나를 괴롭혔다. 초고 때는 몰랐는데 다시 꺼내보면 부족했고 부끄러웠다. 글은 나를 바라보며 미소를 띠기도 했지만, 호통 치거나 꾸짖는 일이 잦았다. "이건 아니잖아. 많이 부족한데. 이럴 거면 시작을 말았어야지." 글에 비친 자화상은 초라했고 세상에 내놓기에 부끄러웠다. 중단했다가 다시 도전하기를 수없이 되풀이했다. 이 책은 그렇게 5년도 넘는 긴 잉태시간을 보내고서야 비로소 세상에 나왔다.

*

이 책을 쓰는 동안 아내는 든든한 격려자인 동시에 혹독한 비평가였다. 때로는 "다 아는 얘기를 왜 그리 열심히 쓰느냐. 인터넷 들어가면 다 있는 얘기 아니냐"며 핀잔을 주었다. 아내의 눈에는 매일 새벽에 일어나 책을 뒤적이고 컴퓨터 좌판을 두들기는 남편이 미덥지 않았나 보다. 그러면서도 아내는 원고의 첫 번째 독자로서 날카로운 충고를 아끼지 않았다. 특히 글이 늘어지는 부분에는 여지없이 메스를 들이댔다. 한 마디면 알아들을 독자들한테 두 마디를 늘어놓는 것은 예가 아니라고 꼬집었다. 때로 아내의 질타가 섭섭하기도 했지만 글맛을 살리는 데 도움이 됐다. 그럼에도 원고 교정을 볼 때마다 늘어진 글이 적지 않으니 이를 어찌해야 할지 모르겠다.

노마지지(老馬之智)라는 말이 있다. 중국 춘추전국시대 제나라 군사들이 혹한 속에 길을 잃고 헤맬 때 늙은 말을 앞세워 길을 찾았다는 고사에서 유래했다. 경험이 많은 사람이 젊은 사람보다 더 많은 지혜를 갖고 있음을 이르는 말이다. "젊은이들은 빨리 달릴 수 있다. 그러나 노인들은 빨리 가는 지름길을 안다"는 독일 속담도 있다. 건강과 관련해서도 노인의 지혜는 젊은이를 앞선다. 오래 살게 되면 누구나 이런 저런 병으로 고생한 경험을 갖게 되니 자연스레 그리 된다. 경험에서 나오는 지식은 하나도 버릴 게 없다. 나이 60이 넘어서야 비로소 글을 쓰는 용기를 내게 된 배경이다.

프랑스의 인문학자 앙리 에스티엔은 "젊음이 알 수 있다면, 늙음이 할 수 있다면"이라는 아리송한 명언을 남겼다. "젊음은 알지 못한 것을 탄식하고, 늙음은 하지 못한 것을 탄식한다."는 말로 바꾸면 이해가 쉬울 듯하다. 이 말은 깨달음은 항상 뒤에 온다는 사실을 일깨워준다.

질병으로 인한 고통은 직접 겪어보지 않은 사람들은 모른다. 건강한 사람들한테는 우크라이나와 러시아의 전쟁처럼 나와는 상관없는 먼 나라 사람들의 이야기처럼 들린다. 하지만 새 차도 고장 나고 사고가 나는 것처럼, 젊은 사람도 아프고 다치는 일이 비일비재하게 일어나는 게 세상사다. 자동차도 미리 점검하고 대처하면 큰 사고를 면할 수 있듯이 사람의 몸도 미리 점검하고 대비하면 큰 화를 면할 수 있다.

늦게 시작한 일이지만 건강을 주제로 한 글쓰기는 흥미 그 이상의 보람을 안겨주었다. 병원에서 일하는 직업 덕분에 덤으로 얻은 '특권'이라 생각한다. 의사가 아니다 보니 의학지식이 부족해서 질병 치료 쪽으로 들어가는 건 의도적으로 피했다. 수박 겉핥기가 될 것 같아서다. 의사 영역 말고 의사들의 눈길이 닿기 어려운 곳에 주목했다. 건강의 소중함을 일깨워주고 치료의 길을 열어주는 길잡이 역할은 의사만 할 수 있는 것은 아니지 않는가.

탈고를 앞두고 보니 수많은 질병에 대한 얕은 지식과 질병으로 고통 받고 고생하는 이들에 대한 이해와 공감이 여전히 부족함을 느낀다. 건강 길잡이로서 역할에 대한 한계와 부족함 또한 절감한다. 더 많이 공부하고 연구해서 부족한 창고를 채워나갈 것을 약속드린다. 다음 책에서는 더 풍성한 이벤트와 정보로 만날 수 있게 되기를 기대한다.

1판 1쇄 인쇄 _ 2024년 2월 01일
1판 1쇄 발행 _ 2024년 2월 10일

지은이 _ 박덕영
펴낸이 _ 양정섭
디자인 _ kkotttam.com

펴낸곳 _ 경진출판
등록 _ 제2010-000004호
주소 _ 서울특별시 금천구 시흥대로 57길 17(시흥동) 영광빌딩 203호
전화 _ 070-7550-7776 팩스 _ 02-806-7282
홈페이지 _ http://smartstore.naver.com/kyungjinpub
이메일 _ mykyungjin@daum.com

ISBN 979-11-92542-75-1 03810
값 20,000원

※ 본사의 허락 없이는 이 책의 일부 또는 전체의 무단 전재 및 복제, 인터넷 매체 유포 등을 금합니다.
※ 잘못된 책은 구입처에서 바꾸어 드립니다.